古典情報様式論

小林 正治

溪水社

まえがき

心の通じ合い

人間はひとりでは生きられない。生きるということは、何らかの形で他者との交流を求めるということである。誰しもが心の交流を求め、人を思いやり、人から思いやられることに喜びを感じるものである。それは人間の本性である。ところが、時には、お互いの心のつながりをあえて拒絶する場合も見られる。しかし、そのような場合でも、最後には何とかして心の通じ合いを願うというのもまた人間の本性である。そこに情報伝達の基本原理がある。

「竹取物語」の最終段階において、かぐや姫が天に昇っていく場面がある。

天人の中に持たせたる箱あり。天の羽衣入れり。またあるは不死の薬入れり。一人の天人言ふ、「壷なる御薬奉れ。穢き所の物きこしめしたれば、御心地悪しからむものぞ。」とて持て寄りたれば、わづか嘗めたまひて、少し形見とて、脱ぎ置く衣に包まんとすれば、ある天人包ませず。御衣を取り出でて着せんとす。その時に、かぐや姫、「しばし待て。」と言ふ。「衣着せつる人は心異になるなりといふ。物一言言ひ置くべきことありけり。」と言ひて、文書く。天人遅しと心もとながりたまひ、かぐや姫、「物知らぬことなのたまひそ。」とて、いみじく静かに、公に御文奉りたまふ。慌てぬさまなり。「かくあまたの人を賜ひて止めさせたまへど、許さぬ迎へまうで来て取り率てまかりぬれば、口惜しく悲しきこと。宮仕へ仕うまつらずなりぬるも、かく煩はしき身にてはべれば、心得ず思し召されつらめども、心強く承らずなりにしこと、なめげなる者に思し召しとどめられぬるなん、心にとどまりはべりぬる」とて、

今はとて天の羽衣着る折ぞ君をあはれと思ひ出でける

とて、壷の薬添へて、頭中将呼び寄せて奉らす。

かぐや姫の「しばし待て」、「物知らぬことなのたまひそ」という発話には、もはや天人としてのかぐや姫ではなく、人間としてのかぐや姫の真情がはっきりと発現されている。それはそのまま、かぐや姫の帝への文にも展開されている。「宮仕へ仕うまつらずなりぬる」、「心強く承らずなりにし」とあるように、かぐや姫が、今まで多くの男たちの懸想を拒絶し、最後には帝の宮仕えの要求にも従わなかったのは、勿論、かぐや姫自身、「かく煩はしき身にてはべれば」と述懐しているように、天人としての生い立ちのしからしめる事情に因ったものである。ところが、月の世界に帰るときになって、「今はとて天の羽衣着る折ぞ君をあはれと思ひ出でける（今は最後と天の羽衣を着るときになって、帝様をしみじみとおなつかしく思い出しております）」と、かぐや姫の思いと帝の心とが結びついた人間らしい愛情を自覚することになる。このような物語を構成することによって、作者は、人間のみが持つ心の通じ合い、思いやり、愛情の美しさを描こうとしているのである。

また、「源氏物語」・須磨に次のような場面の描写が見られる。

いとつれづれなるに、大殿の三位の中将、今は宰相になりて、人柄いと清らなれば、時世のおぼえ重くてものしたまへど、(a)世の中いとあはれにあぢきなく、物の折ごとに、（源氏を）恋しうおぼえたまへば、(b)「事の聞こえありて罪に当たるともいかがはせむ」と思しなして、俄かに（須磨に）まうでたまふ。(c)うち見るより

珍しう嬉しきにも、ひとつ涙ぞこぼれける。(源氏の)住まひたまへる様いはむかたなく唐めきたり。所の様絵に描きたらむやうなるに、竹編める垣しわたして、石の階、松の柱おろそかなるものから、珍らかにをかし。山がつめきて、許し色の黄がちなるに、青鈍の狩衣・指貫うちやつれて、殊更に田舎びもてなしたまへるしも、いみじう見るに笑まれて清らなり。取り使ひたまへる調度どもかりそめにして、御座所もあらはに見入れらる。碁・双六の盤、調度、弾棊の具など田舎わざにしなして、念誦の具、行ひ勤めたまひけりと見えけり。物参れるなど、殊更に所につけ興ありてしなしたり。海士ども漁りして貝つ物持て参れるを、(宰相中将は)召し出でて御覧ず。浦に年経るさまなど問はせたまふに、(海士は)さまざま安げなき身の憂へを申す。「そこはかとなくさへづるも、心の行方は同じことなるかな」と、あはれに見たまふ。御衣どもなどかづけさせたまふを、(海士どもは)生けるかひありと思へり。御馬ども近く立てて、見やりなる倉か何ぞなる、稲ども取り出でて飼ふなど珍しう見たまふ。(宰相中将は)飛鳥井少し謡ひて、(d)月ごろの御物語、泣きみ笑ひみ、(宰相中将)「若君の何とも世を思さでものしたまふ悲しさを、大臣の明け暮れにつけて思し嘆く。」など語りたまふに、(源氏は)耐へ難く思したり。尽きすべくもあらねば、なかなか片端もえまねばず。夜もすがらまどろまず文つくり明かしたまふ。さ言ひながらも、物の聞こえをつつみて急ぎ帰りたまふ。いとなかなかなり。御土盃参りて、(e)「酔ひの悲しび、涙注ぐ春の盃のうち」と、諸声に誦じたまふ。御供の人どもみな涙を流す。おのがじしはつかなる別れ惜しむべかんめり。朝ぼらけの空に雁連れて渡る。主の君、

故郷をいづれの春か行きて見む羨ましきは帰る雁がね

宰相さらに立ち出でん心地せで、

あかなくにかりの常世を立ち別れ花の都に道や惑はむ

今は宰相となっている三位中将（昔の頭中将）が須磨の地に流謫の生活を送っている源氏を訪ねたところである。源氏と宰相中将は義理の兄弟であるということもあって、ごく親しく交わっている間柄である。中将は左大臣の長男でありながら、父の政敵でもあり、時の帝朱雀帝の外祖父として権勢を誇っている右大臣の四の君と結婚している。その宰相中将が、右大臣の六の君朧月夜の君との密通事件によって流謫の身となっている源氏を訪れるということは至極憚られるところである。それにもかかわらず、宰相中将は、(a)「世の中いとあはれにあぢきなく、物の折ごとに、恋しうおぼえたまふ（源氏のいない世の中がひどくしみじみとつまらなく、何か事ある度に源氏が恋しく思われなさる）」と、親友のいない都での孤独の寂しさに耐え切れなくなって、(b)「事の聞こえありて罪に当たるともいかがはせむ（源氏を訪ねるために須磨に行ったという噂が立って、右大臣や弘徽殿大后の反発を招いて罪に当たるようなことがあってもかまうものか）」と、思い切って源氏を訪ねたのである。わが身の零落を危惧するよりも、親友の身を案じての須磨訪問である。長い間お互い再会したいと思っていた親友に会えたのであるから、当然二人は、(c)「うち見るより珍しう嬉しきにも、ひとつ涙ぞこぼれける（顔を合わせるや否や、二人は一年ぶりの再会にお互い珍しく嬉しくて、ともに同じ涙がこぼれるのであった）」。再会を果たした二人は、夕霧の消息などを挟んで、(d)「月ごろの御物語、泣きみ笑ひみ（月ごろのお話を泣いたり笑ったり）」しながら、夜もすがら詩を作って語り明かす。しかし、宰相中将は、罪に当たってもかまわないと思ってはいたが、やはり世間の噂を気にして帰京する。二人は別れに臨んで、(e)「酔ひの悲しび、涙注ぐ春の盃のうち（悲しい酒に酔っては春の盃に涙を注ぐ）」（「白氏文集」・巻十七・十年三月三十日云々）の詩を一緒に吟じて別れを惜しむ。白楽天は三泊して友との別れを惜しんだが、二人はわずか一夜だけ語り合っただけで別れなければならない。宰相中将は、「あかなくにかりの常世を立ち別れ花の都に道や惑はむ（あなたと十分語り尽くさないうちにあなたと別れて行く悲しさのために、都に行く道を迷うことであろうか）」と、ひとしお嘆く。それだけに、源氏は勿論、宰相中将にとっても久し振りに会えた喜びはひとしおのものがあったことであろう。このように、どんな大きな障害があっても、それを乗り越えて心底から心の通じ合いを求めるというのが人間の本性なのである。

発想様式

古代社会において日常使われていることばによって成立した「文」「文章」を「古文」と呼んでいる。この「古文」には、それぞれそれを話したり書いたりした人の個性が宿っている。その古文の持つ個性が優れたものであれば、それを聞いたり読んだりする人に常に新しい発見や感動をもたらす。そのような強烈な個性を「文学性」と呼ぶことにする。そして、そのような文学性を持つ「古文」がひとつの作品になったものを「古典」と呼び、古典を作り上げている文を「古典文」と呼ぶことにする。

ところが、「古典」は古典の時代に創作されたものであるから、われわれ現代人は、それを既に存在する所与のものとして受け取らざるを得ない。したがって、古典の文学性をとらえるためには、まず古典文を読む必要がある。しかし、古典文を読むということは、単に眼の前に存在する文章（個々の古典作品もそれぞれひとつの「文章」である）の字面をなぞるというような受動的な作業ではなく、読者自身の価値観に基づいて、その文章に凝縮されている文学性をとらえるという能動的な作業である。そういう点において、文学性は、必ずしも作者自身が意図したものではなく、あくまでも読者の個性によってとらえられた読者自身の文学性であるということにもなる。

そこで、個々の作品の文学性をとらえるためには、先ず、個々の文章がどのように成立しているのかを見極めなければならない。

ある人がある事象を体験したときに、その事象の持つ性格・意味・価値などをどのようなものとして受け取るかという心理的反応の働きを「認識」と呼ぶことにする。ある人物が、特定の対象に接したときに得られた認識を誰かに伝えたいと意図したときには、ことば・身振り・行動など（以下「ことば」と総称する）によって伝える。自己の認識した情報を伝えるという行為をとった人物を「話し手」と呼ぶことにし、伝えようとする相手を「聞き手」と呼ぶことにする。ただし、一つの作品を対象として考察する場合に、特に話し手・聞き手をそれぞれ「作者」「読者」と呼ぶ場合もある。

ところで、「認識」には、個々の事象をそのままの事象としてとらえたり、あるいはそれに対して何らかの価値判断を示したりする認識と、個々の事象に対する認識・価値判断を総合的にとらえて最終的に何らかの価値判断を示す認識とがある。いずれの認識にしろ、認識とは心理作用であるから、それをことばとして表現してみないと、本人でさえはっきり自覚できないし、ましてや本人以外の人にとっては知覚できない。あくまでも、ことばによって表現されたものでなければとらえることはできない。そこで、前者の個々の認識をことばを媒介として表現したものを、心理作用としての「認識」と区別して、「素題」と呼ぶことにする。後者の総合的な認識をことばを媒介として表現したものを「主題」と呼ぶことにする。

(a)花は盛りに、月は隅なきをのみ見るものかは。雨に向かひて月を恋ひ、たれこめて春の行方知らぬも、なほあはれに情け深し。咲きぬべきほどの梢、散り萎れたる庭などこそ見所多けれ。歌の詞書にも、「花見にまかれりけるに、早く散り過ぎにければ」とも、「さはることありてまからで」なども書けるは、「花を見て」と言へるに劣れることかは。花の散り、月の傾くを慕ふならひはさることなれど、ことにかたくなる人ぞ、「この枝、かの枝散りにけり。今は見所なし。」などは言ふめる。

(b)万のことも始め終はりこそをかしけれ。

(c)男女の情けも、ひとへに逢ひ見るをば言ふものかは。逢はで止みにし憂さを思ひ、あだなる契りをかこち、長き夜を独り明かし、遠き雲井を思ひやり、浅茅が宿に昔を偲ぶこそ、色好むとは言はめ。

（「徒然草」・第一三七段）

この文章の総合認識としての「主題」は、(b)「万のことも始め終はりこそをかしけれ」である。その「主題」をより具体的に明らかにするためにとられた、(a)「花は盛りに、月は隈なきをのみ見るものかは」、(c)「男女の情けも、ひとへに逢ひ見るをば言ふものかは」という叙述が「素題」である。つまり、この文章では、(b)「万のことも始め終はりこそをかしけれ」という主題をより明確にするために、(a)(c)という素題を補完するという構成をとっているということになる。このように、主題を明らかにするためにとられた素題の構成を「様式」と呼ぶことにする。また、この文章の場合のように、「主題」をより明確にするために「素題」を補完するという様式を特に取り上げて考察する場合には、それを「補完様式」と呼ぶことにする。

ただし、主題がいくつかの素題によって構成された場合には、その主題と素題とを区別するが、例文として、一つの素題からなる部分を取り出して考察する場合には、素題そのものを主題として取り扱うことにする。したがって、例えば、(c)の部分を取り上げて考察する場合には、「男女の情けも、ひとへに逢ひ見るをば言ふものかは」を「主題」として扱い、「逢はで止みにし」以下の叙述がその主題を明らかにするための補助的な説明ということになるので、これも「男女の情けも、ひとへに逢ひ見るをば言ふものかは」という主題を補完する「様式」ということになる。

また、素題である(a)と(c)とは、その叙述内容の趣旨が同じである。このような類似した叙述によって構成された様式を「類似対偶様式」と呼ぶことにする。さらにはまた、(a)の叙述内容において、「花見にまかれりけるに、早く散り過ぎにければ」、「さはることありてまからで」とて歌を詠む人と、「この枝、かの枝散りにけり。今は見所なし」と言って嘆く「ことにかたくななる人」とは相反する趣向の人である。そういう相反する叙述によって構成された様式を「対比対偶様式」と呼ぶことにする。そういう観点からいえば、この文章は、「万のことも始め終はりこそをかしけれ」という「主題」を鮮明にするために、「類似対偶様式」と「対比対偶様式」という構成要素を補完するという「補完様式」をとっているということになる。

このように、主題を鮮明にするために一定の様式をとっているということは、逆にいえば、主題が一定の様式を規制しているということにもなる。この、「主題」が「様式」を規制する働きを「発想」と呼ぶことにする。したがって、発想という働きによって規制された様式は「発想様式」と呼んでもよい。このような個々の作品の発想様式をとらえることがその作品を「読む」ということの根幹となるのである。

また、素題(a)における、「花は盛りに、月は隅なきをのみ見るものかは」という「のみ」によって提示された事柄を「かは」によって否定するという表現構造（これを「特立否定構文」と呼ぶ）をとることによって、作者は、「花は盛りに、月は隅なき」にも一定の価値を見出しているのである。この「特立否定構文」というのは、一つの文の中の表現構造に名づけられたものである。このように、一つの文の中の表現構造の類型を「○○構文」と呼んで考察したのが前著「古典文の表現構造」である。この主題が構文を規制する働きもまた「発想」と呼ぶことができる。したがって、発想という働きによって規制された構文も「発想構文」と呼んでもよい。

ところで、この文章の主題は、「万のことも始め終はりこそをかしけれ」ということになるが、主題そのものが作品の文学性ではない。その作品の文学性は、素題文・主題文を含めて、その主題によって規制される発想構文・発想様式から惹き起こされる感動・個性がその文章の文学性なのである。

(a)において、作者は、「花見にまかれりけるに、早く散り過ぎにければ」とて歌を詠む人と、「この枝かの枝散りにけり。今は見所なし」とて嘆く、物の情趣のわからない人との対比対偶様式の叙述をとることによって、目でしか物を見ることのできない物の見方とは違った、心で物を見るという理想的な物の見方・味わい方を主張しているのである。このような対比対偶様式の叙述に裏打ちされた素題文、「花は盛りに、月は隅なきをのみ見るものかは」を読むことによって、読者は、このような物の見方を啓発されるところに一種の感動を覚えるはずである。このような感動を惹き起こす作品の個性がこの文章の文学性なのである。

また、素題(a)「花は盛りに、月は隅なきをのみ見るものかは」という特立否定構文には、「花は盛りに、月は隅なきを見る」ことを全面的に否定しているのではなく、そのような世間の人たちの常識的な美意識を認めつつも、なお、「雨に向かひて月を恋ひ、たれこめて春の行方知らぬも、なほあはれに情け深し」という自己の理想とする美意識を主張するという作者の柔軟な価値観が見られるのである。同じように、素題(c)「男女の情けも、ひとへに逢ひ見るをば言ふものかは（男女の情愛においても、一途に一緒になることだけを言うのではない）」という特立否定構文も、「ひとへに逢ひ見る」ことを願うという世間一般の恋愛感情を全面的に否定しているのではなく、そのような世間一般の偽らざる思いを認めた上で、なお、「逢はで止みにし憂さを思ひ、あだなる契りをかこち、長き夜を独り明かし、遠き雲井を思ひやり、浅茅が宿に昔をしのぶこそ、色好むとは言はめ」という作者の理想とする恋愛感情を主張しているのである。世間一般のごく自然な心情を認めながらも、それ以外の理想的な物の風情・情趣の認識のあり方を主張しようとしている作者の美意識に読者が感動するところに、この作品の文学性が存在するのである。

このように、作品の文学性は、素題文・主題文を含めた発想構文・発想様式の全体的な構成によって惹き起こされる感動なのであって、抽象的に提示された素題文・主題文だけが文学性なのではない。したがって、作品の素題文・主題文を含めた発想構文・発想様式をとらえることによって、そこから導き出されてくる作品の個性をとらえることが「読む」という行為なのである。そこで本書では、「発想構文」を考察した前著に引き続いて、古典文の「発想様式」を考察の対象とすることにする。

情報の伝達

作者や話し手の表現しようとする素題とか主題とかいうものは、ことばを媒介として読者あるいは聞き手に伝わり、理解されてはじめて現実のものとして存在する。（その素題・主題には、一つの作品における素題・主題というものと、話し手の発話における素題・主題というものとがある。それを読者や聞き手が受け止める「読む」・「聞く」という作用を、「読む」と「聞く」とを区別する必要がない場合は、「読む」ということばで一括して考察することにする）。そういう点において、「読む」ということは、一つの作品・発話が作者・話し手からどのような過程を経て読者・聞き手に伝わっていくのかという伝達の仕組みに即してとらえていかなければならないということになる。

話し手の心理的働きとしての個別認識・総合認識は、ことばを媒介として聞き手に伝えられてはじめて「素題」・「主題」としてとらえられるものであるから、話し手からことばを媒介として聞き手に伝えられる事柄を特に「情報」と呼ぶことにする。したがって、「情報」には、「素題」という個々の断片的な情報と、「主題」というまとまりのある情報とがあるということになる。この情報を伝えることを、特に「発信」、それを意図する話し手を「発信者」と呼ぶこともある。また情報を受け取ることを「受信」、それを受け取る聞き手を「受信者」と呼ぶこともある。

話し手から聞き手に情報が伝達される場合には、次のような過程をとることになる。

話し手は先ず「情報」を聞き手に的確に理解してもらえるように、情報が聞き手との間にどれだけ共有されているか、もしくはどの程度落差があるのかなどを認識し、どのような情報発信の様式をとったらよいかを考慮して情報を伝えようとする。その情報が聞き手に到達したときに、それに対して、聞き手はしかるべき反応をとる。

聞き手から何の発信もなければ、そこで情報の伝達が終了する。そのような過程を解明することによって、古典の持つ情報伝達の発想様式をとらえることができ、ひいては、古典の文学性に迫る足がかりをとらえることができるのではなかろうか。それを究明してみようとするのが本書の目的である。そして、そこにはどのような日本人の伝統的な発想、精神構造が見られるかも考察してみたい。それはそのまま、現代人に失われている精神構造を見極めることにもつながるであろう。

そもそも「情報」というものは、それが聞き手に伝わってはじめて「情報」と言われるものになる。ところが、話し手の情報が必ずしもそのまま過不足なく聞き手に伝わるというものではない。話し手の心理の働きと聞き手の心理の働きとは本来異質なものであるから、情報は話し手から聞き手に伝わるときに当然変質する。先にも触れたように、結果的に話し手が発信した情報と聞き手が受信した情報とは本質的に違ったものになるわけである。したがって、時には、話し手の認識が聞き手に的確に伝わらない場合すらある。

またの日、（大輔の命婦が）上にさぶらへば、（源氏が）台盤所にさしのぞきたまひて、(a)「くはや。昨日の返り事。あやしく心ばみ過ぐさるる。」とて、（文を）投げたまへり。女房たち、「何事ならん」とゆかしがる。（源氏）(b)「ただ、梅の花の色のごと。三笠の山の少女をば捨てて」と謡ひすさびて出でたまひぬるを、命婦は、「いとをかし」と思ふ。心知らぬ人々は、(c)「なぞ、（源氏の）御独り笑みは。」ととがめあへり。（命婦）(d)「あらず。寒き霜朝に、掻練好める鼻の色あひや見えつらむ。御つづしり歌のいとをかしき。」と言へば、（女房たち）(e)「あながちなる御言かな。この中には匂へる花もなかめり。左近の命婦、肥後の采女や交じらひつらん。」など、心も得ず言ひしろふ。

（『源氏物語』・末摘花）

ここは、御所の宿直室にいた源氏を大輔の命婦が訪ねてきて、末摘花からの手紙と新年の装束を贈った、その翌日の、源氏と大輔の命婦と女房たちとの三者の会話である。

源氏は、(a)「くはや。昨日の返り事。あやしく心ばみ過ぐさるる（そら。昨日の返事だよ。変に気取りすぎたかな）」と言って、文を投げ、当時の風俗歌、(b)「ただ、梅の花の色のごと。三笠の山の少女をば捨てて」を謡いながら、独り笑みを浮かべて台盤所から出て行く。「梅の花」に末摘花の鼻を暗示させ、どうしてすばらしい女性を捨てて、こんな見劣りする女に関わりを持ったのであろうかという思いを暗示したのである。ところが、源氏の真意をはかりかねた女房たちは、源氏の微笑みには何か深い意味があるのかと思うが、それが何であるかはわからずに、ただ、(c)「なぞ、御独り笑みは」と不審がっている。それに対して、大輔の命婦は何らかの釈明をする必要があって、まず、女房たちの思惑を、(d)「あらず（御独り笑みはなんでもないのです）」とはっきり否定しておいて、さらに、「寒い霜の朝であるから、赤い掻練の衣を着て、赤い鼻をしている姿をご覧になったのであろう」と、あえて源氏の真意をはぐらかした説明をする。このはぐらかしにも女房たちは気づくはずはなく、大輔の命婦の説明を真に受けて、(e)「台盤所にいる女房の中に赤い鼻をした人はいないのに、源氏様は赤鼻の女房などとお笑いになるなんてひどいお言葉ですよ」と反発する。「左近の命婦、肥後の采女」は、宮中に仕えている鼻の赤い女官の名である。このように、源氏の「梅の花の色」、大輔の命婦の「掻練好める鼻の色あひ」から女房たちの「匂へる花」、「左近の命婦・肥後の采女」と展開していく会話には、一貫して「花の色」が共通の題材としてつながっている。情報の媒介としてのことばそれ自体は伝わったのであるが、そのことばの持つ意味、そのことばに込められたそれぞれの価値判断・思惑は食い違っている。

そもそも、ことばというものは、単なる音声・文字と意味との組み合わせから成り立っているものではなく、ことばに込められている話し手の思惑・発想をも含むものである。したがって、話し手・聞き手のそれぞれの人生において培われてきた言語環境とか、現在どのような場において情報交換がなされているのかという認識の違いなどによって、話し手と聞き手との間に誤解が生じたり、話し手が伝達しようとする情報を聞き手が意識的に曲解したりするという現象まで起こるのである。

以上の考察に基づいて、本書では「古典」における情報伝達の発想様式を考察しようとするものである。

引用文は「日本古典文学大系」（岩波書店）に拠る。表記についても、原則として「日本古典文学大系」に拠ったが、意味をとらえやすいようにするため、仮名の部分に漢字を充てるなど、改めた部分もある。それぞれの解釈については、その都度付記することは省略したが、主として、「日本古典文学大系」（岩波書店）、「日本古典文学全集」（小学館）、玉上琢彌「源氏物語評釈」（角川書店）、「日本古典評釈全注釈叢書」（角川書店）など先学の研究に負うところが多い。改めて感謝申し上げると共に、一々出典を明記せず参考にさせていただいたことをお詫び申し上げたい。

古典情報様式論　目次

古典情報様式論

序章　情報伝達の基本構造

情報の伝達は、話し手が何を伝えようとしているのかという情報と、その情報を伝えようとする話し手およびそれを受け取る聞き手があってはじめて成立する。ところが、その情報も、話し手の意図、聞き手の受け取り方、あるいはその情報がどういう状況・場面において伝達されるのかなどによって、それぞれ違った形をとることになる。したがって、情報伝達の基本構造は、情報・話し手・聞き手・場面の四つの要素によって成立するということになる。しかし、情報そのものは、もともとは客観的な存在であったかもしれないが、それが話し手の認識を経て伝えられることになるので、話し手の発想の違いによって変質される可能性がある。また同時に、聞き手の認識によっても変質される可能性を持っているので、情報は、実質的には話し手・聞き手という構成要素に包含されることになる。同じように、場面もまた話し手・聞き手の認識を通して変質する可能性もあるので、実質的には、話し手・聞き手という要素に包含されることになる。このように見てくると、情報伝達の基本構造は、話し手・聞き手という二つの要素に収斂されることになる。

第一節　情報発信の視点

古典には、その発想様式上いろいろな種類がある。歌謡・和歌・俳句などの韻文と日記・随筆・物語などの散文とに大別される。そのうち、歌謡・和歌などは本来口頭によって表現された様式である。日記・随想などは原則として文字によって表現された様式である。それに対して、物語などは、文字によって表現された様式ではあるけれども、物語には文字通り「語り」の性格が備わっている。

そのいずれの場合でも、話し手が存在し、原則として、その話し手の認識に基づいて発信されるのであるが、時には、話し手とは別な立場からの認識に基づいて発信される場合も多い。

（源氏は）「さて、向ひゐたらむを見ばや」と思ひて、やをら歩み出でて、簾垂のはざまに入りたまひぬ。この入りつる格子はまだ鎖さねば、隙見ゆるに寄りて、西ざまに見通したまへば、この際に立てたる屏風も、端の方おし畳まれたるに、紛るべき几帳なども、暑ければにや、（帷子を）うち掛けて、いとよく見入れらる。

（「源氏物語」・空蟬）

源氏が空蟬と軒端荻とを垣間見る場面である。「『さて、向ひゐたらむを見ばや』と思ひて、やをら歩み出でて、簾垂のはざまに入りたまひぬ」の部分は、作者が客観的な立場から作者の認識に基づいて叙述しているところである。ところが、「この入りつる格子（小君が入り、その後を源氏が入って今立っているところの格子）」とか「この際に立てたる屏風（小君が入った後源氏が入って、今立っているところの格子のそばの屏風）」などの「この」という近称の表現は、一応は作者の客観的な立場からの表現（地の文）ではあるけれども、作者の認識のみに基づいた表現ではなく、あくまでも登場人物源氏の認識に基づいた表現でもある。

このように、その叙述の拠って立つところの認識のあり方を、「情報発信の視点（以下「発信の視点」あるいは単に「視点」と略称する場合もある）」と呼ぶことにする。ただし、「情報発信の視点」といっても、この例文に見られるように、話し手（作者）の客観的な立場からの視点に限定されたものではなく、登場人物の視点と複合されたところの視点である場合も見られる。「暑ければにや（暑かったからであろうか）」という認識は、登場人物源氏の認識であるから、「暑ければにや」という叙述も、作者の視点からの情報発信ではあるけれども、その情報発信の視点は登場人物源氏の視点と複合された複合視点になっている。

さらに、作者がこのような内部の様子がよく見えるような場面を設定したのは、読者にこの後の物語の展開がよく理解されるように、また読者の興味を喚起するように意図したものである。そういう点において、この場面における作者の視点というものは、作者の認識による視点というだけではなく、読者に働きかける意図を持った視点、すなわち作者が読者の立場をどう認識するかということも含めた視点であるということにもなる。

この「発信の視点」は、物語に限らず、和歌・日記・論説などあらゆる類型の作品にも存在する。この発信の視点をどこに置くかによって、情報の伝え方や発想様式に違いが生じ、さらにはその発想様式の違いによって、いろいろな発想様式の類型（多くの場合単に「類型」と称する）が生じてくることにもなる。「詩歌・日記」などの発想様式の類型を普通「ジャンル」と称しているが、ここであえて「発想様式の類型」と呼称するのは、たとえば「日記」と称するジャンルでも、全編すべて同じ作者自身の視点に立って発信されているとは限らないし、また、その「日記」というジャンルも、作者は特に他者を意識しないのが普通であるが、時には読者を強く意識して、読者の共感を誘発する意図を持つ場合もあるという点において、固定的な概念による「ジャンル」という呼称を避けたいからである。

（帥の宮は）「（式部の）思ひがけぬほどに忍びて」と思して、昼より御心まうけして、日ごろも御文取り次ぎて参らする右近の尉なる人を召して、「忍びて物へ行かん。」とのたまはすれば、（右近の尉は）さなめりと思ひて侍ふ。（帥の宮は）あやしき御車にておはしまいて、「かくなむ。」と言はせたまへれば、女、いとびなき心地すれど、「なし」と聞こえさすべきにもあらず。（『和泉式部日記』）

「和泉式部日記」は、いわゆる「日記」とされているけれども、作者自身を「女」と客観的な呼び方をし、さらに、帥の宮邸における帥の宮と右近の尉とのやり取りについても客観的な視点から描写しているという点において、「和泉式部日記」は、物語の本来持っている虚構という性格も見せていることになる。このように、本来主観的な性格を持った日記においても、客観的な視点に立って語るという物語的な虚構による様式をとる場合もある。

Ⅰ　「日記」・「随筆」の視点

「日記」・「随筆」は、元来作者が自分自身の主観的な認識に即して、主として自分の人生体験や人生哲学あるいは自然の風情、そこから喚起される感興など多様な題材を取り上げて叙述する類型である。

(a)夢よりもはかなき世の中を嘆きわびつつ明かし暮らすほどに、(b)四月十余日にもなりぬれば、(c)木の下暗がりもてゆく。築地の上の草青やかなるも、(d)人はことに目もとどめぬを、あはれとながむるほどに、(e)近き透垣のもとに人のけはひすれば、(f)誰ならんと思ふほどに、(g)故宮にさぶらひし小舎人童なりけり。

（『和泉式部日記』）

「和泉式部日記」の冒頭文である。読者の立場から見ると、いろいろはっきりしない叙述が見られる。(a)「明かし暮らす」、(d)「あはれとながむる」、(f)「誰ならんと思ふ」などの行為の主体は誰であるのか、また、(e)「人のけはひすれ」、(g)「小舎人童なりけり」と認識したのは誰であるのかも標示されていない。(a)「夢よりもはかなき世の中を嘆きわびつつ明かし暮らす」における、「夢よりもはかなき世の中」とは具体的にどういう内容の事柄か、また「嘆きわびつつ明かし暮らす」心情とは具体的にはどういうものなのかもはっきりしない。(b)「四月十余日にもなりぬれ」とあるが、「四月十余日」とはどのような日付なのか、また「も」という詠嘆性の係助詞はどのような心情の表現なのかもはっきりしない。(c)「木の下暗がりもてゆく」とあるが、四月十余日にもなれば、そのような風情となるのは当然なことなのに、あえてそのような描写をしたのはなぜか。(d)「人はことに目もとどめぬを、あはれとながむる」のが作者自身の行為であるならば、そのようにわざわざ他人から自分を際立たせようとしているのには、なにか特別な表現意図があるのか。(g)「故宮にさぶらひし小舎人童なりけり」の「なりけり」にはどのような心情が表現されているのか。ここまで読んだ限りでは皆目見当がつかない。

「日記」とはそもそも作者の自己告白の記録であるから、自己の行為・心情について一々その主体である自己呼称「我」などを標示しないのが原則である。したがって、(a)(d)(f)などの行為の主体、(e)(g)などの認識の主体も標示しないのである。(a)の「夢よりもはかなき世の中」も作者の認識であるから、その具体的な内容について改めて作者自身確認する必要はなかったので、作者の認識のままに主観的な叙述で済ましてしまうわけである。

このように、本来、「日記」は、あくまでも作者自身の独白的性格を持ったものである以上は、その基本は作者の主観的な立場からの発想様式をとることになる。

行幸近くなりぬとて、殿の内をいよいよ作り磨かせたまふ。世におもしろき菊の根をたづねつつ掘りて参る。色々うつろひたるも、黄なるが見所あるも、さまざまに植ゑたてたるも、朝霧の絶え間に見わたしたるは、(a)げに老いも退きぬべき心地するに、なぞや、(b)まして思ふことの少しもなのめなる身ならましかば、好き好きしくももてなし、若やぎて、常なき世をも過ぐしてまし、(c)めでたきこと、おもしろきことを見聞くにつけても、ただ思ひかけたりし心の引く方のみ強くて、物憂く、思はずに、嘆かしきことのまさるぞいと苦しき。(d)いかで今はなほ物忘れしなむ、思ひがひもなし、罪も深かりなど、明け立てばうちながめて、水鳥どもの思ふことなげに遊びあへるを見る。

水鳥を水の上とやよそに見む我も浮きたる世を過ぐしつつ

かれも、さこそ心をやりて遊ぶと見ゆれど、身はいと苦しかんなりと思ひよそへらる。

(『紫式部日記』)

一条天皇の土御門邸への行幸を間近にひかえて、邸内は豪華に手入れされる。そのような様を見て、作者は、(a)「げに老いも退きぬべき（菊には不老不死の薬効があるという中国の古伝説に見られるとおり、老いもどこかに退散してしまいそうな）」気持ちになり、さらに、(b)「まして思ふことの少しもなのめなる身ならましかば、好き好きしくももてなし、若やぎて、常なき世をも過ぐしてまし（まして、自分の物思いが少しでも普通の人間並みであったならば、一層風流好みに振舞って若々しい気分になって、この無常な世であっても過ごすことができようものを）」という気持ちにもなる。

しかし、一方では、(c)「めでたきこと、おもしろきことを見聞くにつけても、ただ思ひかけたりし心の引く方のみ強くて、物憂く、思はずに、嘆かしきことのまさるぞいと苦しき（おめでたいことやおもしろいことを見聞くにつけても、ただ一途に思いつめた出家の気持ちに強く惹かれるばかりで、憂鬱で、気乗りがせず、ますますため息でもつきたい気持ちになるのがとてもやりきれない）」という心境になる。ここの「思ひかけたりし心」の解釈には、いろいろな説があるが、出家を願う気持ちという意味としてとらえておく。つまり、作者は、(b)現実の華やかな生活に埋没してしまいそうな心境と、(c)ひたすら出家を願う気持ちの葛藤に悩んでいるというのである。挙句の果ては、(d)「いかで今はなほ物忘れしなむ、思ひがひもなし、罪も深かり（今となっては、何とかしてもう何もかも忘れてしまおう、いくら思ってみても甲斐もないことだし、こんなことで思い悩んでいると往生の障りにもなって罪深いことだ）」と思う。そこには、一種のあきらめの気持ちが見られる。池に遊ぶ水鳥を見ても、水鳥も私同様いろいろ苦しいことがあるのだろうとも思う。結局のところ、作者はどちらかに悟りきることもできず、(a)「なぞや（なんとしたことであろうか）」と叙述されているように、わが身のそのような心の矛盾をわれながら不審にも思うのである。ここには、華麗な宮廷生活に惹かれていく自分と無常な現実の悲哀から何とかして抜け出したいと願う気持ちの相克に悩む作者の心境が赤裸々に語られている。これなどは、結果的に他人に読まれた日記ではあるけれども、ことさら読者を想定して訴えかけるという意図を持って執筆された日記ではなく、作者の偽らざる心情が赤裸々に独白されている典型的な日記文学なのである。

ところが、中には、最初から不特定多数の読者を想定して訴えかけるという意図を持って執筆される日記も見られる。

かくありし時過ぎて、世の中にいとものはかなく、とにもかくにもつかで、世に経る人ありけり。かたちとても人にも似ず、心魂もあるにもあらで、かうものの要にもあらであるも、ことわりと思ひつつ、ただ臥し起き明かし暮らすままに、世の中に多かる古物語の端などを見れば、世に多かる空事だにあり、人にもあらぬ身の上まで書き日記して、めづらしきさまにもありなん、天下の人の品高きやと、問はん例にもせよかしとおぼゆるも、過ぎにし年月ごろのこともおぼつかなかりければ、さてもありぬべきことなん多かりける。

（「蜻蛉日記」・上）

「蜻蛉日記」の冒頭部である。「蜻蛉日記」は、元来「日記」という類型であるから、私的な事態なり心情なりが作者の主観的な視点において叙述されるはずである。ところが、この日記は、「天下の人の品高きやと、問はん例にもせよかしとおぼゆる（この上ない高い身分の男と結ばれた女の人生とはどんなものなのかということを知りたいと思う人に対する答えの一端としてほしいと思われる）」と叙述されているように、不特定多数の読者を意識して執筆された日記ということになる。

春は曙。やうやう白くなり行く山際少しあかりて、紫だちたる雲の細くたなびきたる。

（「枕草子」・第一段）

「枕草子」は随筆である。この文章には、読者の理解を意図しない発想様式が見られる。作者の認識としては、「春は曙」が「をかし」というのであろうが、そのような認識に至る客観的な根拠は見当たらない。すなわち、この叙述から得られる感興は、読者の認識の赴くままに任せられているのである。「やうやう白くなり行く山際少しあかりて、紫だちたる雲の細くたなびきたる」は、「春の曙」の具体的な描写であるが、それに対して作者はどのような感興を抱いたのかも読者にはわからない。作者の主観的な認識に即して叙述されている写生句のような情報である。これが、随筆の典型的な発想様式である。

七月ばかりいみじう暑ければ、よろづの所開けながら夜も明かすに、月のころは寝おどろきて見出すに、いとをかし。闇もまたをかし。有明、はたいふもおろかなり。

（「枕草子」・第三六段）

ここには「いとをかし」「をかし」「いふもおろかなり」という作者の価値判断・感興が表明されているが、それは必ずしも読者の価値判断・感興と一致するわけではなく、あくまでも、作者の主観的な認識あるいは価値判断に即した叙述なのである。そういう点において、ここも典型的な随筆の発想様式になっている。

Ⅱ　「詩歌」の視点

個人の詠む詩歌などは、主として、作者自身の心情を自分の認識・感興に即して、主観的な立場から流露・独白する類型であって、ことさら特定な読者を想定しているわけではない。

題しらず　　　　　　読人しらず

梅が枝に来居る鶯春かけて鳴けどもいまだ雪は降りつつ

（「古今集」・五）

個人の詠む和歌は、時にはある程度その歌の生まれた状況を詞書という体裁で説明することもあるが、原則的には、そのときそのときの感興を、個人的な立場から何の解説も加えずに詠むという様式である。したがって、個人詠の和歌の場合には、読者はその詩歌から受け取ることのできる状況以外の情報はなく、ひたすらその詩歌の世界を想像あるいは追体験するだけであるから、物語などに比べて数段多様な解釈が可能になってくるはずである。この歌の場合も、詞書に「題しらず」、「読人しらず」とあって、この歌の成立の事情については何一つ説明がない。歌全体としては、「梅の枝に来て止まっている鶯は、『春かけて』鳴いているけれども、まだ雪がしきりにちらちら降っていて」と解釈できるが、「春かけて」の部分については、「春になって」、「春を心にかけて（慕って）」、「春を賭けて（もう間違いなく春が来たことを請合いますよと言って）」などいろいろなとらえ方がある。作者自身はどのような認識を表現しようとしたのかわからないが、どの解釈をとるかは、最終的には、この歌を鑑賞する人に任せられているのである。

人の家に賀したるところあり。
大空を廻る月日のいく返り今日行く末にあはんとすらん
旅行く人の、浜面に馬止めて、千鳥の声聞くところあり。
一声にやがて千鳥と聞きつれば世々をつくさん数も知られず
（「蜻蛉日記」・中）

「……ところあり」という標示は、「屏風歌」であることの常套表現である。「屏風歌」は、原則として、作者が、屏風絵に描かれている絵から惹き起こされる感興を詠む様式である。したがって、普通の独詠の場合と同じように、作者個人の主観的な立場からの独白ということになる。

ところで、時には、何人かが集まって遊宴する場合にも、必ずと言ってよいほど、詩歌による交流がなされる。その場合には、個人の思いを独白するという独詠とは違って、その遊宴の目的や背景、そこに集う人々の思惑などを斟酌して詠まれる。その詩歌を聞く人々も、その作者と場面を共有しているので、その歌に込められた作者の思いは十分に理解できる。

天喜四年四月三十日皇后宮寛子春秋歌合

一番　　左勝　　臨時客　　小式部命婦

春立てばまづ引き連れて諸人も万代経べき宿にこそ来れ

右　　月　　伊勢大輔

曇りなき空の鏡と見ゆるかな秋の夜長く照らす月影

この歌合せの主宰者皇后宮寛子は関白藤原頼通の女で後冷泉天皇の皇后である。左の題「臨時客」とは、毎年正月二日、摂関家において行われる饗宴の際の臨時の客のことで、その題が「引き連れて」と詠み込まれている。右の題「月」はそのまま「月影」として詠み込まれている。さらに、両者共に、「万代経べき宿（万代に栄えるお屋敷）」、「秋の夜長く照らす月影」という表現によって、摂関家が末永く繁栄することを予祝している。このように、それぞれの題目を詠み込み、しかも主催者の繁栄を寿ぐという、単なる作者の感懐を訴えるものではなく、その遊宴の目的・場面および主宰者・参会者を対象とする視点をとっているのである。

Ⅲ　「贈答歌」・「消息」の視点

贈答歌・消息などは、発信者が自分自身の主観的な認識に即しながらも、一方では、相手の共感を誘発するために、相手の立場をも斟酌しつつ、自分の認識を相手に伝える類型である。

秋つ方になりにけり。添へたる文に、(兼家)「心さかしらついたるやうに見えつる憂さになん念じつれど、いかなるにかあらん、

(a)鹿の音も聞こえぬ里に住みながらあやしくあはぬ目をも見るかな」

とある返事、

(b)「高砂の尾の上わたりに住まふともしかさめぬべき目とは聞かぬを

げにあやしのことや」とばかりなん。また程経て、

(c)逢坂の関屋なになり近けれど越えわびぬれば嘆きてぞ経る

返し、

(d)越えわぶる逢坂よりも音に聞く勿来を難き関と知らなん

など言ふ。

(「蜻蛉日記」・上)

兼家と作者が歌を贈答することによって、それぞれの思いを相手に伝えようとしている。贈答歌の場合には、相手のことばを取り入れながら、相手の意図するところとは違ったとらえ方をして、相手を揶揄したり、反駁したりする遊び的要素を持つ場合が多い。

(b)は、(a)の、「あやしくあはぬ目をも見るかな(あなたに逢えない悲しみのために不思議に眠れないことです)」ということを受けて、「しかさめぬべき目とは聞かぬを、げにあやしのことや(そんなに寝覚めがちになるとは聞いておりませんが、鹿の鳴く里でもないのに、眠れないとはどうしたことでしょう。本当に不思議ですね)」と皮肉っている。(d)は、(c)の、

「逢坂の関屋なになり（すぐ逢えるという逢坂の関はいったいなんなのでしょう）」と詠んで、逢坂の関を越えずに嘆いていますと言って寄越したのに対して、逢坂の関と同じ関の勿来の関を歌材として、「勿来を難き関と知らなん（勿来の関のほうがもっと越えにくい関とご承知いただきたい）」と詠んで、いい加減な気持ちで訪ねて来ないでくださいと反駁している。このように、作者の歌には、表面上は兼家に対する皮肉や反駁の心情が込められてはいるが、その底には、兼家に対して、変わらぬ愛を求めている心情が感じ取られる。散文形式によって自己の心情をこまごまと、あるいはくどくどと訴えるよりも、歌という伝達手段によって心情を吐露したほうが、直截的に相手の心情に訴えることになって、相手の胸になお一層強く響いていくのではなかろうか。歌というものがそのような力を持っているからこそ贈答歌による心情の交流が有効なのである。古代の人たちはそのような有効な手段を身をもって切実に感じ取っていたので、歌を贈答するという情報伝達の様式を日常頻繁にとったわけである。

（源氏からの消息文）「(a)もて離れたりし御気色のつつましさに、思ひたまふるさまをも、えあらはし果てはべらずなりにしをなむ。(b)かばかり聞こゆるにても、おしなべたらぬ心ざしの程を御覧じ知らば、いかにうれしう」などあり。（「源氏物語」・若紫）

源氏が紫の姫君を所望したい旨を尼君に対して申し送った消息である。この消息は、(a)(b)二つの趣旨から成り立っている。先ず(a)において、相手の尼君の、「もて離れたりし御気色（姫君はまだ幼いから、源氏の相手にはなれない旨のことをおっしゃって、取り合ってもくださらなかったご様子）」に対して、源氏は、「つつましさに、思ひたまふるさまをも、えあらはし果てはべらずなりにし（きまり悪く存じまして、私の思っていることも十分に打ち明けられずに終わってしまいました）」と、相手の意向を尊重しながらも、(b)において、「かばかり聞こゆるにても、おしなべたらぬ心ざしの程を御覧じ知らば、いかにうれしう（これほど重ねて申し上げますことによって、一通りではない私の思いのほどをお察しいただければ、どんなにか嬉しく存じます）」という源氏の姫君所望の思いを強く尼君に訴えているのである。

このように、消息文は、何らかの意図があって送るものであるから、話し手の立場に立って、話し手の思いを聞き手によく理解してもらおうとするのである。そのためには、先ず話し手としても、聞き手の思惑を斟酌し、それを尊重しなければならない。しかも、それだけではなく、聞き手にも話し手の立場を十分に納得してもらわなければならない。すなわち、消息文は、本来、話し手の視点からの情報ではあるけれども、話し手の一方的な情報ではなく、聞き手の立場をも十分に斟酌した情報でなければならない。そういう点において、消息文の視点は、話し手の立場からの視点と同時に聞き手の立場をも認識した重層的な視点なのである。

Ⅳ 「物語」の視点

「物語」には、歌物語・作り物語・歴史物語などいろいろな類型が見られるが、基本的には、作者が特定の主題を設定し、それを客観的な視点に立って語る様式「地の文」と、登場人物の視点に立って語る様式「心の文」・「話の文」とによって構成される。

いづれの御時にか。女御・更衣あまたさぶらひたまひける中に、いとやむごとなき際にはあらぬが、すぐれて時めきたまふありけり。初めより、「我は」と思ひあがりたまへる御方々、めざましき者に貶めそねみたまふ。同じ程、それより下﨟の更衣たちはまして安からず。朝夕の宮仕へにつけても、人の心をのみ動かし、恨みを負ふつもりにやありけむ、いとあつしくなりゆき、もの心細げに里がちなるを、（帝は）いよいよ飽かずあはれなるものに思ほして、人の謗りをもえ憚らせたまはず、世の例にもなりぬべき御もてなしなり。上達部・上人などもあいなく目をそばめつつ、「いとまばゆき人の御覚えなり。唐土にも、かかる事の起こりにこそ世も乱れ悪しかりけれ」と、やうやう天の下にも、あぢきなう人のもて悩みぐさになりて、……

（「源氏物語」・桐壺）

この「源氏物語」の冒頭部には、典型的な物語の視点が見られる。先ず最初に、「いとやむごとなき際にはあらぬが、すぐれて時めきたまふ」一人の女性（更衣）を登場させる。その更衣が更衣の身分でありながら、帝の寵愛を一身に集め、その結果、権門勢家出身の他の女御や更衣たちの妬みを受け、遂には病気になってしまう。しかし、帝は上達部・上人・女御・更衣たちの誹りをも顧みず、ますますその更衣を寵愛するということになる。やがて更衣は源氏を残して病没してしまう。幼時に母を失った源氏は、この母の面影を求めて、藤壺女御・紫の上という女性との愛の物語を展開していくことになる。作者が客観的な立場に立って、純粋な愛情を貫こうとする帝と更衣、政権抗争に明け暮れる非情な世界の女御・更衣・上達部・上人、この相対立する人物たちを描写することによって、読者に、その後に展開する、愛に貫かれた人間性の世界と非情な権力抗争の世界との葛藤という「源氏物語」の主題を予見せしめるのである。

このように、作者の客観的な立場から物語を展開するというのが物語の基本的な視点である。

(a)（道定が）参りて、「まだ人は起きてはべるべし。ただこれよりおはしまさん。」と、しるべして、（匂宮を寝殿に）入れたてまつる。（匂宮は）やをら（簀子に）上りて、格子の隙あるを見つけて寄りたまふに、伊予簾はさらさらと鳴るも(b)つつまし。新しう清げに造りたれど、さすがに荒々しくて隙ありけるを、「誰かは来て見ん」

とうち解けて、穴もふたがず、几帳の帷子うちかけて、押しやりたり。火明うともして、物縫ふ人三四人ゐたり。童のをかしげなる糸をぞ縒る。これが顔、まづかの火影に見たまひしそれなり。（匂宮は）「うちつけ目か」と、なほ疑はしきに、右近となのりし若き人もあり。君は、腕を枕にて、火を眺めたるまみ、髪のこぼれかかりたる額つき、いと貴やかになまめきて、対の御方にいとようおぼえたり。

（「源氏物語」・浮舟）

匂宮が大内記道定を案内人として、宇治に住む浮舟の寝殿に忍び寄って、密かに垣間見る場面である。(a)の部分は、作者の客観的な視点からの描写である。この作者の視点からの描写から「伊予簾はさらさらと鳴る」のところまで進んできたところで、「つつまし（垣間見ていることに気づかれはしまいかと気が引ける）」という匂宮の心情描写に流れ込んできて、以下(b)の部分は、「新しう清げに造りたれど、さすがに荒々しくて隙ありけるを、『誰かは来て見ん』とうち解けて、穴もふたがず」という、作者の視点と匂宮の視点との複合した視点からの描写が見られるけれども、「几帳の帷子うちかけて」以下はすべて匂宮の視点からの描写となっている。垣間見ている人物の認識に即した表現をとることによって、読者もその人物と一体となって、物語の現場に居合わせたような気持ち、臨場感を味わうことになる。

このように、物語は、作者の客観的な視点からの描写を基盤としているけれども、それだけで統一されているのではなく、登場人物の視点からの描写も重層的に構成されているという様式をとる類型なのである。

かの大弐の北の方、上りて、おどろき思へるさま、侍従が嬉しきものの、今しばし待ちきこえざりける心浅さを恥づかしう思へるほどなどを、(a)いま少し問はず語りもせまほしけれど、いと頭痛く、うるさく、物憂ければなむ。今またも、ついであらむ折に、思ひ出でてなん聞こゆべき(b)とぞ。

（「源氏物語」・蓬生）

ここは「蓬生」の巻の終結部である。末摘花が源氏の庇護を受けて源氏の二条院に移った幸運を知って、末摘花を憎んでいた叔母大弐の北の方はおどろき、末摘花の侍従は、末摘花の幸運を待たずに末摘花のもとを去って行ってしまった浅はかさを後悔する。(a)は、この二人の様子を詳しく語ろうと思ったができなかったということを、この物語を語っている古女房の視点から語ったものであり、(b)の「とぞ」は、その古女房の語ったことば(a)を引用した筆録者の視点からの叙述である。このように、語り手の視点が重層構造をなす場合もある。

（世次）「帝王の御次第は申さでもありぬべけれど、入道殿下の御栄華も何により開けたまふぞと思へば、先づ帝・后の御有様を申すべきなり。植木は根を生ほしてつくろひおほしたてつればこそ、枝も茂りて木の実をも結べや。しかれば、先づ帝王の御続きをおぼえて、次に大臣の続きは明かさんとなり。」と言へば、大犬丸をとこ、「いでいで、いといみじうめでたしや。ここらの皇の御有様をだに鏡をかけたまへるに、まして大臣などの御事は、年頃闇に向かひたるに、朝日のうららかにさし出でたるに会へらん心地もするかな。また、翁が家の女どものもとなる櫛笥鏡の、影見えがたく、研ぐわきも知らず、うち挟めて置きたるにならひて、明く磨ける鏡に向かひてわが身の顔を見るに、かつは影はづかしく、またいとめづらしきにも見たまへりや。いで興ありのわざや。さらに翁今十二十年の命は今日延びぬる心地しはべり。」と、いたくゆげするを見聞く人々、おこがましくをかしけれども、言ひ続くることどももおろかならず、おそろしければ、ものも言はでみな聞きゐたり。

（『大鏡』・第一巻）

「大鏡」という歴史物語は、紫野雲林院の菩提講という、多くの人々が集まる場所を舞台として、大宅世次と夏山重木という二人の年老いた翁に重木の妻、若侍とが加わって、世次が主として昔の史実を語り、他の三人が聞き手となって合槌を打ったり補足したり、時には異なる意見を挟んだりするのを、傍で情景描写や感想などを交えながら書き留める作者を設定するという戯曲的構成をとっている物語である。

ここは、後一条天皇までの物語が終わり、次いで藤原氏の列伝に移ろうとするところである。世次は、道長の栄華は何によって開けたのかを説明するためには、歴代の天皇の事績を語る必要があったと言い、それに続いて大臣たちの物語に入ろうとしているという意図を説明している。それを聞いて、重木も合槌を打って、世次をすべてを明らかに照らす鏡にたとえて、物語の展開に期待を持たせる。一方、「おこがましくをかしけれども、言ひ続くることどももおろかならず、おそろしければ、ものも言はでみな聞きゐたり（ばかばかしく滑稽に思いますが、世次の語り続ける話はいい加減なことではなく、恐ろしいまでに感じられて、物も言わずみな聞いていました）」とあるように、聴衆も期待に目を見張るという展開になっている。

このように、語り役の人物を登場させて、物語を語らせるという様式をとるのも物語の視点のひとつである。

Ⅴ　「論説」の視点

論説は、作者が特定の主題を設定し、作者の主観的な認識・価値判断に基づいて、それを叙述し、同時に、他者に対する啓蒙をも意図する類型である。作者を視点として叙述するという点においては、「論説」も「日記」・「随筆」も同じ様式であるので、それを区別する截然たる表現は見出すことはできないが、強いて言えば、叙述内容が、「日記」・「随筆」の場合は、心情的・感覚的なものであるのに対して、「論説」の場合は、理知的・論理的なものということができようか。また、「日記」・「随筆」は、その叙述内容を自己の心の中でしみじみと再認識するという意図を持った類型であるのに対して、「論説」は、その叙述内容を他者に示して、他者を啓蒙するという意図が見られる類型であるというところにも違いが見られる。しかし、これとても判然としない場合が多い。

(a)和歌は、人の心を種として、万の言の葉とぞなれりける。(b)世の中にある人、事・業繁きものなれば、心に思ふ事を、見るもの聞くものにつけて、言ひ出だせるなり。(c)花に鳴く鶯、水に住むかはづの声を聞けば、生きとし生けるもの、いづれか歌を詠まざりける。(d)力をも入れずして天地を動かし、目に見えぬ鬼神をもあはれと思はせ、男女の中をも和らげ、猛き武士の心をも慰むるは歌なり。

（「古今集」・仮名序）

この「古今集」・仮名序冒頭の文章は、和歌の原理を論じたものである。この文章は、(a)(b)(c)(d)の四文から成っている。最初に、和歌のよって生まれる根本的な原理を、「和歌は」という提示語と、それを受けた、「人の心を種として、万の言の葉とぞなれりける」という文統括成分とによって説明している。その「種」とか「言の葉」とかの比喩的・抽象的な表現によって提示した原理を、(b)と(c)によって具体的に解説している。次いで、その原理によって論じられたところの、「人の心を種として」生まれた和歌というものが人間を感動させるという、和歌の効用に論を展開していく。文の構造から見ても、(c)の「花に鳴く鶯」と「水に住むかはづ」、(d)の「天地を動かし」、「目に見えぬ鬼神をもあはれと思はせ」、「男女の中をも和らげ」という三つの対句仕立てによって論点を明確にしていく。このように、作者の視点に立って、緻密な論理的な構成をとることによって、主題を明確に伝えるというのが「論説」という類型の発想様式なのである。

家居のつきづきしくあらまほしきこそ、仮の宿りとは思へど、興あるものなれ。(a)よき人ののどやかに住みなしたる所は、さし入りたる月の色も一きはしみじみと見ゆるぞかし。今めかしくきららかならねど、木立ものふりて、わざとならぬ庭の草も心あるさまに、簀子・透垣のたよりをかしく、うちある調度も昔覚えて安らかなるこそ心にくしと見ゆれ。(b)多くの工の心を尽くして磨きたて、唐の、大和の、めづらしくえならぬ調度ども並べ置き、前栽の草木まで心のままならず作りなせるは、見る目も苦しくいとわびし。さてもやは永らへ住むべき。また時の間の煙ともなりなんとぞ、うち見るより思はるる。大方は家居にこそことざまは推し量らるれ。

（徒然草・第一〇段）

冒頭文の叙述内容がこの段において作者が主張したい主題である。それを具体的に説明するために、(a)「よき人ののどやかに住みなしたる所は」と(b)「心のままならず作りなせるは」とを「は」という提示表現によって、対比対偶させるという論理的な構成をとっている。ところで、この段において、作者の意図する主題を具体的に叙述しているのは(a)の方である。「よき人」の住居の、古風で自然環境と融合した情趣深いところが作者の好んだ点である。「仮の宿り（無常な世における一時の住居）」であるからこそ、住居が「つきづきしくあらまほしき（住む人に似つかわしく好ましい）」様であるというのが作者の理想としたものなのである。つまり、(a)を鮮明にするために、(b)を対比対偶させるという構成をとっているのである。

このように、主題を中心として文章全体を構成していくというのが論説の基本的な様式である。

名利に使はれて、閑かなる暇なく一生を苦しむるこそ愚かなれ。(a)財多ければ身を守るにまどし。……利にまどふはすぐれて愚かなる人なり。(b)埋もれぬ名を長き世に残さんこそあらまほしかるべけれ。位高くやんごとなきをしもすぐれたる人とやは言ふべき。愚かにつたなき人も、家に生まれ時にあへば、高き位に昇り奢を極むるもあり。いみじかりし賢人・聖人みづから賤しき位に居り、時にあはずして止みぬる、また多し。偏に高き官・位を望むも次に愚かなり。(c)知恵と心とこそ世にすぐれたる誉も残さまほしきを、つらつら思へば、誉を愛するは人の聞きを喜ぶなり。誉むる人、謗る人共に世に止まらず、伝へ聞かん人またまた速やかに去るべし。誰をか恥ぢ、誰にか知られんことを願はん。誉はまた謗りの本なり。身の後の名残りてさらに益なし。これを願ふも次に愚かなり。

（『徒然草』・第三八段）

この段は、冒頭文の、「名利に使はれて、閑かなる暇なく一生を苦しむるこそ愚かなれ」ということを主題として論じている。その「名利」の例として、(a)「財」、(b)「高き官・位」、(c)「知恵と心との誉」を挙げ、(a)「利にまどふはすぐれて愚かなる人なり」、(b)「偏に高き官・位を望むも次に愚かなり」、(c)「これ（知恵と心とが世間よりも勝っているという名声）を願ふも次に愚かなり」という類似した素題を対偶させることによって、冒頭文の主題をより具体的に論じる類似対偶構成をとっているのである。

このように、「論説」は、作者の主観的な視点に立って、主題を論理的に構築して、読者を啓蒙するという意図を持った類型なのである。

第二節　情報空間

情報が伝達される場合の発想様式は、(a)話し手がどのような視点に立って情報を聞き手に伝えるかによって違いが見られる。また、(b)話し手と聞き手との間に情報が共有されているか、情報が共有されていないかによっても発想様式が違った形をとる。(c)話し手が聞き手に対してどの程度身分・地位の格差あるいは親疎の認識を持つかによっても発想様式を異にする。このような情報伝達における話し手と聞き手との関係を「情報空間」と呼ぶことにする。「情報空間」として、(a)のような空間を「視点空間」、(b)を「認識空間」、(c)を「親疎空間」と呼ぶことにする。この三つの情報空間が別々に成立することはあまりなく、多くはこれらの情報空間が複合された形で情報が発信されたり、受信されたりする。これらの発想様式の実際については、第一章以下において改めて詳しく考察することにする。その際、一々、「視点空間」・「認識空間」・「親疎空間」という呼称を用いて説明することは省略するが、実際の発想様式はそれぞれの情報空間によって規制されている。

Ⅰ 視点空間

話し手がどのような視点に立って、情報を聞き手に伝えるかという「視点空間」には、主としてひとつの作品における作者と読者との間の視点空間と対話などに見られる話し手と聞き手との間の視点空間とがある。しかし、それとても、その区別が判然としない場合もある。対話は、話し手と聞き手との情報交換ではあるが、物語における対話などにおいては、時には、作者の立場に立って読者に語りかける視点空間になっている場合も見られる。

(1) 作者と読者との間の視点空間

作者が情報を読者に伝える場合、作者の意図するところを直接読者に語りかけるという視点、客観的な立場から描写するという視点、登場人物の認識を通して間接的に描写するという視点などいろいろな視点空間が見られる。

(a)光源氏、名のみことごとしう、言ひ消たれたまふ咎多かなるに、（源氏が）「いとどかかる好きごとどもを末の世にも聞き伝へて、軽びたる名をや流さむ」と、忍びたまひける隠ろへごとをさへ語り伝へけん、人の物言ひさがなさよ。(b)さるは、いといたく世を憚り、まめだちたまひけるほど、なよびかにをかしきことはなくて、交野の少将には笑はれたまひけんかし。(c)まだ、中将などにものしたまひし時は、内裏にのみさぶらひようしたまひて、大殿には絶え絶えまかでたまふ。

（「源氏物語」・帚木）

「帚木」の巻の冒頭部である。(c)の部分は、作者が客観的な立場から描写するという視点空間である。ところが、(a)の部分は、源氏が、「いとどかかる好きごとどもを末の世にも聞き伝へて、軽びたる名をや流さむ（このような浮気の数々を後の世にも伝えられて、源氏はなんと軽率な者よとますます噂されはすまいか）」と懸念して、隠していた秘密までも語り伝えたというのは意地悪な人だよと、源氏の行状を語り伝えている語り手に対する批判を読者に語りかけるという視点空間をとっている。(b)の部分は、作者が、登場人物である光源氏に対して、「いといたく世を憚り、まめだちたまひけるほど、なよびかにをかしきことはなく（とてもひどく世間に気兼ねしてまじめくさっていらっしゃったので、なまめかしくおもしろいことなどもなく）」と批判して、それを読者に語りかけるという視点空間になっている。

同じ作者と読者との間の視点空間であっても、(a)のように、作者が、物語の語り手に対する価値判断を読者に語りかける場合、(b)のように、登場人物に対する価値判断を読者に語りかける場合、(c)のように、物語の展開を客観的な立場から描写する場合というように、いろいろな視点空間が見られる。

（源氏が）人々は帰したまひて、惟光の朝臣とのぞきたまへば、ただこの西面にしも、持仏据ゑたてまつりて行ふ、尼なりけり。簾垂少し上げて、花奉るめり。中の柱に寄りゐて、脇息の上に経を置きて、いと悩ましげに読みゐたる尼君、ただ人と見えず。四十余りばかりにて、いと白うあてに痩せたれど、面つきふくらかに、まみのほど髪の美しげにそがれたる末も、「なかなか長きよりもこよなう今めかしきものかな」と、（源氏は）あはれに見たまふ。

（「源氏物語」・若紫）

源氏が後の紫の上となる姫君を垣間見る場面である。「人々は帰したまひて、惟光の朝臣とのぞきたまへば」は、作者の客観的な立場から事態を描写するという視点空間であるが、「ただこの西面にしも」以下は、一応は作者の視点に立っての描写の形をとってはいるけれども、すべて垣間見ている源氏の認識に基づく視点に立って描写するという視点空間である。

(2) 話し手と聞き手との間の視点空間

対話における発話の視点も、話し手の認識に即したものではあるが、聞き手に対する認識の違いによって多様な視点空間が見られる。

切懸だつものに、いと青やかなるかづらの心地よげにはひかかれるに、白き花ぞおのれひとり笑みの眉開けたる。（源氏）(a)「をちかた人に物申す。」と独りごちたまふを、御随身つい居て、(b)「かの白く咲けるをなん『夕顔』と申しはべる。花の名は人めきて、かうあやしき垣根になん咲きはべりける。」と申す。げに、いと小家がちにむつかしげなるわたりの、このもかのもあやしくうちよろぼひて、むねむねしからぬ軒のつまごとに（夕顔が）這ひまつはれたるを、（源氏）(c)「くちをしの花の契りや。一房折りて参れ。」とのたまへば、（随身は）この押し上げたる門に入りて折る。さすがにざれたる遣り戸口に、黄なる生絹の単袴長く着なしたる童のをかしげなる出で来て、うち招く。白き扇のいたうこがしたるを、（女童）(d)「これを置きて参らせよ。枝も情けなげめる花を。」とて、とらせたれば、（随身は）門開けて惟光の朝臣出で来たるして、奉らす。（惟光）(e)「鍵を置き惑はしはべりて。いと不便なるわざなりや、物のあやめ見たまひ分くべき人も侍らぬわたりなれど、（源氏の君様が）らうがはしき大路に立ちおはしまして。」と、かしこまり申す。

（「源氏物語」・夕顔）

源氏が大弐の乳母を見舞ったときに、乳母の家の横にある家の垣根に白い花が咲いているのを見つけて、「うち渡す遠方人に物申す我そのそこに白く咲けるは何の花ぞも（その向こうにおいでの方にお尋ねしますが、あなたのそばにその白く咲いているのは何の花ですか）」（「古今集」・一〇〇七）をふと思い出して、誰に言うともなしに、(a)「をちかた人に物申す」とつぶやいたというのである。話し手源氏が他の誰かを特定な聞き手として認識しているのではなく、自分自身を聞き手と認識した発話である。本歌の「何の花ぞも」は誰かを対象として問いかける形であるのに、源氏は、花の名前を答えてくれる者はいないとの思いから、独りつぶやいたというのである。「夕顔」の巻の冒頭文に、「六条わたりの御忍びありき」と叙述されているように、六条御息所を訪ねた後、いつも傍に控えている惟光さえ現在は傍にいない状況下の忍び歩きであったということを源氏自身が認識した発話である。そういう点から見ると、この源氏の発話は、この場の源氏の置かれた忍び歩きという状況を読者に対して改めて認識させようとするための「作者と読者との間の視点空間」ということにもなる。この源氏の独り言に対して、随身はさすが源氏の随身だけあって、古今集の歌をとっさに思い浮かべて、「かの白く咲けるをなん『夕顔』と申しはべる」と答える。随身の発話は、「申しはべる」という敬語の使用によっても明らかなように、聞き手である源氏を認識したものであるということになる。随身の存在を改めて認識した源氏は、今度は随身を対象として、

(c)「一房折りて参れ」と命令する。しかし、「くちをしの花の契りや（こんな賤しい場所に咲くとはなんと悲運な花よ）」は、特に随身に呼びかけた発話ではなく、独り言に近い発話であるが、随身の、「花の名は人めきて、かうあやしき垣根になん咲きはべりける（花の名前は人並みに女の名前らしいけれども、この花は、このように人並みならぬみすぼらしい垣根に咲きます）」に呼応した言い方であり、何かこれからの物語の展開を暗示させるような対話になっている。事実、この後、ここに暗示されているような源氏と夕顔との悲劇的な出会いが展開することになる。このように見ると、この対話も、意図的に作者が読者に向かって物語の展開を暗示するという点において、「話し手と聞き手との間の視点空間」と「作者と読者との間の視点空間」との複合された視点空間ということになる。女童の発話(d)は、「話し手と聞き手との間の視点空間」である。惟光の発話、(e)「物のあやめ見たまひ分くべき人も侍らぬわたりなれど、らうがはしき大路に立ちおはしまして（ここにいらっしゃる方が源氏の君様だなどと見分けることがおできになるような方もいないあたりではございますが、こんなむさくるしい大路に、源氏の君様が立っておいでなさるとは不都合なことでございます）」は、直接源氏に対しての発話であるが、ここも、惟光の発話に託して、「らうがはしき大路」を忍び歩く源氏とこの後予想される女君との不幸な出会いを改めて暗示している発話である。このような惟光の発話から、読者は、先ほどの、白い扇に夕顔の花を載せて車の貴公子の方に差し上げさせるというような優雅な可愛らしい女童を使用しているこの家の主は、さぞかし由緒ある姫君であり、当然この後物語に登場するであろうと予想するに違いない。

このように、「話し手と聞き手との間の視点空間」であっても、時には、「作者と読者との間の視点空間」を複合した視点空間となる場合も見られるのである。

Ⅱ　認識空間

「認識空間」には、話し手が聞き手との間に情報が共有されていると認識する場合と、共有されていないと認識する場合とがある。情報が共有されているか否かによって発想様式も違ってくる。

(1)　情報を共有する話し手と聞き手との認識空間

物語の冒頭部分や新しく展開する場面においては、読者にとってはすべてが新しい情報空間になるので、作者から読者に対して新しい情報が絶えず提供されなければならない。しかし、その後の物語の展開においては、既に語られている情報であるならば、ことさら改めて説明をしなくとも、読者には理解されるのが普通である。

今は昔、竹取の翁といふ者ありけり。野山にまじりて竹を取りつつ、よろづの事に使ひけり。名をばさかきの造となむ言ひける。その竹の中に、もと光る竹なむ一筋ありける。あやしがりて寄りて見るに、筒の中光りたり。それを見れば、三寸ばかりなる人いとうつくしうてゐたり。翁言ふやう、「我朝ごと夕ごとに見る竹の中におはするにて知りぬ。子となりたまふべき人なめり。」とて、手にうち入れて家へ持ちて来ぬ。妻の女に預けて養はす。うつくしきこと限りなし。いと幼ければ、籠に入れて養ふ。

（「竹取物語」）

竹の中から見つけた可愛い女の子を見て、竹取の翁が、「子となりたまふべき人なめり（あなたは当然わが子となるべき運命の人のようですね）」と判断したことに対して、既に冒頭部分において、「野山にまじりて竹を取りつつ、よろづの事に使ひけり」と叙述されているので、作者が改めてその根拠を説明しなくても、竹の中から見つけ出した女の子も当然翁の子となるべきものと翁が判断したということを読者は納得するはずである。

物語に限らず、いわゆる「対話」などにおいても、原則として、同一場面における共通認識を持った話し手と聞き手との情報交換であるならば、共通に認識している情報については、一々詳しく説明するような発話は見られない。

(匂宮は)恨みても泣きても、よろづのたまひ明かして、夜深く(浮舟を)率て帰りたまふ。例の、(浮舟を)抱きたまふ。(匂宮)「いみじく思すめる人は、かうはよもあらじよ。見知りたまひたりや。」とのたまへば、(浮舟は)「げに」と思ひてうなづきてゐたる、いとらうたげなり。

(「源氏物語」・浮舟)

匂宮が浮舟を舟に乗せて連れ出し、激しい愛の二日間を過ごして、また舟に乗せて帰るときの二人の応答である。匂宮は、「いみじく思すめる人は、かうはよもあらじよ。見知りたまひたりや(あなたが大切にお思いの薫の君は、このようにあなたを抱いて舟に乗せたり下ろしたりなどは到底しないでしょうね。あなたを心底から愛している私の気持ちはわかっていらっしゃいますね)」と、薫を引き合いに出して、わが身の愛の強さを訴えようとしている。「いみじく思すめる人」と言うだけで、それが薫のことを意味しているということは、当事者である浮舟にも容易に理解できるはずである。この匂宮の発話に対して、匂宮に身も心も捧げた浮舟であってみれば、ただ、「げに(本当におっしゃる通りです)」と言って、後は何も言わずに黙ってうなづいているだけで、浮舟の匂宮に対する思いは通ずるはずである。このように、身も心も捧げた男女の情愛には余計な説明は必要ない。

集団遊宴・物合せ・集団講話・気心の知れた者同士の集まりなどにおいては、そこに集う人々は比較的情報を共有しているので、ここでも、共通に認識している情報については、一々詳しく説明するような発話は見られない。

帥殿の南院にて、人々集めて弓あそばししに、この殿渡らせたまへれば、「思ひがけずあやし」と、中関白殿思しおどろきて、いみじう饗応しまうさせたまうて、下﨟におはしませど、前に立てたてまつりて、まづ射させたてまつらせたまひけるに、帥殿の矢数いま二つ劣りたまひぬ。中関白殿、又御前にさぶらふ人々も、「今二度延べさせたまへ。」と申して、延べさせたまひけるを、（道長は）安からず思しなりて、「さらば延べさせたまへ。」と仰せられて、又射させたまふとて仰せらるるやう、「道長が家より帝・后立ちたまふべきものならば、この矢当たれ。」と仰せらるるに、同じものを中心には当たるものかは。次にぞ帥殿射たまふに、いみじう臆したまひて、御手もわななくけにや、的のあたりにだに近く寄らず、無辺世界を射たまへるに、関白殿色青くなりぬ。又、入道殿射たまふとて、「摂政・関白すべきものならば、この矢当たれ。」と仰せらるるに、はじめの同じやうに、的の破るばかり同じ所に射させたまひつ。饗応しもてはやしきこえさせたまひつる興もさめて、こと苦うなりぬ。父大臣、帥殿に、「何か射る。な射そ、な射そ。」と制したまひて、ことさめにけり。

（『大鏡』・第五巻）

時の中関白道隆の嫡子伊周が、南院に道隆・伊周に追従する人々を集めて弓の競射の会を催していた。このときには、道隆の女、伊周の妹定子が既に入内しており、いつかは皇太子を生み、やがて帝位に就けば、道隆の天下になる。道長はまだ伊周より身分の低いときであったが、行く行くはその女彰子を入内させることによって、摂政・関白の座をねらっているのである。いうなれば、道隆・伊周と道長とは政権抗争の競争相手ということになる。そういう状況下における弓の競射の会に、突然道長が訪れ、その競射に加わった。したがって、そこに居合わせた人々は一種異様な雰囲気を感じることになる。道長が、「道長が家より帝・后立ちたまふべきものならば、この矢当たれ」、「摂政・関白すべきものならば、この矢当たれ」と言ったのは、道隆・伊周を越えて、道長がわが女を帝の后として入内させ、その生んだ子が次の帝になり、自分は摂政・関白となって天下を取るという意思の表明である。そのことは、道隆・伊周は勿論、そこに居合わせた道隆方の公卿たちにも十分理解されたところである。

このように、共通の認識を持った集団においては、余分な説明をすることがなくとも、それぞれの発話の真意は伝わるはずである。

(2) 情報を共有しない話し手と聞き手との認識空間

次の例のように、話し手と聞き手との間に情報が共有されていない場合には、情報の真意をよく理解してもらうために、話し手は、聞き手に対して新しい情報を提供する必要がある。

（かぐや姫）「くらもちの皇子には、東の海に蓬莱といふ山あるなり。それに銀を根とし、金を茎とし、白き玉を実として立てる木あり。それ一枝折りて賜はらん。」と言ふ。

（「竹取物語」）

「東の海に蓬莱といふ山あるなり。それに銀を根とし、金を茎とし、白き玉を実として立てる木あり」という発話は、くらもちの皇子が持って来るべきものを、翁を介して説明しているところである。その要求は、くらもちの皇子にとっては新しい未知なる情報であるから、かぐや姫の具体的な説明が必要になってくるのである。

Ⅲ　親疎空間

話し手が聞き手との間に客観的な身分関係を意識する場合と、主観的な親疎意識を優先させる場合とによって、話し手からの情報の伝達様式が異なってくる。

(1)　客観的な身分関係による親疎空間

話し手と聞き手との間に社会的身分・地位の違いがある場合などには、話し手が聞き手との間に親密な感情を持っていても、ある程度改まった物言いにならざるを得ない。特に、帝・后あるいは皇族などを聞き手とする場合には、必ずと言ってよいほど改まった物言いになる。また、このような身分・地位の差が大きい者同士の場合には、多くはお互い情報を共有する機会が少ないために、話し手はどうしても聞き手との間に改めて共通認識を得るために、新しい情報を発信せざるを得ない。このように、話し手の主観的な親疎意識に優先して、客観的な身分関係によって情報伝達のあり方が規制される場合がある。

尼君も起き上りて、「惜しげなき身なれど、捨てがたく思ひたまへつることは、ただかく御前にさぶらひ、御覧ぜらるることの変はりはべりなむことを口惜しく思ひたまへ、たゆたひしかど、忌むことのしるしに、よみがへりてなん、かく渡りおはしますを見たまへはべりぬれば、今なん阿弥陀仏の御光も心清く待たれはべるべき。」など聞こえて、弱げに泣く。

（「源氏物語」・夕顔）

源氏の病気見舞いを受けた尼君の発話である。尼君は、光源氏の乳母であり、ごく親しい間柄であるはずであるが、身分としてはやはり越えがたい主従関係にあるので、どうしても「思ひたまへ」、「御前にさぶらひ」、「御覧ぜ」、「渡りおはします」、「見たまへはべり」などの敬意表現をとることになる。

(2) 主観的な認識による親疎空間

しかし、実際の情報伝達においては、客観的な身分の格差がある場合にも、話し手と聞き手との間の親疎意識が優先して、客観的な身分・地位の格差を超越して、親しみを込めた情報の伝達が見られる場合がある。親疎意識の最も典型的な様相を示すのは、恋愛中の男女間の贈答歌、共寝中の男女の睦言、後朝の別れの消息などの場合である。話し手は聞き手の立場をはっきりと認識しているので、親疎の感情の程度に違いは見られるものの、話し手の情報伝達には、伝達の仕方においても情報の内容においても、客観的な身分・地位関係を超越して、聞き手に対する思慕の念、親しみ、あるいは時には恨み、妬みなどの感情を直截告白する場合も見られる。

例の、何処よりとうでたまふ言の葉にかあらむ、(空蝉が)あはれ知るばかり(源氏が)情け情けしくのたまひ尽くすべかめれど、(空蝉は)なほいとあさましきに、「現ともおぼえずこそ。数ならぬ身ながらも、思しくたしける(源氏の)御心ばへの程も、いかが浅くは思うたまへざらん。いとかやうなる際は際とこそはべるなれ。」とて、(源氏が)かく押したちたまへるを、(空蝉が)深く、「情けなく憂し」と思ひ入りたる様も、げに、(源氏は)いとほしく、心恥づかしき気配なれば……

(「源氏物語」・帚木)

突然源氏に操を奪われた空蝉は、源氏の無体なやり方を「情けなく憂し(思いやりがなく、つらい)」と思う。受領の妻という低い身分であるにもかかわらず、中将という高位にある源氏に対して、「数ならぬ身ながらも、思しくたしける御心ばへの程も、いかが浅くは思うたまへざらん。いと、かやうなる際は際とこそはべるなれ（私は賤しい身分の者ではありますが、その私をおさげすみになられたあなた様のお心の程につけても、どうしても厚いお情けとは思えません。全く私のような数ならぬ身分の者はそれ相当の身分の者と結ばれるべきでありましょう）」と、強く反駁する。余りにも源氏の仕打ちがつらく思われるので、客観的な身分の差を超越した強い口調の発話になってしまったのである。

第三節　情報網

話し手から聞き手への情報伝達が成立するためには、情報がどのような人物によってどのような経路をたどって発信されたかという「情報網」の存在も大きな要素となる。古代社会においては、現代社会におけるような組織的な情報網はことさら存在しないけれども、同一集団の中はもちろん、異集団との間においても、ある程度の情報網は成立していたのである。この情報網の主役は女房や乳母である。彼女たちは、外部から後宮や権門勢家などに出仕してきた者であって、ある者はある特定の姫君に仕えていたが、何らかの事情によって別な姫君に仕えるということ、いわゆる異動ということもあったり、あるいは何らかの姻戚関係にあったりして、いろいろな外部の情報を持ち込むことが可能であった。そうして得た種々の情報を、自分のお仕えしている邸の殿や北の方、とりわけ直接お仕えしている若君や姫君などに伝えたり、時には、姫君の所に他の若君を手引きしたりして結婚させるということもある。そのような情報網がないと、その家は社会から隔絶されて、貴族社会における社交も成り立たないということになる。

かかる程に、蔵人の少将の御方なる帯刀とて、いとされたる者、この阿漕に文通はして、年経て後、いみじう思ひて住む。互に隔てなく物語しけるついでに、この若君の御事を語りて、北の方御心のあやしうて、あはれにて住ませたてまつりたまふこと、さるは、御心ばへ、御かたちのおはしますやうなど語り、うち泣きつつ、(阿漕)「いかで思ふやうならん人に盗ませたてまつらん」と、明け暮れ「あたらもの」と言ひ思ふ。この帯刀の親は、左大将と聞こえける御息子、右近の少将にておはしけるをなん養ひたてまつりける。(右近の少将は)まだ妻もおはせで、よき人の女など人に問ひ聞きたまふついでに、帯刀、落窪の君の上を語りきこえければ、少将耳とまりて、静かなる人間なるに、細かに語らせて、(少将)「あはれ、いかに思ふらん。さるはわかうどほり腹なりかし。我にかれみそかに逢はせよ。」とのたまへば……

(「落窪物語」・巻之一)

落窪の君に仕えている阿漕と右近の少将の乳母の子帯刀は夫婦である。作者は、このような情報網を設定することによって、帯刀から右近の少将に落窪の姫君の情報がもたらされ、右近の少将は帯刀に、「あはれ、いかに思ふらん。さるはわかうどほり腹なりかし。我にかれみそかに逢はせよ(ああ、その姫君はどんなに悲しい思いをしていることだろう。そんなに冷遇されてはいるが、実は皇族の御血筋だと言うんだね。私にその姫君をひそかに逢わせよ)」と頼むという展開を物語ることになる。その結果、帯刀と阿漕はやがて、少将と落窪の君を結婚させることになる。

先帝の四の宮の、御かたち優れたまへる聞こえ高くおはします、母后世になくかしづききこえたまふを、上にさぶらふ典侍は、先帝の御時の人にて、かの宮にも親しう参り馴れたりければ、(四の宮が)いはけなくおはしましし時より見たてまつり、今もほの見たてまつりて、(典侍)「失せたまひにし御息所の御かたちに似たまへる人を、(私は)三代の宮仕へに伝はりぬるに、え見たてまつりつけぬに、(先帝の)后の宮の姫宮こそ(桐壺の更衣に）いとようおぼえて生ひ出でさせたまへりけれ。ありがたき御かたち人になむ。」と奏しけるに、（帝は）「まことにや」と御心とまりて、（母后に）懇ろに聞こえさせたまひけり。

（「源氏物語」・桐壺）

藤壺女御入内を奏上した典侍の働きを叙述したところである。典侍は、桐壺帝にお仕えしている女房であるが、先帝の御世からの人で、先帝の四の宮邸にも親しく出入りしていたので、桐壺更衣のことも先帝の四の宮のこともよく知っている。一人ではあるけれども、あちこちの情報を収集してそれを伝える働きをしているという点において、一種の情報網の働きをしているということになる。この典侍の働きによって、帝は藤壺という女性を女御とすることができたのであるが、それがやがては、藤壺と源氏との悲劇という主題に展開していく発端ともなる。

なほ、かの（柏木の）下の心忘れぬ小侍従といふ語らひ人は、宮の御侍従の、乳母の女なりけり。その乳母の姉ぞかのかむの君の御乳母なりければ、（柏木は）早くより（女三の宮の噂を乳母から）け近く聞きたてまつりて、まだ、宮幼くおはしまし時より、いと清らになむおはします、帝の（女三の宮を）かしづきたてまつりたまふ様など聞き置きたてまつりて、かかる思ひもつき初めたるなりけり。

（「源氏物語」・若菜下）

小侍従は、女三の宮の乳母であった侍従の娘であり、その侍従の姉が柏木の乳母である。そのような情報網のおかげで、柏木は女三の宮についての情報を手に入れることができたのである。それが柏木の女三の宮に対する思慕の思いを掻き立て、やがて柏木と女三の宮との悲劇へと展開していくことになるのである。

以上の例でもわかるように、情報網を設定することによって、新しい人物を登場させたり、既に登場している人物に新しい人間関係を構築したりして、物語の主題を構築していく上での重要な契機とするのである。

第一章　情報の発信

人は誰でも、日記などの自己告白的な類型に限らず、日常の場における対話・会話などにおいても、自己の認識した情報を誰かに伝えたいとする内的欲求に駆られるものである。その場合、話し手はできるだけ自分の意図するところを聞き手に的確に伝えたいがために、聞き手の心情・立場などを斟酌し、それを尊重したり、賞賛したりして、情報を発信する。ところが、聞き手の立場・心情などが話し手の意図通りの情報を受信できる状態にないと話し手が判断した場合には、聞き手が話し手の意図通りの情報を受容できるようにするために、いろいろと説得を試みる。それでも見込みがないと判断した場合には、聞き手の心情・立場などを無視して、一方的に話し手の意図する情報を伝えることもある。あるいはまた、反対に聞き手をけなしたり、たぶらかしたり、嘘をついたりして情報を伝える場合もある。このように、話し手から聞き手に対して情報を発信する場合には、話し手の認識に応じて、いろいろな発想様式をとることになる。

第一節　聞き手の立場・心情などを認識して情報を伝える発想様式

話し手が情報を聞き手に伝えようとするときに、聞き手の立場などを全く無視して、話し手の一方的な認識に基づいて情報を伝えたのでは、話し手の意図する情報を的確に聞き手に伝えることはできない。話し手が意図する情報を聞き手に素直に受け取ってもらうには、聞き手が話し手の情報を受容するだけの心の余裕がなければならない。そのような受容の心を聞き手に持ってもらうためには、話し手は聞き手の立場・性格・境遇や心積もりなどを的確に認識して、それを尊重し、それに適応した情報を伝える必要がある。勿論、聞き手を傷つけるような発話は避けなければならない。ところが、話し手側に、最初から聞き手の立場・心情などを認識できない事由がある場合には、話し手の一方的な思い込みによって情報を伝えることもある。

（浮舟の）なやましげにて痩せたまへるを、（浮舟の母は）乳母にも言ひて、「さるべき御祈りなどせさせたまへ。祭・祓などもすべきやう。」など言ふ。（浮舟は）御手洗河に御禊せまほしげなるを、（母は）かくも知らでよろづに言ひ騒ぐ。（母）(a)「人少ななめり。よくさべからむあたりを尋ねて、今参りはとどめたまへ。やむごとなき御中らひは、正身こそ何事もおいらかに思さめ、よからぬ中となりぬるあたりは、煩はしきこともありぬべし。隠しひそめて、さる心したまへ。」など、思ひ至らぬことなく言ひ置きて、「かしこにわづらひはべる人もおぼつかなし。」とて帰るを、（浮舟は）いと物思はしくよろづ心細ければ、「また会ひ見でもこそともかくもなれ」と思へば、（浮舟）(b)「心地の悪しくはべるにも、（母君を）見たてまつらぬがいとおぼつかなくおぼえはべるを。しばしも参り来まほしくこそ。」と、（母を）慕ふ。（母）「さなん思ひはべれど、かしこもいと物騒がしくはべり。この人々もはかなきことなどえしやるまじく、狭くなどはべればなん。(c)武生の国府に移ろひたまふとも、忍びては参り来なんを。(d)なほなほしき身の程は、かかる御ためこそいとほしくはべれ。」など、うち泣きつつのたまふ。（「源氏物語」・浮舟）

薫が浮舟を都に迎えるということになって、浮舟の母が宇治の浮舟を訪ねてくる。浮舟は、薫の庇護を受けながらも匂宮と結ばれたことが露見することを恐れ苦悩する。いっそ匂宮への思いを断ち切ろうかと、「なやましげにて痩せたまへる（気分が悪そうで痩せていらっしゃる）」ほどに思い悩んでいる浮舟の心も知らずに、母君は、浮舟が都に迎えられる喜びのあまり、(a)「人少ななめり。よくさべからむあたりを尋ねて、今参りはとどめたまへ。やむごとなき御中らひは、正身こそ何事もおいらかに思さめ、よからぬ中となりぬるあたりは、煩はしきこともありぬべし。隠しひそめて、さる心したまへ（都に行くにはお傍の者が少ないようです。十分に適当な家庭を探して、都に連れて行くことのできそうな信頼のおける女房を連れて行き、気心の知れない新参者はここに残していらっしゃい。薫様の高貴な奥方女二の宮様とのお付き合いは、ご本人は何事も鷹揚に構えていらっしゃるでしょうが、薫様の愛情を女二の宮様と争ったりすると、お傍の女房たち同士が気まずい仲になってしまい、いろいろ困ったことも起こるでしょう。ですから、何事も、表立たずに控えめにして、そのようなことにならないように用心なさい）」などと、「思ひ至らぬことなく」事細かに忠告する。浮舟は、(b)もう二度と母君に会えないかもしれないと思うと、少しの間だけでも母君の所にお伺いしたいと言って慕う。そのような娘の願いを受け止めて、母君は、(c)「武生の国府に移ろひたまふとも、忍びては参り来なんを（越前の武生の国府のような遠い所に移って行ったとしても、こっそりあなたを訪ねて来ますから、安心なさい）」と浮舟を安心させる。されぱと言って、自分も都に行って浮舟と一緒に暮すようなことになれば、(d)「なほなほしき身の程は、かかる御ためこそいとほしくはべれ（ものの数にも入らない私風情の賤しい者が一緒では、高貴な方々とお付き合いするあなたのためにはお気の毒でございます）」と、都の高貴な所に生活する娘の立場をも斟酌して遠慮する。母君は、時には浮舟の心情も知らずに一方的に自分の思いを伝えたり、時には浮舟の欲するところを受け止めたり、時には浮舟の立場を尊重して遠慮したりして、母君なりの精一杯の愛情を示すのである。

このように、話し手は聞き手の心情・立場などを的確に認識して、それに適応する情報を聞き手に伝える必要があるが、その話し手の認識が聞き手の心情・立場と的確に対応している場合と、聞き手の心情・立場とは見当違いな話し手の一方的な認識である場合とが見られる。

Ⅰ　聞き手の立場・心情などを尊重して情報を伝える発想様式

話し手の意図する情報を聞き手に伝えるためには、何よりも聞き手の立場・心情などを的確に認識して、それを尊重した発想様式をとらなければならない。もし仮に、聞き手の心情を害したり、聞き手の立場を無視したりすると、聞き手は最初から聞く耳持たぬという態度に出て、話し手の意図通りに伝わらない場合すら生じかねない。

(1)　さて、この男、その年の秋、西の京極九条のほどに行きけり。そのあたりに、築地など崩れたるが、さすがに蔀など上げて、簾掛けわたしてある人の家あり。簾のもとに女ども数多見えければ、この男、ただにも過ぎで、「などかその庭は心すごげに荒れたる。」など言ひ入れたれば、「誰ぞ。かう言ふは。」など問ひければ、（男）「なほ道行く人ぞ。」と言ひ入る。築地の崩れより見出して、この女、

　人の秋に庭さへ荒れて道もなく蓬茂る宿とやは見ぬ

と書きて出だしけれど、もの書くべき具さらになかりければ、ただ口移しに、男、

　誰が秋にあひて荒れたる宿ならむ我だに庭の草は生ほさじ

と言ひて、そこに、久しく馬に乗りながら立てらむことのしらじらしければ、帰りて、それを初めにて、物など言ひやりける。

（「平中物語」・第三十六段）

男は、女の寄越した「人の秋に庭さへ荒れて道もなく蓬茂る宿とやは見ぬ（秋になって、男から飽きられて、庭

まで荒れて道もないほど蓬の茂る宿であると、あなたは思わないのですか）」の歌と、その歌の通りすっかり荒れてしまっている屋敷の様とによって、見知らぬ女の悲しい境遇を察知して、同情の思いを抱き、「誰が秋にあひて荒れたる宿ならむ我だに庭の草は生ほさじ（誰に飽きられて見捨てられた荒れ家なのでしょうか。通りすがりの私でさえこの荒れようを見ては、しげしげと通って庭に草が生えないようにするだろうのに）」という慰めの歌を贈り、それをきっかけにして、その後女と文通を始めたというのである。

このように、ここは、話し手が聞き手の境遇・心情を的確に認識し、聞き手の立場・心情を十分に汲み取って、話し手の意図するところを聞き手に伝えるという発想様式をとっているのである。

(2)　（夕霧は）二十にもまだ僅かなる程なれど、いとよく整ひ過ぐして、かたちも盛りに匂ひて、いみじく清らなるを、（朱雀院は）御目にとどめて、（夕霧を）うちまもらせたまひつつ、この、もてわづらはせたまふ姫宮の御後見に、「これをや」など、人知れず思し寄りけり。（朱雀院）「（あなたは）おほきおとどのわたりに、今は住みつかれにたりとな。(a)年頃、心得ぬさまに聞きしがいとほしかりしを。耳やすきものから、（私には）さすがに妬く思ふことこそあれ。」とのたまはす。（院の）御気色を、（夕霧が）「いかにのたまはするにか」と、あやしく思ひめぐらすに、(b)「（院は）この姫宮をかく思し扱ひて、『さるべき人あらば、（姫宮を）預けて心安く世をも思ひ離ればや』となん思し、のたまはする」と、おのづから漏り聞きたまふ便りありければ、「さやうの筋にや」とは思ひぬれど、ふと心得顔にも、何かは答へきこえさせん。ただ、（夕霧）(c)「はかばかしくもはべらぬ身には、寄る辺もさぶらひがたくのみなん。」とばかり奏して止みぬ。（「源氏物語」・若菜上）

朱雀院は、女三の宮の婿として夕霧を迎えたいと考え、夕霧の気持ちを確めようとして探りを入れているところである。(a)「年頃、心得ぬさまに聞きしがいとほしかりしを。耳やすきものから、さすがに妬く思ふことこそあれ（長い間、太政大臣があなたと雲井雁との結婚を許さないのを気の毒に思っていましたが、やっと許されたと聞いて安心しました。それでも、私としては残念に思うことがあります）」という朱雀院の発話の真意は、夕霧自身が、(b)「この姫君をかく思し扱ひて、『さるべき人あらば、預けて心安く世をも思ひ離ればや』となん思し、のたまはする（女三の宮の身の振り方をどのようにつけようかといろいろ思案なさって、婿にできる適当な人がいれば、その人に姫君を預けて、自分は安心して出家したい、その安心して預けられる人として、院は自分をそれとなく考えてほのめかしていらっしゃるのだ）」と推察しているように、朱雀院はそれとなく夕霧を女三の宮の婿として誘っているのである。それに対して、夕霧の方では、そのような朱雀院の真意を察しながらも、院の真意が那辺にあるのかわからないのに、うかつな返答もできないので、(c)「はかばかしくもはべらぬ身には、寄る辺もさぶらひがたくのみなん（頼りがいのない私などには、結婚してくれる方などなかなかございません。そんな方があれば、迎えたいものです）」と、あいまいな返事をする。

このように、お互い、聞き手の立場・思惑などを推察しながら、真意を探りあうという発想様式の対話も見られる。

(3)　院の帝は、月のうちに御寺に移ろひたまひぬ。（朱雀院は）この院にあはれなる御消息ども聞こえたまふ。姫宮の御事はさらなり、わづらはしく、いかに聞くところやなど憚りたまふことなくて、(a)ともかくも、ただ御心にかけて（女三の宮を）もてなしたまふべくぞ度々聞こえたまひける。されど、（女三の宮は）あはれに後ろめたく幼くおはするを、（朱雀院は）思ひきこえたまひけり。紫の上にも御消息殊にあり。（朱雀院）(b)「幼き人の心地なきさまにて移ろひ物すらんを、罪なく思し許して後見たまへ。たづねたまふべき故もやあらんとぞ。

背きにしこの世に残る心こそ入る山道のほだしなりけれ
闇をえ晴るけで、（女三の宮の世話を）聞こゆるもをこがましくや」とあり。（『源氏物語』・若菜上）
朱雀院は、出家入山した後までも女三の宮のことが心配で、源氏にも紫の上にも女三の宮をよろしく頼むとの手紙を度々寄越すのである。一旦世話を引き受けたからには、源氏が女三の宮をすげなくすることはあるまいと信じているので、(a)「ともかくも、ただ御心にかけてもてなしたまふべく（どうなりと、あなたの心任せに姫を世話してください）」とだけ頼む。源氏は、一旦引き受けた義務は確り果たすような性格の持ち主であるということを院は先刻承知しているので、くどくどと頼むよりも、このような単刀直入の頼み方のほうが有効だと思ったのであろう。聞き手である源氏の性格を見通した上での依頼である。また、院は紫の上にも、(b)「幼き人の心地なきさまにて移ろひ物すらんを、罪なく思し許して後見たまへ。たづねたまふべき故もやあらんとぞ（幼い女三の宮は気が利かないままで、あなた様のところに参っているでしょうが、何事も罪のない者としてお許しなさってお世話ください。従姉妹同士のご縁でもございますので、女三の宮をよろしくお世話ください）」という手紙を寄越す。紫の上は、源氏の正夫人ではないが、源氏に最も愛されている女性であり、六条院の主と言ってもよい立場の女性である。そのような紫の上の世話がなければ、女三の宮は十分その地位・立場を維持し続けることはできまいと認識した上での依頼である。しかも、従姉妹という血のつながりまで持ち出して依頼するのである。

このように、ここも、聞き手の性格・立場などを的確に認識し、その上でそのような性格・立場を尊重して、話し手の意図する情報を聞き手に伝えて、話し手の意図を聞き手に十分に納得してもらおうとする発想様式をとっているのである。

(4)　をばなる人の田舎より上りたるところに渡いたれば、「いとうつくしう生ひなりにけり。」などあはれがり、めづらしがりて、帰るに、「何をか奉らむ、まめまめしき物はまさなかりなむ、ゆかしくしたまふなるものを奉らむ。」とて、源氏の五十余巻櫃に入りながら、在中将、とほぎみ、せり河、しらら、あさうづなどいふ物語ども、一袋取り入れて、得て帰る心地の嬉しさぞいみじきや。（「更級日記」）

物語の世界に耽溺していた作者が、おばの所に訪ねて行った帰り際に、「源氏物語」その他の物語を作者に贈ったときのおばの発話には、作者に対するいとおしみの気持ちがしみじみとにじみ出ている。最初に、「何をか奉らむ」と、何か贈り物をしたいという意思を表示しておいて、「まめまめしきものはまさなかりなむ（実用向きのものはつまらないでしょう）」と、作者の欲しがっているものが物語類であるということは既に承知していることではあるけれども、作者の方から言い出すのには遠慮があるであろうという思いやりから、あらかじめ作者の遠慮を払拭させておいて、最後に、「ゆかしくしたまふなるものを奉らむ（あなたが欲しがっていると聞いておりますものを差し上げましょう）」と言えば、作者もなんの気兼ねもなしに受け取るであろうとまで、おばは斟酌しているのである。

このように、ここも、何気ない発話ではあるけれども、聞き手の心情を気遣って、話し手の意図する情報を伝えるという発想様式なのである。

(5)　（男）「心ざしばかりは変らねど、親にも知らせで、かやうにまかり初めてしかば、（あなたを）いとほしさに通ひはべるを、（あなたが）つらしと思すらむかしと思へば、何とせしわざぞと、今なむくやしければ、今もえかき絶ゆまじくなむ。かしこに、土犯すべきをここに（娘を）渡せとなむ言ふを、（あなたは）いかが思す。ほかへや往なむと思す。何かは苦しからむ。かくながら端つ方におはせよかし。忍びてたちまちにいづちかはおはせむ。」など言へば、女、「（新しい妻を）ここに迎へむとて言ふなめり。これは親などあれば、ここに住まずともありなむかし。年頃行く方もなしと見る見る、かく言ふよ」と、「心憂し」と思へど、つれなくいらふ。(元の妻)「さるべきことにこそ。(新しい妻を)はや渡したまへ。(私は)いづちもいづちも往なむ。今までかくてつれなく憂き世を知らぬ気色こそ。」と言ふ。(元の妻の)いとほしきを、男、「などかうのたまふらむ。やがてにてはあらず。ただしばしのことなり。(新しい妻が)帰りなば、又迎へたてまつらむ。」と言ひ置きて出でぬる後、女、使ふ者とさし向ひて泣き暮らす。

(『堤中納言物語』・はいずみ)

既に妻がありながら、新しい妻のもとに通っていた男が、新しい妻の親に、「必ず我が家に迎え入れます」と約束して、元の妻に、「新しい妻を迎え入れるが、あなたもどこへいらっしゃる必要もないから、このままこの家に新しい妻と一緒においでください」とは言うけれども、内心はそれとなく元の妻に家を出るようにもちかける。それに対して、元の妻は、「かしこに、土犯すべきをここに渡せとなむ言ふ(新しい妻の親が、土忌みをしなければならないので、娘をここに移せと言う)」と責められているという男の立場を忖度した上で、「ここに迎へむとて言ふなめり(新しい妻をこの家に迎え入れようと思ってそのように言っているようだ)」という男の真意を見通しながらも、「今までかくてつれなく憂き世を知らぬ気色こそ(今まであなたが新しい妻を迎え入れようかどうかと悩んでいらっしゃったのも知らぬ様子をして過ごしてきたのが恥ずかしい)」と、悲しみをじっとこらえて、男を思いやる優しい心遣いを示す。「さるべきことにこそ。はや渡したまへ。いづちもいづちも往なむ(ごもっともなことです。早くあの方を連れていらっしゃい。私はどこへなりとも行きましょう。)」と言って、身を引こうとするのである。男は、あまりにも素直に思い通りに事が運んだので、元の妻をあわれとは思いながらも、「新しい妻が親の許に帰ったならばあなたをまた迎えにいきます」と気休めを言って、新しい妻の許に帰って行く。

この元の妻のように、ここは、話し手が聞き手の立場・思惑を的確に認識・斟酌し、しかも、自分の心情を抑えて聞き手に対する思いやりの心遣いを示しながら、聞き手の思惑通りの情報を伝えるという発想様式をとっているのである。

Ⅱ　聞き手の立場・心情などを無視して情報を伝える発想様式

「日記」などの自己告白の類型においては、本来自分自身の生き様を自分自身の記録あるいは備忘として記述するものであって、他人に読んでもらいたいと思って記述するものではないから、読者の理解をそれほど期待することなく、自由奔放に叙述することが建前である。ところが、対話などにおいては、本来は、聞き手の心情・立場などを認識して、それに適応するような情報を伝えるという様式をとるのであるが、時には、日記の場合と同じように、聞き手の心情のいかんに関わらず、聞き手がわかろうがわかるまいがお構えなしに、話し手の一方的な思惑によって情報を伝えようとする場合も見られる。

(1)　これよりも、（真木柱に）さるべきことは扱ひきこえたまふ。（真木柱の）兄の君たちなどして、（玉鬘は）かかる御気色も知らず顔に、（蛍兵部卿の宮に）にくからず、（真木柱のことを）聞こえまつはしなどするに、（蛍の宮は）心苦しくて、もて離れたる御心はなきに、大北の方といふさがな者ぞ常に許しなく（蛍の宮を）怨じきこえたまふ。（大北の方）(a)「皇子たちはのどかに二心なくて、見たまはむをだにこそ花やかならぬ慰めには思ふべけれ。」とむつかりたまふを、宮も漏り聞きたまひては、「いと聞きならはぬことかな。昔いとあはれと思ひし人をおきても、なほはかなき心のすさびは絶えざりしかど、かう厳しき物怨じはことになかりしものを」と、心づきなく、(b)いとど昔を恋ひきこえたまひつつ、（真木柱を訪うこともせずに）故郷にうちながめがちにのみおはします。

（「源氏物語」・若菜下）

蛍兵部卿の宮は、真木柱を娶ったが、「昔いとあはれと思ひし人（亡くなった本妻）」を忘れることができず、真木柱にはあまり深い愛情を示さない。継母玉鬘は二人の間を心配して、いろいろと気を遣う。蛍の宮も、気が咎め、真木柱を捨てる気持ちはないのに、「大北の方といふさがな者（祖母様の北の方といういかにも意地悪な方）」が、わが孫娘可愛さのあまりの悪口なのではあろうが、蛍の宮の気持ちを忖度もせずに、(a)「皇子たちはのどかに二心なくて、見たまはむをだにこそ花やかならぬ慰めには思ふべけれ（親王方は安心なほど浮気はせずに妻を愛してくださるというので、花やかな宮仕えをさせる代わりに、孫娘の婿として蛍の宮を迎えたのに）」と、一方的に恨む。それがかえって逆効果になって、それを聞いた蛍の宮は、(b)「いとど昔を恋ひきこえたまひつつ、故郷にうちながめがちにのみおはします（真木柱を訪ねようともせず、ますます亡くなった北の方を恋い慕いながら、自分のお邸で物思いにふけっているばかりである）」というのである。

話し手が、自分本位の認識に基づいて、聞き手の心情・立場などを少しも忖度せずに、一方的に聞き手を非難するというような発想様式をとると、かえって逆効果になるという例である。

(2)

（源氏が）出でたまひぬれば、人々少しあかれぬるに、侍従、（女三の宮の傍に）寄りて、(a)「昨日の物はいかがせさせたまひてし。今朝、院の御覧じつる文の色こそ（柏木様からの文に）似てはべりつれ。」と聞こゆれば、（女三の宮は）(b)「あさまし」と思して、涙のただ出で来に出で来れば、いとほしきものから、（小侍従は）「いふかひなの御さまや」と見たてまつる。（小侍従）「（柏木様からの文を）何処にかは置かせたまひてし。人々の参りしに、ことあり顔に近くさぶらはじと、さばかりの忌をだに、心の鬼に去りはべりしを、（院が）入らせたまひしほどは、少し程経はべりにしを。（柏木様からの文は）隠させたまひつらんとなむ思ひたまへし。」と聞こゆれば、（女三の宮）「いさとよ。（文を）見しほどに（院が）入りたまひしかば、ふともえ置きあへで、差し挟みしを忘れにけり。」とのたまふに、（小侍従は）いと聞こえんかたなし。（女三の宮の傍に）寄りて見れば、いづこのかはあらん。（小侍従）「あないみじ。かの君も（院を）いといたく怖じ憚りて、気色にても洩りきかせたまふことあらばと、かしこまりきこえたまひしものを。程だに経ず、かかることの出でまうでくるよ。(c)すべて、（あなた様の）いはけなき御有様にて、人にも見えさせたまひければ、（柏木様は）年頃さばかり忘れがたく、恨み言ひわたりたまひしかど。かくまで思ひたまへし御事かは。たが御ためにも、いとほしくはべるべきこと。」と、はばかりなく聞こゆ。(d)（女三の宮は）心安く若くおはすれば、（小侍従は）馴れきこえたるなめり。（女三の宮は）(e)いらへもしたまはで、ただ泣きにのみ泣きたまふ。

（「源氏物語」・若菜下）

女三の宮の侍女小侍従が、柏木からの手紙を、女三の宮が嫌がるのも構わずに、無理に見せる。そこへ源氏が入ってきたので、女三の宮は、その手紙を慌てて座布団の下に差し挟んだ。翌朝、源氏はその手紙を見てしまう。それを知った小侍従は、(a)「昨日の物はいかがせさせたまひてし。今朝、院の御覧じつる文の色こそ似てはべりつれ（昨日のお手紙をどこにお隠しになりましたか。今朝、院がご覧になっていたお手紙の色が柏木様からのお手紙の色と似ていましたよ）」と、女三の宮を詰問する。女三の宮は、(b)「あさましと思して、涙のただ出で来に出で来る（びっくりして、涙が後から後へとこぼれてくる）」ほど驚き悲しみながらも、座布団の下に差し挟んだまま忘れてしまったと答える。そんな女三の宮の困惑した心情などはお構いなしに、女三の宮が、(d)「心安く若くおはす（気楽な性格で若くいらっしゃる）」ので、小侍従は馴れ馴れしくなっているのかもしれないが、自分が無理やり柏木からの手紙を女三の宮に見せたために、そのような結果になったということなどは棚上げにしておいて、(c)「すべていはけなき御有様にて、人にも見えさせたまひければ、年頃さばかり忘れがたく、恨み言ひわたりたまひしかど。かくまで思ひたまへし御事かは。たが御ためにも、いとほしくはべるべきこと（大体あなた様が子供っぽいお方で、あの人に姿をお見せなさったので、あの方は長い間あなた様のことを忘れることができず、逢わせて欲しいと言い続けていらっしゃいましたけれどもね。こんなにまでなろうとは思いも寄りませんでした。院がお手紙をご覧になってしまったからには、当然あなた様にも柏木様にも困ったことになりますよ）」と、侍女にはあるまじき手厳しい非難を浴びせる。女三の宮は、(e)「いらへもしたまはで、ただ泣きにのみぞ泣きたまふ」ほかはなかった。女三の宮がうっかりしていたために、小侍従が言うように、「たが御ためにも、いとほしくはべるべきこと」となるのであるが、それにしても、侍女としての立場からは何ともひどい責めようである。このような小侍従の発話を描写することによって、女三の宮の鷹揚な性格ではあるけれども、あまりも世慣れしていないうかつな性格を印象的に描くことにもなるのである。

このように、聞き手の心情・立場など少しも斟酌することなく、話し手の一方的な認識に基づいて、聞き手に情報を伝え、非難するという発想様式なのである。

(3)

紫の上、いたう患ひたまひし御心地の後、いとあつしくなりたまひて、そこはかとなく悩みわたりたまふこと久しくなりぬ。（病は）いとおどろおどろしうはあらねど、年月重なれば、頼もしげなく、いとどあえかになりまさりたまへるを、院の思ほし嘆くこと限りなし。（源氏は）しばしにても、（紫の上に）後れきこえたまはむことをばいみじかるべく思し、（紫の上）身づからの御心地には、この世に飽かぬことなく、後ろめたきほだしだに交じらぬ御身なれば、あながちにかけとどめまほしき御命とも思されぬを、（源氏との）年頃の御契りかけ離れ、（源氏を）思ひ嘆かせたてまつらむことのみぞ、人知れぬ御心の中にも、物あはれに思されける。（源氏は）「後の世のために」と、尊きことどもを多くせさせたまひつつ、（紫の上）(a)「いかでなほ本意あるさまになりて、しばしもかかづらはむ命の程は、行ひを紛れなくて」と、たゆみなく思し、のたまへど、（源氏は）さらに許しきこえたまはず。さるは、我が御心にも、しか思し初めたる筋なれば、かく懇ろに思ひたまへるついでに催されて、（源氏は）「（紫の上と）同じ道にも入りなん」と思せど、(b)一度家を出でたまひなば、仮にも、この世をかへりみむとは思しおきてず。後の世には、同じ蓮の座をも分けむと、契り交はしきこえたまひて、頼みをかけたまふ御中なれど、(c)ここながら勤めたまはむほどは、同じ山なりとも、峰を隔てて相見たてまつらぬ住処にかけ離れなむことをのみ思し設けたるに、（紫の上が）かくいと頼もしげなき様に悩みあついたまへば、（紫の上の）いと心苦しき御有様を、「今は」と行き離れんきざみには捨てがたく、なかなか山水の住処濁りぬべく思し滞るほどに、ただうちあさへたる思ひのままの道心起こす人々には、こよなう後れたまひぬべかめり。

（『源氏物語』・御法）

ここ五年ばかり、どこということもなく容態もすぐれず過ごしてきた紫の上が、わが身の寿命を悟って、(a)「いかでなほ本意あるさまになりて、しばしもかかづらはむ命の程は、行ひを紛れなくて（ぜひともやはり出家の本意を遂げて、たといしばらくでも、命のある間は仏道修行に専念して、この世のわずらわしさから離れて過ごしたいものです）」と、出家を願う。しかし、源氏は、(b)「一度家を出でたまひなば、仮にも、この世をかへりみむとは思しおきてず（一旦家を出て仏門に入る以上は、仮にも、現世を顧みてはならない）」というのが出家の本来のあるべき姿であり、一旦出家してしまうと、今までの栄華の生活を捨てなければならないし、夫婦であっても、お互いに離れ離れになってそれぞれ独りで生きていかなければならず、とりわけ最愛の紫の上と、(c)「ここながら勤めたまはむほどは、同じ山なりとも、峰を隔てて相見たてまつらぬ住処にかけ離れなむこと（この現世にいながらの仏道修行の間は、同じ山に入るにしても、峰を隔てて、お互い顔も見られない住まいに、別れ別れに住むことになる）」のは到底耐えられないところであるからという思いから、紫の上の願いを許そうとはしない。それは、源氏の紫の上に対する愛情のなせるものかもしれないが、紫の上の出家の願望を忖度するよりも、孤独に耐えられないわが身の心情を優先させているという点において、それは男の身勝手な思いかもしれない。

このように、ここも、話し手側のいろいろな事由によって、聞き手の思惑・立場などを忖度せずに、話し手の認識のままに一方的に情報を伝えるという発想様式になっている。

(4)　(匂宮は)かたはなるまで遊び戯れつつ暮らしたまふ。忍びて率て隠してむことを返す返すのたまふ。(匂宮)「そのほど、かの人に見えたらば。」と、いみじきことどもを誓はせたまへば、(浮舟は)「いとわりなきこと」と思ひて、答へもやらず、涙さへ落つる気色、(匂宮は)「(浮舟は)さらに(私の)目の前にだに(薫から)思ひ移らぬなめり」と、胸痛う思さる。恨みても泣きても、よろづのたまひ明かして、夜深く(浮舟を)率て帰りたまふ。(「源氏物語」・浮舟)

匂宮が対岸の家に浮舟を伴って激情的な夜を過ごす。匂宮は、浮舟をどこか人目のつかない所に連れて行って、そこに隠してしまいたいと繰り返し繰り返し言い、薫と匂宮双方からの懸想に苦悩する浮舟の思惑などを忖度することもせずに、「そのほど、かの人に見えたらば(それまでに薫に逢ったならば決して許しはしないよ)」と、無理に誓わせようとする。「恨みても泣きても、よろづのたまひ明かす(恨んだり泣いたりあらん限りのことばを尽くして浮舟を愛し、そのまま夜を明かす)」ほど、相手の思惑なども無視して、激情的に振舞う匂宮なのである。

ここも、聞き手の立場・思惑など全く無視して、話し手の意図するところを一方的に伝えるという発想様式なのである。

(5)　今の人の親などは、押し立て言ふやう、「妻などもなき人のせちに言ひしに婚すべきものを、かく本意にもあらでおはし初めてしを、口惜しけれど、言ふかひなければ、かくてあらせたてまつるを、世の人々は、『妻据ゑたまへる人を。思ふとさ言ふとも、家に据ゑたる人こそやごとなく思ふにはあらめ』など言ふも安からず。げにさることにはべる。」など言ひければ、男、「人数にこそ侍らねど、心ざしばかりは勝る人侍らじと思ふ。かしこには渡したてまつらぬをおろかに思さば、ただ今も渡したてまつらむ。いとことやうになむはべる。」と言へば、親、「さだにあらせたまへ。」と押し立ちて言へば、男、「あはれ、かれもいづちやらまし」とおぼえて、心のうち悲しけれども、今のがやごとなければ、「かく。」など言ひて、（元の妻の）気色も見むと思ひて、元の人のがり往ぬ。

（「堤中納言物語」・はいずみ）

既に妻がありながら、財産もあまりない妻を見限って、より裕福な女の所に通う男に対して、その親が「妻などもなき人のせちに言ひしに婚すべきものを、かく本意にもあらでおはし初めてしを、口惜しけれど、言ふかひなければ、かくてあらせたてまつるを、世の人々は、『妻据ゑたまへる人を。思ふとさ言ふとも、家に据ゑたる人こそやごとなく思ふにはあらめ』など言ふも安からず。げにさることにはべる（本来ならば、独身でぜひ妻に欲しいと望む男を通わせるつもりであったが、あなたがお通いになるようになったので、期待はずれになって残念だが、今更愚痴を言ってもいたし方がないので、あなたを通わせているのです。世間の人々は、『妻を持っている人を婿にしても仕方あるまい。新しい妻を大事にするなどと口先では言っても、家にいる元の妻の方を大事に思っているのだ』などと噂をするのを聞くと気がもめる。本当にその通りだと思います）」と、世間の噂を楯に、男の自尊心を傷つけるようなことを、「押し立ちて（高圧的に）」言う。聞き手の心情・思惑など一切お構いなしに、話し手の一方的な要求を聞き手に押し付けるのである。また、一方、男も、「あなたの娘さんを大事にする気持ちは誰にも劣りません。わが家にお連れしないのを薄情な態度だとお思いのようですので、早速お連れいたしましょう」と言う。「あはれ、かれもいづちやらまし（ああ、あの妻もどこに住まわせたらよかろうか）」と、これから元の妻をどう遇するかの確たる見通しもないまま、新しい妻の親の言うに従って見得を切ってしまう。新しい妻の親が男の心情など無視して押し付けがましく説得したのに対して、何の反駁もできずに、精一杯の男気を出したつもりになって、男は、

「今のがやごとなければ（今度の妻の方が大切だから）」という功利的な思惑もあって、元の妻を追い出してしまうというのである。

ここもまた、話し手の一方的な思惑によって、聞き手の立場・心情などは無視して、身勝手な行動をとるという発想様式なのである。

第二節　聞き手の認識を変えるために情報を伝える発想様式

人間は、誰でも自己固有の物の見方、考え方を持っている。したがって、同じ事態に接した場合であっても、話し手と聞き手との認識は異なるはずである。そこで、話し手は、先ず話し手自身の認識を聞き手にも確り理解してもらって、話し手・聞き手共通の場を構築しようとする。その上で、さらに、聞き手の認識を変えさせて、新しい行動をとるように仕向けることもある。ただし、話し手の認識したものを聞き手にも十分納得してもらうことだけを意図しているのか、さらには聞き手に新しい行動をとらせることまでも意図しているのか、はっきり区別できない場合もある。

（夕霧）「後れ先立つ隔てなくとこそ聞こえしか。いみじうもあるかな、この御心地のさまを。何事にて重りたまふとだにえ聞きわきはべらず、かく親しき程ながら、おぼつかなくのみなん。」とのたまふにも、（柏木）「心には、重くなるけぢめもおぼえはべらず。そこぞと、苦しきこともなければ、忽ちにかくしも思ひはべらざりしほどに、月日経で弱りはべりにければ、今は現心も失せたるやうにてなん。惜しげなき身をさまざまに引きとどめらるる祈り・願などの力にや、さすがに（この世に）かかづらふもなかなか苦しうはべれば、(a)心もてなん（死を）急ぎ立つ心地しはべる。(b)さるは、この世の別れ去りがたきことはいと多くなん。(c)親にも仕うまつりさして、今更に（親の）御心どもを悩まし、(d)君に仕うまつるほども半ばの程にて、身を顧みる方、はたましてはかばかしからぬ恨みをとどめつる。大方の嘆きをばさるものにて、また(e)心のうちに思ひたまへ乱るることの侍るを。かかる今はのきざみにて、何かは漏らすべきと思ひはべれど、なほ忍びがたきを誰にかは愁へはべらむ。（兄弟は）これかれ数多ものすれど、さまざまなることにて、さらにかすめはべらむもあいなしかし。(f)六条院に、いささかなる違ひ目ありて、月ごろ、心のうちにかしこまりまうすことなん侍りしを。いと本意なう、世の中心細う思ひなりて、病づきぬとおぼえはべりしに、（院からの）召しありて、院の御賀の楽所の心みの日、（六条院に）参りて、(g)（院の）御気色を賜りしに、なほ許されぬ御心ばへあるさまに、御目じりを見たてまつりたまへて、いとど世にながらへんことも憚り多うおぼえなりはべりて、あぢきなう思ひたまへしに、心の騒ぎ初めて、かく静まらずなりぬるになん。（院は）人数にも思し入れざりけめど、（私は）いはけなうはべりし時より、（院を）深う頼みきこえまうしはべりし心を、いかなる讒言などのありけるにかと、これなんこの世の憂へにて残りはべれば、論なう、かの後の世の妨げにもやと思うたまふる。(h)事のついで侍らば、御耳とどめて、よろしうあきらめまうさせたまへ。亡からむ後ろにも、（院の）この勘事許されたらんなん、（あなたの）御徳にははべるべき。」などのたまふままに、いと苦しげにのみ見えまされば、いみじうて、(i)心のうちに思ひ合はする事どもあれど、さして、確かにはえしも推し量らず。（夕霧）「いかなる御心の鬼にかは。さらに、さやうなる御気色もなく、かく重りたまへるよしをも（父君は）聞き驚き、嘆きたまふこと限りなうこそ口惜しがり申したまふめりしか。(j)などか、かく思すことあるにては、今まで、隔て残いたまひつらむ。こなたかなた、明らめ申すべかりけるものを。今は、いふかひなしや。」とて、とり返さまほしう、悲しう思さ

（「源氏物語」・柏木）

る。

夕霧が柏木を見舞に行ったときの、夕霧と柏木の対話である。柏木は、(a)「心もてなん急ぎ立つ心地しはべる（自分から進んで早く死んでしまいたい）」と言いながらも、(b)「さるは、この世の別れ去りがたきことはいと多くなん（しかし、諦めきれないこの世の執着がたくさんある）」とも言っている。その「この世の別れ去りがたきこと」をさらに詳しく具体的に列挙し語っているのが(c)(d)(e)(f)(g)である。そのうちでもとりわけ、(e)「心のうちに思ひたまへ乱るること（心中ひそかに煩悶していること）」が柏木の最大の関心事である。その(e)をより詳しく語っているのが、(f)「六条院に、いささかなる違ひ目ありて、月ごろ、心のうちにかしこまりまうすことなん侍りし（六条院にいささか不都合なことがあって、この何ヶ月か密かにお詫び申すことがございました）」と、(g)「御気色を賜りしに、なほ許されぬ御心ばへあるさまに、御目じりを見たてまつりたまへて、いとど世にながらへんことも憚り多うおぼえなりはべりて、あぢきなう思ひたまへし（かつて院にお会いしたときに、やはりまだ私を許すことのできないお気持ちがおありのように、御目つきを拝見いたしまして、一層生き長らえるようなことも六条院様に対して申し訳なく思うようになりました）」とである。そのことが原因で、「心の騒ぎ初めて、かく静まらずなりぬるになん（そのとき心が落ち着かず悩み始めて、それ以来このように静まらなくなってしまったのです）」というのである。柏木は、女三の宮との不倫な行為によって源氏から疎まれ、それが原因で病気になったと思い込んでいる。そのような柏木の病気の原因について、夕霧の方では、最初、「何事にて重りたまふとだにえ聞きわきはべらず（あなたのご病気がどんなことが原因で重くおなりになったのかということさえまだ聞いてはおりません）」と言い、柏木の語るのを聞いた後でも、(i)「心のうちに思ひ合はすることどもあれど、さして、確かにはえしも推し量らず（心の中に思い当たることなどあるけれども、特にこれといってはっきりと推量することもできない）」と認識するだけである。話し手が自分の心情・立場と聞き手の心情・立場とが異なるということを認識した場合に、話し手は先ず自分の心情・立場を聞き手にも的確に理解してもらおうとする。しかる後に、次の段階において、聞き手の心情・立場などを話し手の意図する通りに変えさせようとして、新しい情報を聞き手に伝えるのが普通である。ところが、柏木は、自分の病気の原因について、夕霧がはっきり納得できるように説明することもできず、(f)「六条院に、いささかなる違ひ目ありて、月ごろ、心のうちにかしこまりまうすことなん侍りし」と、わが身の苦悩をそれとなくほのめかしながら訴え、(h)「事のついで侍らば、御耳とどめて、よろしうあきらめまうさせたまへ（何か機会がありましたならば、このことを記憶しておいていただいて、六条院によろしくご弁明なさってください）」と頼むだけである。しかし、夕霧としては、このような柏木の訴え方では、(j)「などか、かく思すことあるにては、今まで、隔て残いたまひつらむ。こなたかなた、明らめ申すべかりけるものを。今は、いふかひなしや（どうして、こんなにお悩みなさることのある身でありながら、今まで私に隠し隔てをしてお話なさらなかったのでしょうか。あなたのことを父君に弁解してあげましたものを。今となっては、どうしようもないことです）」と返答するしかないのである。

このように、柏木としては、死も差し迫った状態であっては、わが身の苦悩を秩序立てて告白し、死後のことを夕霧に確り頼むということができなかったのであろうが、夕霧に源氏へのとりなしを頼もうとして、柏木としては精一杯自分の心情・立場などを訴え、その上で、柏木の意図するような方向に仕向けるための情報を伝えるという発想様式をとっているのである。

Ⅰ　聞き手を納得させるために情報を伝える発想様式

何としても自分の意志を聞き手に伝えようとする場合には、それ相当の押し付けがましい口調・様式をとることになる。反対に、それほど強硬に自分の意見を聞き手に押し付ける必要のない場合、あるいは親しい者同士の対話などの場合には、多かれ少なかれ、婉曲的にやんわりと説得するような様式をとることになる。いずれの場合も、話し手の心情・思惑を聞き手に納得させようとする意図からとられる発想様式である。

(1)（兼家からの文を）見れば、紙なども例のやうにもあらず、至らぬところなしと聞き古したる手も、あらじとおぼゆるまで悪しければ、いとぞあやしき。ありけることは、

音にのみ聞けば悲しなほととぎすこと語らはんと思ふ心あり

とばかりぞある。「いかに返事はすべくやある。」など定むるほどに、古代なる人ありて、「なほ。」と、かしこまりて書かすれば、

語らはん人なき里にほととぎすかひなかるべき声な古しそ

（「蜻蛉日記」・上）

兼家と作者との贈答歌である。両者に共通していることばは「ほととぎす」と「語らはん」とである。この二つのことばを素材として、兼家の歌は、その用紙も風情がなく、まるで求婚の手紙にはふさわしくない無造作な筆跡で、その内容も、「音にのみ聞けば悲しなほととぎすこと語らはんと思ふ心あり（あなた様のことは評判だけ聞いていますが、お逢いできないのはまことに切なく悲しいことです。直接お目にかかって親しくお話したいと思っています）」と、作者を「ほととぎす」にたとえて、いかにも懸想文のような詠み方はしているけれども、ただその歌だけによって、単刀直入に結婚の申し込みをしている。まるで相手の心情・思惑などを無視したような強引な申し込みである。そのような兼家の申し込みに対して、作者は、兼家の「語らはんと思ふ心あり」ということばを、返歌の初二句において取り上げながらも、「心あり」に対して、「語らはん人なき（あなたの相手になれるような人はここにはいません）」と、相手の要求をそらしておいて、さらに、兼家を「ほととぎす」にたとえて、「かひなかるべき声な古しそ（いくら繰り返し仰せになられても無駄でございます）」と兼家の要求をやんわりと拒否

しているのである。

このように、一つの情報を伝える場合にも、兼家の手紙のように、話し手の一方的な立場から、話し手の意図するところを聞き手に押し付けるように強圧的に伝えようとする様式と、作者の歌のように、聞き手の立場・心情などを斟酌して話し手の心情・思惑を婉曲的に納得させようとする様式とがある。

(2)　みな静まりたるけはひなれば、(源氏が)掛け金を心みに開けたまへれば、あなたよりは鎖さざりけり。几帳を障子口には立てて、火はほの暗きに見たまへば、唐櫃だつ物どもを置きたれば、乱りがはしき中を分け入りたまひて、(人の)けはひしつる所に入りたまへれば、(空蟬は)ただ一人いとささやかにて臥したり。(源氏は)なまわづらはしけれど、上なる衣押しやるまで、(空蟬は)求めつる人と思へり。(源氏)「中将召しつればなん。(a)人知れぬ思ひのしるしある心地して。」とのたまふを、(空蟬は)ともかくも思ひ分かれず。物に襲はるる心地して、「や。」とおびゆれど、顔に衣の触りて、音にも立てず。(源氏)(b)「うちつけに深からぬ心のほどと見たまふらん、ことわりなれど、(c)年頃思ひわたる心のうちも聞こえ知らせむとてなん、かかる折を待ち出でたるも、さらに浅くはあらじと思ひなしたまへ。」と、いとやはらかにのたまひて、鬼神も荒立つまじきけはひなれば、はしたなく、「ここに人の。」とも、えののしらず。(空蟬の)心地はたわびしく、あるまじき事と思へば、あさましく、(空蟬)「人違へにこそはべるめれ。」と言ふも息の下なり。消え惑へる気色いと心苦しくらうたげなれば、をかしと見たまひて、(源氏)「違ふべくもあらぬ心のしるべを、思はずにもおぼめかいたまふかな。(d)好きがましきさまには、よに見えたてまつらじ。思ふこと少し聞こゆべきぞ。」とて、(空蟬が)いと小さやかなれば、かき抱きて、障子のもと出でたまふにぞ、求めつる中将だつ人来会ひたる。

(「源氏物語」・帚木)

源氏が空蝉と契る場面である。暗い中の契りであるため、空蝉は男が誰であるかわからないうちに抱かれてしまう。源氏は、空蝉が見知らぬ男に突然寝所に忍び込まれて、さぞ驚いているだろうと推察して、いい加減な気持ちで忍び込んだのではなく、今まで空蝉に恋い焦がれていたという思いを告げて、空蝉を納得させようとする。そのために先ず、(a)「人知れぬ思ひのしるしある心地して（あなたに対する私の人知れぬ思いがかなえられてうれしうございます）」と訴える。その上で、さらに、(b)「うちつけに深からぬ心のほどと見たまふらん、ことわりなれど（私の一時の出来心で忍んできたとお思いなさるでしょう。それももっともなことではあるけれども）」と弁解して、空蝉の驚きを和らげようとする。さらにもう一度、(a)「人知れぬ思ひのしるしある心地して」と同じ趣旨の言い訳(c)「年頃思ひわたる心のうちも聞こえ知らせむとてなん、かかる折を待ち出でたるも、さらに浅くはあらじと思ひなしたまへ（この年頃あなたをずっと慕ってきた私の心のうちを納得していただこうとして、このような機会を待っていました。そのような私の心は決していい加減なものではないとお思いください）」を繰り返す。それでも物足りないのか、さらに、(d)「好きがましきさまには、よに見えたてまつらじ。思ふこと少し聞こゆべきぞ（ほんの一時の出来心からこんな振舞いに出たとは決してあなた様から見られたくはありません。私はただ心に思うことの一端だけでも申し上げたかったのですよ）」と、一時の浮気心からのことではないということを重ねて念を押し説得しようとする。源氏に突然迫られて戸惑う空蝉の心情を和らげ、その上でさらに、空蝉の心を自分に引き寄せようとして、このような弁解を繰り返しているのである。

ここは、同じ趣旨の情報を繰り返し伝えることによって、話し手の心情を何とかして聞き手に納得させようとしている発想様式なのである。

(3)　（朱雀院は）御几帳少し押しやらせたまひて、「夜居の僧などの心地すれど、まだ験つくばかりの行ひにもあらねば、かたはらいたけれど、ただおぼつかなくおぼえたまはむさまを、さながら見たまふべきなり。」とて、御目おしのごはせたまふ。宮もいと弱げに泣いたまひて、(a)「生くべくもおぼえはべらぬを。かくおはしまいたるついでに、尼になさせたまひてよ。」と聞こえたまふ。(朱雀院)(b)「さる御本意あらば、いと尊きことなるを。(c)さすがに限らぬ命の程にて、行く末遠き人は、かへりて事の乱れあり、世の人に誇らるるやうありぬべきことになん。なほ憚りぬべき。」などのたまはせて、おとどの君に、(d)「かくなん進みのたまふを。今は限りのさまならば、片時のほどにてもその助けあるべきさまにてとなん思ひたまふる。」とのたまはす。

(「源氏物語」・柏木)

朱雀院が女三の宮を見舞う場面である。女三の宮は、前々から出家を願っていたが、源氏に許してもらえないので、父朱雀院の来訪を最後の機会ととらえて、(a)「生くべくもおぼえはべらぬを。かくおはしまいたるついでに、尼になさせたまひてよ(これから先、生きられそうにも思われませんので、このように父君がおいであそばした機会に私を尼にしてくださいませ)」と、出家を願う。「生くべくもおぼえはべらぬ」という、わが身の極限状況を訴えることによって、娘をいとしく思う父の心情を揺り動かそうとする。朱雀院もそのような女三の宮の悲痛な願いに対して、一方では、(c)「さすがに限らぬ命の程にて、行く末遠き人は、かへりて事の乱れあり、世の人に誇らるるやうありぬべきことになん。なほ憚りぬべき(重い病気とは申せ、死ぬとは決まっていない寿命なのだし、長い将来のあるまだ若い人は、出家してかえって後で具合の悪い事が起こって、世間の人に誇られるようなことがあるかもしれませんよ。やはり出家することはお待ちになるべきことですよ)」と反対しながらも、(b)「さる御本意あらば、いと尊きことなるを(そのような出家のご本望があるならば、大層尊いことでありますけれどね)」と、わが子可愛さの心情にほだされて、結局は女三の宮のたっての願いを聞き入れて出家させようとする。そこで、朱雀院は、源氏に、(d)「かくなん進みのたまふを。今は限りのさまならば、片時のほどにてもその助けあるべきさまにてとなん思ひたまふる（このように出家したいと女三の宮ご自身おっしゃいます。今は命も最後のようであるならば、一時の間だけでも来世の功徳があるようにしてあげたいと思います）」と、同意を得ようとする。ここでもまた、「今は限りのさまならば」と、女三の宮の極限状況を源氏に訴えることによって、夫たる源氏の女三の宮に対する愛情を喚起せしめて、源氏の許可を得ようとする。しかし、源氏は、あくまでも女三の宮の出家に反対するのであるが、朱雀院は遂に女三の宮の願い通りに出家させることになる。

聞き手の心情に直截訴えるような情報を伝えることによって、話し手の意図するところを聞き手に納得させるという発想様式なのである。

(4)　（軒端の荻は）やうやう目覚めて、いとおぼえずあさましきに、あきれたる気色にて、(a)何の心深くいとほしき用意もなし。世の中をまだ思ひ知らぬほどよりはざればみたる方にて、あえかにも思ひ惑はず。（源氏は）「我とも知らせじ」と思ほせど、「いかにしてかかることぞ」と、（軒端の荻が）後に思ひめぐらさむも、わがためには事にもあらねど、あのつらき人のあながちに世をつつむも、さすがにいとほしければ、（源氏が）度々の御方違へにことつけたまひしさまをいとよう言ひなしたまふ。たどらむ人は（実情を）心得つべけれど、（軒端の荻は）(b)まだいと若き心地に、さこそさし過ぎたるやうなれど、えしも思ひ分かず。（源氏は）(c)憎しとはなけれど、（軒端の荻に）御心とまるべき故もなき心地して、なほかのうれたき人の心をいみじく思す。「（空蟬は）何処にはひまぎれて、（源氏を）かたくなしと思ひゐたらむ。かくしふねき人はありがたきものを」と思すにしも、あやにくに紛れがたう思ひ出でられたまふ。この人の、何心なく若やかなるけはひもあはれなれば、さすがに情け情けしく契り置かせたまふ。（源氏）「人知りたることよりも、かやうなるはあはれ添ふこととなん昔人も言ひける。あひ思ひたまへよ。(d)（私は）つつむことなきにしもあらねば、身ながら心にもえ任すまじくなむありける。また、さるべき人々も許されじかしと、かねて胸痛くなむ。忘れで待ちたまへよ。」など、なほなほしく語らひたまふ。（軒端の荻）「人の思ひはべらんことの恥づかしきになむえ聞こえさすまじき。」と、うらもなく言ふ。（源氏）「なべて（この秘密を）人に知らせばこそ（恥ずかしくも）あらめ。この小さき上人などに伝へ聞こえむ。気色なくもてなしたまへ。」など言ひ置きて、かの脱ぎすべしたる薄衣を取りて、出でたまひぬ。

（「源氏物語」・空蝉）

源氏が空蝉と間違えて軒端の荻を犯してしまったところの場面である。源氏は、軒端の荻が、(a)「何の心深くいとほしき用意もなし。世の中をまだ思ひ知らぬほどよりはざればみたる方にて、あえかにも思ひ惑はず（格別思慮深くもなく、気の毒に思われるほど何の心構えもない。男女の道をまだ知らない年齢の割には、風流がかった女であって、源氏に襲われたのにもうろたえる様子も見せない）」、(b)「まだいと若き心地に、さこそさし過ぎたるやうなれど、えしも思ひ分かず（まだ大層年若い心地から、あんなに出すぎたところがあるようだが、母屋に泊まった源氏がどうして急に自分を抱いたのかという状況も悟ることができない）」というほどの思慮の浅いのをよいことにして、軒端の荻に対して、(c)「憎しとはなけれど、御心とまるべき故もなき心地して（可愛い女だとは思うけれども、さりとて、ことさら気に入るような点もない感じがして）」と、あまり積極的な思いはないけれども、(d)「つつむことなきにしもあらねば、身ながら心にもえ任すまじくなむありける。また、さるべき人々も許されじかしと、かねて胸痛くなむ。忘れで待ちたまへよ（私は世間を憚るわけがないでもないから、何事につけても私の思い通りにならないのです。また、あなた方の人たちも私たちの間を許してくれることはないだろうと思うと、今から心が痛みます。私を忘れないで待っていてください）」と、心にもないことを言って軒端の荻を籠絡しようとしているのである。源氏は、その後、軒端の荻に後朝の文も出さないでいる。

このように、色好みの男が女の心根につけ込んで、心にもないお世辞や女が喜ぶような殺し文句などを並べて、自分の欲望を満足させようとする発想様式をとることがしばしば見られる。

(5)

（乳母）「なにか。これも御幸にて、違ふことども知らず。かく口惜しくいましける君なれば、あたら御様をも見知らざらまし。わが君をば、心ばせあり、物思ひ知りたらむ人にこそ見せたてまつらまほしけれ。大将殿の御様・かたちのほのかに見たてまつりしに、さも命延ぶる心地のしはべりしかな。あはれに、はた聞こえたまふなり。御宿世に任せて、さも思し寄りねかし。」と言へば、（北の方）「(a)あな恐ろしや。人の言ふを聞けば、(b)（薫は）年頃、おぼろげならむ人をば見じとのたまひて、右の大殿・按察の大納言・式部卿の宮などの、（娘の婿にと）いと懇ろにほのめかしたまひけれど、聞き過ごして、帝の御かしづき女を得たまへる君は、いかばかりの人か、まめやかに思さむ。（浮舟を）かの母宮などの御方に（宮仕えとして）あらせて、時々も見むとは（薫は）思しもしなむ。それ、はた、げに、めでたき御辺りなれども、(c)いと胸痛かるべきことなり。宮の上の、かく幸ひ人と申すなれど、（夫匂宮と六の君との仲を嫉妬して）物思はしげに思したるを見れば、（身分などは）いかにもいかにも、(d)二心なからん人のみこそ目安く頼もしきことにはあらめ。わが身にても知りにき。(e)故宮の御有様はいと情け情けしく、めでたくをかしうおはせしかど、（私を）人数にも思さざりしかば、（私は）いかばかりかは心憂くつらかりし。(f)この、いと言ふかひなく情けなく様あしき人なれど、(g)ひたおもむきに（私を守り）、二心なきを見れば、心安くて、年頃をも過ぐしつるなり。折節の心ばへの、かやうに愛敬なく、用意なきことこそにくけれ。嘆かしく、恨めしきこともなく、かたみにうちいさかひても、心に合はぬことをばあきらめつ。上達部・親王たちにて、宮びかに心恥づかしき人の御あたりと言ふとも、われ、数ならではかひあらじ。よろづのこと、わが身からなりけりと思へば、また、よろづに悲しくこそ見たてまつれ。いかにして、人笑はれならず、したてまつらん。」と（乳母と）語らふ。

（「源氏物語」・東屋）

浮舟と左近少将との婚約解消の後、乳母が、「あはれに、はた聞こえたまふなり。御宿世に任せて、さも思し寄りねかし（薫の君が心から浮舟様のことを所望なさっているとのことです。姫君のご運に任せて、薫の君を婿となさいませ）」と、薫との縁談を母君に勧める。それに対して、母北の方は反論する。(a)「あな恐ろしや」と(c)「いと胸痛かるべきことなり（どうしても心配でなりません）」とは、浮舟を思う北の方の同じ心情の繰り返しである。また、北の方は、薫を、(b)ありふれた人とは結婚すまいなどと考えている方で、浮舟などを本当に心から愛するような方ではあるまいから、浮舟を母宮の女三の宮に仕えさせておいて、自分は、「時々も見むとは思しもしなむ（時々逢おうというくらいにお思いになるのだろう）」というような人物として認識し、八の宮についても、(e)「いと情け情けしく、めでたくをかしうおはせしかど、人数にも思さざりしかば、いかばかりかは心憂くつらかりし（お人柄はたいへん情け深く、ご立派ですばらしかったけれども、私を一人前の人間として扱ってはくださらなかったので、どんなにか情けなくひどいお方だと思ったことか）」と、薫と同じように否定的な人物として認識している。一方、それとは対照的に、現在の夫である常陸の介に対しては、(f)「この、いと言ふかひなく情けなく様あしき人なれど、(g)ひたおもむきに、二心なきを見れば、心安くて、年頃をも過ぐしつるなり（今の夫の常陸の介は、全くふがいなく、情味もなく、姿格好もぶざまな人ではあったけれども、ただ一途に私一人を守ってくださり、なんとも安心して何年も連れ添ってきたのです）」と、肯定的な人物として認識している。そして、(d)「二心なからん人のみこそ目安く頼もしきことにはあらめ（女一人を守ってくれる男だけが体裁もよく頼もしい人なのです）」という発話と同じ趣旨の、(g)「ひたおもむきに、二心なきを見れば、心安くて、年頃をも過ぐしつるなり」という発話を繰り返しているのである。このように見てくると、北の方は、薫と故八の宮とを同じ人物として否定的にとらえ、常陸の介のような「二心なからん人」を肯定的にとらえているということになる。北の方は、男は身分などはどうでもよいのであって、一人の女を守ってくれる男に添うのが女にとっては最も幸せなことなのであるということを重ね重ね語り、わが娘浮舟もそのような男に添わせたいという願いから、乳母の勧める薫の君との婚約に反対するのである。

このように、話し手が、聞き手を納得させるためには、類似・対比対偶様式というような理詰めな構成をとった方が効果的である場合もある。

Ⅱ　聞き手の翻意を促すために情報を伝える発想様式

聞き手の翻意を促したり、あるいは、話し手の意図通りの行動をとらせたりするために、聞き手の心情・立場を利用して、話し手にとって都合のよい情報を伝えたり、あるいは、あえて虚偽の情報を伝えたりするという情報操作をすることがある。これも、色好みの男が女を籠絡するときなどに多く見られる。

(1)　阿漕、(姫君の部屋に)典薬や入りぬらんと(引戸を)引きて見るに、遣戸細めに開きたり。胸つぶるるものから、うれしくて引き開けて入りたれば、典薬(姫君の傍に)かがまりをり。入りてけりと、心地もなくて、(阿漕)「今日は御忌日と申しつるものを。」と、「心憂くも入りたまひにけるかな。」と言へば、(典薬)「何か。近々しくあらばこそあらめ。御胸まじなへと、上の預けたてまつりたまひつるなり。」とて、まだ装束も解かでをり。君はいといたう悩みたまふに添へて、泣きたまふこと限りなし。阿漕、とりわきて、などしも物をかくいみじく思して、かかるはいかがなるべきにかと思ひて、心細く悲し。(阿漕)「御焼石当てさせたまはんとや。」と聞こゆれば、(姫君)「よかなり。」とのたまへば、阿漕、典薬に、「ぬしをこそ今は頼みきこえめ。御焼石求めて奉りたまへ。皆人も寝静まりて、阿漕が言はんによもとらせじ。これにてこそ心ざしありなし見え始めたまはめ。」と言へば、典薬うち笑ひて、「さなり。残りの齢少なくとも、一筋に頼みたまはば仕うまつらむ。岩山をもと思へば、まして焼石はいとやすし。思ひにさし焼きてん。」と言へば、(阿漕に)「同じくは疾く。」と責められて、「いかがはせん、さは、入り立ちたるやうなれど、いとやすし、心ざし情けを見えむ」とて、石求めむとて立ちぬ。

(「落窪物語」・巻之二)

北の方に閉じ込められた落窪の姫君の部屋に、北の方の意を受けた典薬助が、姫君を犯そうとして入ってくる。典薬助の企らみを阿漕から聞かされた姫君は、今すぐにでも死んでしまいたいと嘆き悲しみ、胸が痛いので、胸を押えてひどく泣いている。典薬助が、「私が治してさしあげましょう」と言って、姫君の胸元を探る。そこに姫君仕えの阿漕が入ってきて、何とかして典薬助を部屋から追い出そうと画策する場面である。阿漕は典薬助が姫君を籠絡しようとしている魂胆を既に知っているので、そのような典薬助の心情をうまく利用して、「これにてこそ心ざしありなし見え始めたまはめ(御温石を姫君に差し上げることができるかどうかによって、あなたが姫君をどれだけ深く思っていらっしゃるかどうかが姫君にはじめておわかりいただけることでしょう)」とそそのかして、典薬助を部屋の外に追い出そうと企らむ。典薬助は阿漕の口車に乗せられて、「思ひにさし焼きてむ(私の姫君を恋い慕う『思ひ』の火で石を焼いて見せましょう)」とまで言い切って、喜んで温石を求めるために部屋を出て行く。阿漕は、典薬助の意図を逆手にとって、典薬助の喜びそうな言辞を弄して、典薬助を有頂天にさせ、まんまと典薬助を姫君の部屋から追い出し、姫君の危難を救うことができたのである。

話し手が聞き手の欲望につけこんで、聞き手の欲する情報を伝えることによって、話し手の意図通りの行動をとらせるという発想様式なのである。

このように、聞き手の翻意を促すために、聞き手の心情・立場を利用するという手段をとるよりも、もっと積極的に虚偽の情報を伝えるという手段をとる場合もある。

(2)　月立ちぬれば、さりげなくて、衛門、「いつか渡りたまふべき。」と案内せさせければ、この月の十九日と聞きて、「さなん。」と男君に申せば、「（落窪の姫君を）その日ここに渡したてまつらむ。さる心して、若き人々今少し求め設けよ。かの中納言の許によろしき者はありきや。それもとかくも言はで呼び取れ。後にねたがらせん。」とのたまへば、衛門、「いとよくはべりなん。」と言ふ。（男君が）かくのたまふを（衛門は）いとうれしと思へる気色のしるければ、男君も、「（衛門は）我が心に似て。（姫君に）聞かせじ」と思ひて、ささめきありきたまふ。女君に申したまふ、「人のいとよき所得させたるを、この十九日に渡らん。人々の装束したまへ。ここも修理せさせん。疾く渡りなん。急ぎたまへ。」とて、紅絹、茜染草ども出だしたまへれば、（姫君は）ひとへにかく構へたまふことも知りたまはで、急がせたまふ。（「落窪物語」・巻之二）

落窪の姫君の父中納言が、姫君の母の生前持っていた三条邸を修復して立派な御殿を造営したという話を、衛門（阿漕）から聞いた道頼衛門督は、姫君をいじめていた中納言家に復讐するために、中納言が三条邸に転居する前に、三条邸の地券を持っている姫君をそこに移そうと企てる。しかし、姫君は、衛門督が前々から、「姫君は継母から何をされても文句も言わず、かえって継母をかわいそうだと同情するような、心根のお優しい方である」と褒めているように、心の優しい女性であるので、その優しい心根を斟酌して、姫君の優しい心を傷つけないように、衛門督は自分たちの企てをありのままに伝えずに、「人のいとよき所得させたるを、この十九日に渡らん。（ある人からすばらしい邸をいただいたので、この十九日に引越ししましょう）」と、虚偽の理由を提示することによって、納得させようとしているのである。人は、自分の意のままに事が運べば、何の疑念も抱くこともなく、話し手からの情報を素直に受け取るものである。衛門督の寵愛を受け、二児まで儲けて幸福な生活を送っている姫君も、「ひとへにかく構へたまふことも知りたまはで（ひたすらこのように衛門督が企らみなさっていることもご存じなく）」、素直に道頼衛門督の言うことを納得して、引越しの準備をさせる。

ここは、聞き手の性格・心情などを尊重して虚偽の情報を伝えることによって、聞き手を納得させるという発想様式なのである。

(3)

阿漕は、三の御方の人うとにて、いとにきなく装束かせて率ておはするに、己が君のただ一人おはするに、いみじく思ひて、（阿漕）「俄かに穢れはべりぬ。」と申して、とまれば、（北の方）「よにさもあらじ。かの落窪の君の一人おはすると思ひて言ふなめり。」と腹立てば、（阿漕）「いとわりなきこともよくはべるなり。さぶらへとあらば参らん。かくをかしきことを見じと思ふ人ありなんや。女だに慕ひ参る道にこそあめれ。」と言へば、（北の方は）げにさや思ひけん、はした童のあるに装束き替へさせて、とどめたまふ。

（『落窪物語』・巻之一）

中納言一家が石山詣でのために留守になり、落窪の姫君がただ一人残ることになるのをかわいそうに思って、姫君にお仕えしている阿漕が、「急に月の障りになりました」と言って同行を断る。北の方は、「かの落窪の君の一人おはすると思ひて言ふなめり（あの落窪の君が一人お残りになるのをかわいそうだと思って言うのであろう）」と、立腹する。それに対して阿漕は、「かくをかしきことを見じと思ふ人ありなんや。女だに慕ひ参る道にこそあめれ（こんな楽しい旅に出かけまいなどと思う人はあるはずはないでしょう。年老いた女でさえ行きたがる石山詣でであるようですのに）」と、ぜひ物詣でに行きたいのだけれども、月の障りのためにどうしても行けないのですと、虚偽の情報を伝えて、いかにも残念そうに弁解する。その一方で、「さぶらへとあらば参らん（どうしても参れとおっしゃるならば同行いたします）」と、北の方の意図するところに迎合した振りをして、逆に阿漕の意図に沿ったように、北の方の翻意を促しているのである。北の方は、阿漕の意図通りに、「げにさや思ひけん（全くその通りだと思ったのだろうか）」と、阿漕の留守番を許す。北の方はまんまと阿漕の情報操作に惑わされたのである。聞き手の意図を逆手にとって、聞き手に迎合するような虚偽の情報を伝えることによって、話し手の意図通りに翻意させるという巧妙な発想様式なのである。

(4)

（右近は）「ねぶたし」と思ひければ、いとどう寝入りぬる気色を（匂宮は）見たまひて、また、せんやうもなければ、忍びやかに、この格子を敲きたまふ。右近聞きつけて、「誰そ。」と言ふ。（匂宮が）声作りたまへば、（右近は）「あてなるしはぶき」と聞き知りて、「殿のおはしたるにや」と思ひて、起きて出でたり。（匂宮）「先づこれ上げよ。」とのたまへば、（右近）(a)「怪しうおぼえなき程にもはべるかな。夜はいたう更けはべりぬらんものを。」と言ふ。（匂宮）(b)「（浮舟が）物へ渡りたまふべかんなりと、仲信が言ひつれば、驚かれつるままに出で立ちて、いとこそわりなかりつれ。先づ（格子を）上げよ。」とのたまふ声、（薫の声に）いとようまねび似せたまひて忍びたれば、（匂宮とは）思ひも寄らずかい放つ。（匂宮）(c)「道にて、いとわりなく恐ろしきことのありつれば、怪しき姿になりてなん。火暗うなせ。」とのたまへば、（右近）「あないみじ。」と、慌て惑ひて、火はとりやりつ。（匂宮）「われ、人に見すなよ。（私が）来たりとて、人おどろかすな。」と、いとらうらうじき御心にて、もとよりもほのかに似たる御声を、ただかの御けはひにまねびて入りたまふ。（右近は）「ゆゆしき事の様とのたまへる、いかなる御姿ならむ」と、いとほしくて、われも隠ろへて（匂宮を）見たてまつる。（匂宮は）いと細やかになよなよと装束きて、香のかうばしきことも（薫に）劣らず。（匂宮は浮舟に）近う寄りて、御衣ども脱ぎ、馴れ顔に、うち臥したまへれば、（右近）「例の御座にこそ。」など言へど、（匂宮は）物ものたまはず。(d)（右近は浮舟に）御衾参りて、（浮舟の近くに）寝つる人々起こして、少し退きてみな寝ぬ。

（「源氏物語」・浮舟）

匂宮が薫に偽装して浮舟に近づく場面である。薫がこんな夜更けに突然訪れてきたことに、右近が、(a)「怪しうおぼえなき程にもはべるかな。夜はいたう更けはべりぬらんものを（変ですね、思いがけない時刻においでになられますこと。夜はすっかり更けましたでしょうに）」と不審を抱いたので、匂宮はその不審を取り除いて、自分がここに来た理由を納得させようとして、先ず薫の声に似せて、(b)「物へ渡りたまふべかんなりと、仲信が言ひつれば、驚かれつるままに出で立ちて、いとこそわりなかりつれ（浮舟が物詣でにお出かけなさろうとしていると仲信が言うので、驚いてやって来たのであるが、山道は暗くて、ひどく難渋しました）」と弁明する。「仲信」というのは薫の家司である。次いで、(c)「道にて、いとわりなく恐ろしきことのありつれば、怪しき姿になりてなん。火暗うなせ（途中でとても恐ろしいことがあったものだから、見苦しい変な姿になっています。火を暗くしてわが姿を女房たちに見せるなよ）」と言って、匂宮であることが露見しないように予防線を張る。そして、右近に、(d)「御衾参りて、寝つる人々起こして、少し退きてみな寝ぬ」という行動をとらせて、遂には浮舟を籠絡してしまうのである。まさに、巧みな偽装である。

ここも、話し手が、虚偽の情報を伝えることによって、聞き手を信用させ、話し手の意図通りの行動をとらせるという発想様式なのである。

(5)

奥の座の三番にゐたる鬼、「この翁はかくは申しさぶらへども、参らぬこともさぶらはんずらんとおぼえさぶらふに、質をや取らるべくさぶらふらん。」と言ふ。横座の鬼、「しかるべし、しかるべし。」と言ひて、「何をか取るべき。」と、各々言ひ沙汰するに、横座の鬼の言ふやう、「かの翁が面にある瘤をや取るべき。瘤は福の物なれば、それをや惜しみ思ふらん。」と言ふに、翁が言ふやう、「ただ目鼻をば召すとも、この癭は許したまひさぶらはん。年頃持ちてさぶらふ物を故なく召されさぶらはば、ずちなきことにさぶらひなん。」と言へば、横座の鬼、「かう惜しみ申す物なり。ただそれを取るべし。」と言へば、鬼寄りて、「さは取るぞ。」とて、ねぢて引くに、大方痛きことなし。さて、「必ずこの度の御遊びに参るべし。」とて、暁に鳥など鳴きぬれば、鬼ども帰りぬ。翁、顔を探るに、年頃ありし癭痕なく、かい拭ひたるやうにつやつやなかりければ、木こらんことも忘れて家に帰りぬ。

（「宇治拾遺物語」・三・鬼に癭とらるる事）

顔に大きな瘤のある翁が、世を憚って樵として生活していた。あるとき、山の中で大勢の鬼たちが酒盛りをしながら舞を舞うのを見て、その翁は思わず鬼の仲間に入って舞を舞う。その舞が大変すばらしかったので、鬼たちが「これからもやってきて舞を舞え」と言う。翁は承諾したが、鬼たちは翁を疑って、再び翁が来なければならないようにするために、翁の一番大切なものを質に取ろうとする。そのとき翁は、「ただ目鼻をば召すとも、この瘤は許したまひさぶらはん（たとい目鼻はお取りになられようとも、この瘤だけはお許しください）」と、いかにも瘤が翁にとって一番大切なものでもあるかのように詐る。鬼たちはまんまとこの謀略に引っかかって、我が意を得たりとばかりに翁の瘤を引きちぎってしまう。翁は内心瘤を取ってもらいたいと思うのだが、その本心を隠して、鬼たちに瘤を取るように仕向けたわけである。

このように、ここも、聞き手の意図するところを逆手にとって、虚偽の情報を伝えることによって、聞き手に話し手の意図通りの行動をとらせるという発想様式をとっているのである。

第二章　情報が共有されていない場合の情報伝達

話し手と聞き手の間に、情報があまり共有されていない場合には、話し手の伝達しようとする情報を聞き手に的確に伝えるためには、聞き手にとっての新しい情報を直接提供したり、あるいはそれを補完するために間接的な情報を提供したりして、話し手と聞き手とが情報を共有する必要がある。特に、物語などにおいては、それまで作者が読者に提供してきた情報以外は、読者は何も知らされていないのであるから、物語の展開に即して、作者から新しい情報を読者に提供しなければならない。そのためにいろいろな発想様式が生まれる。

第一節　話し手の解説や補完的な描写によって情報を伝える発想様式

話し手から聞き手に対して新しい情報を提供する場合には、新しい情報をそのまま伝える様式をとる以外に、話し手の解説・批評・感想などを直接聞き手に提供したり、あるいはまた、話し手の意図する情報の具体的な背景なり状況なりを補完したりする様式をとる場合もある。

昔、男初冠して、平城の京春日の里にしるよしして、狩に往にけり。その里に、いとなまめいたる女姉妹住みけり。この男、垣間見てけり。思ほえず古里にいとはしたなくてありければ、心地惑ひにけり。男の着たりける狩衣の裾を切りて、歌を書きてやる。その男、信夫摺の狩衣をなむ着たりける。

春日野の若紫の摺り衣しのぶの乱れ限り知られず

となむ、をいつきて言ひやりける。(a)ついでおもしろきことともや思ひけん。

(b)みちのくのしのぶもぢずり誰ゆゑに乱れ初めにし我ならなくに

といふ歌の心ばへなり。(c)昔人は、かくいちはやきみやびをなんしける。

(「伊勢物語」・第一段)

初冠した男が女姉妹を垣間見て、その若々しい美しさに魅惑されて、とっさに見事な歌を狩衣の裾に書いて贈ったというのである。その男の振舞いを、作者は、(a)「ついでおもしろきことともや思ひけん(事の成り行きとしてこのような歌を女に贈るのが興あることと思ったのであろうか)」と解説し、さらに男の歌、「春日野の若紫の摺り衣しのぶの乱れ限り知られず(春日野の若い紫草のように美しいあなた方にお逢いして、あなた方に寄せる私の思いは、この紫の信夫摺の乱れ模様のように、限りなく乱れております)」を、(b)「みちのくのしのぶもぢずり誰ゆゑに乱れ初めにし我ならなくに(あなたのほかの誰かのせいで、陸奥のしのぶもじずりの模様のように、心が乱れ出したのではありませんのに。私が思い乱れるのは、もっぱらあなたのせいなのです)」といふ歌の趣旨に拠った歌い振りであると解説することによって、読者の理解を容易にしている。さらに、そのような男の振舞いを、(c)「昔人は、かくいちはやきみやびをなんしける(昔の若者はこんなにも情熱的な風雅な振舞いをしたのである)」と批評することによって、現代の若者はそんな激しい恋の思いはしませんねと、読者の共感を得ようとしている。男の風雅な振舞いを描写することによって、青春時代の激しい愛の衝動の物語を語っているのである。

このように、話し手から聞き手に新しい情報を提供する場合、話し手の意図する思いを聞き手に的確に伝えるために、歌に物を添えて贈ったり、あるいは、作者の解説・批評・感想などを差し挟むことによって、読者の理解を深めようとしたりする発想様式をとるのである。

I　話し手の解説・批評・感想などを差し挟んで情報を伝える発想様式

和歌集における部立・詞書などを典型とするように、情報の因って立つところの背景を描写したり、あるいは作者の解説・批評・感想などを添えることによって、情報内容を明確に伝える発想様式をとる場合が多い。

(1)　五条の后の宮の西の対に住みける人に、本意にはあらで物言ひわたりけるを、睦月の十日あまりになんほかへ隠れにける。在り所は聞きけれど、えもの言はで、またの年の春、梅の花盛りに、月のおもしろかりける夜、去年を恋ひて、かの西の対に行きて、月の傾くまで、あばらなる板敷に臥せりて詠める

在原なりひらの朝臣

月やあらぬ春や昔の春ならぬわが身一つは元の身にして

（「古今集」・七四七）

この歌は、「や」を反語ととるか詠嘆ととるかによって解釈が違ってくるが、一応、「月は昔の月ではないのか、春は昔の春ではないのか、わが身一つは元の身であって」というような文意としてとらえることができる。しかし、この歌からだけではどんな思いを詠んでいる歌なのか、はっきりとは理解できない。詞書があってはじめて、昔深く思い慕っていた女を偲んで、男が自分独りになってしまった悲しみの気持ちを詠んだ歌であるということがわかる。

このように、和歌などの場合には、その歌の背景となる状況がある程度わからないと、和歌そのものも理解できない場合もあるので、このような詞書を添える必要がある。

(2)

（女が）いとよしづきてをかしくいますかりければ、よばふ人もいと多かりけれど、返りごともせざりけり。「女といふ者、つひにかくて果てたまふべきにもあらず、時々は返り事したまへ。」と、親も継母も言ひければ、せめられてかく言ひやりける、

思へどもかひなかるべみ忍ぶればつれなきともや人の見るらむ

とばかり言ひやりて、物も言はざりけり。かく言ひける心ばへは、親など、「男あはせむ。」と言ひけれど、「一生に男せで止みなむ。」といふことを、世とともに言ひける、さ言ひけるもしるく、男もせで、二十九にてなむ失せたまひにける。

（「大和物語」・第一四二段）

作者が、「かく言ひける心ばへ（このように「思へども」の歌を詠んだ趣旨）」を、「親など『男あはせむ』と言ひけれど、『一生に男せで止みなむ』といふことを、世とともに言ひける（親などが「結婚させよう」と言ったけれども、女が「私は一生夫も持たないで過ごしてしまいたい」ということを常に言っていた、そのようなわけなのであった）」と解説することによって、作者は、「思へどもかひなかるべみ忍ぶればつれなきともや人の見るらむ（あなたをどんなにお慕いしていても、所詮は甲斐のないことでしょうから、私の胸ひとつに収めておりますのに、あなたは私を薄情な女とでも思っておられるのでしょうか）」という歌に込められた、特定な男と結婚するなどということはせずに、ひたすら純粋な愛情を持ち続けて一生を過ごそうとする女の愛の美しさを読者に十分納得してもらいたかったのである。

このように、話し手の解説・感想・批評を差し挟むことによって、話し手の意図する情報を的確に聞き手に理解させることができるという発想様式なのである。

(3)

かしこき御蔭をば頼みきこえながら、貶めきずを求めたまふ人は多く、わが身はか弱く、ものはかなきあ

りさまにて、なかなかなる物思ひをぞしたまふ。御局は桐壺なり。あまたの御方々を過ぎさせたまひつつ、ひまなき御前渡りに人の御心を尽くしたまふもげにことわりと見えたり。

（「源氏物語」・桐壷）

「源氏物語」の冒頭に、「いとやむごとなき際にはあらぬがすぐれてときめきたまふ」と紹介された更衣が、帝の異常なまでの寵愛を受けたために、「かしこき御蔭をば頼みきこえながら、貶めきずを求めたまふ人は多く、わが身はか弱く、ものはかなきありさまにて、なかなかなる物思ひをぞしたまふ（帝の畏れ多いご寵愛にひたすらおすがりしながらも、蔑み欠点を探し求める方は多く、ご自分はひ弱で、何となく頼りないありさまで、なまじご寵愛などなかった方がと、気苦労をなさいます）」という過程を物語った後で、「御局は桐壺なり」という作者の解説が差し挟まれる。「桐壺」は、帝のいらっしゃる清涼殿から一番遠い東北の隅にある。今までは、「更衣」という紹介のみで、他の女御や更衣たちの嫉みを受けて、悲しい境遇にあることが語られてきたが、ここで初めてそのお住みになっている部屋が「桐壺」であると知って、読者は、改めて更衣の悲劇の因ってきたるところを、「あまたの御方々を過ぎさせたまひつつ、ひまなき御前渡りに人の御心を尽くしたまふもげにことわりと見えたり（多くの女御・更衣の局の前を通り過ぎながら、ひっきりなしに桐壺更衣の局にお越しなさるので、他の女御・更衣たちがみな嫉妬の思いにかられるのももっともなことである）」と、十分納得できるのである。

このように、ここも、話し手から提供される解説が聞き手を十分納得させることになるという発想様式をとっているのである。

(4)　（惟光）「（夕顔の死骸を）昔見たまへし女房の、尼にてはべる東山の辺に移したてまつらん。（その尼は）惟光が父の朝臣の乳母にはべし者の、みづはぐみて住みはべるなり。辺りは人繁きやうにはべれど、いとかごかにはべり。」と聞こえて、明け離るるほどの紛れに御車寄す。

（「源氏物語」・夕顔）

惟光は、一旦は、夕顔の死骸を、「昔見たまへし女房の、尼にてはべる東山の辺に移したてまつらん（昔、私が世話した女房で、今は尼になって住んでいる東山の辺りにお移しもうしあげましょう）」と言ったものの、源氏が夕顔の死骸をそういう人のところに移しても差し支えないのだろうかと不安に思っているものと推察して、その尼は、「惟光が父の朝臣の乳母にはべし者の、みづはぐみて住みはべるなり（私の父の乳母でありました者で、たいへん年老いて住んでおります者でございます）」と説明を加えることによって、暗に、惟光にとっては祖母同然の人であり、惟光のためなら何でもしてくれるはずですから安心してほしいということを源氏に納得させようとしたのである。

(5)

光季、「いかが女のめでたてまつらざらむ。近衛の御門わたりにこそ（琵琶を）めでたく弾く人あれ。何事にもいと故づきてぞ見ゆる。」と、おのがどち言ふを聞きたまひて、（中将）「いづれ、この桜多くて荒れたる宿。わらはいかでか見し。我に聞かせよ。」とのたまへば、（光季）「なほ便りありてまかりたりしになむ。」と申せば、（中将）「さる所は見しぞ。細かに語れ。」とのたまふ。かの見し童に物言ふなりけり。（光季）「故源中納言の娘になむ。まことにをかしげにぞはべるなる。かの御をぢの大将なむ、迎へて内裏に奉らむと申すなる。」と申せば、（中将）「さらざらむ先になほたばかれ。」とのたまふ。（光季）「さ思ひはんべれど、いかでか。」とて立ちぬ。

（「堤中納言物語」・花桜折る少将）

花桜折る少将（中将）が、以前垣間見た美しい姫君との仲立ちを、姫君の下使いの「童」と昵懇の間柄にある光季に頼む。それに対して、光季が、「なほ便りありてまかりたりしになむ（やはりついでがあって姫君の屋敷に参りましたので、内部の事情は少しだけ知っているだけです）」と答えた。光季がそのような情報網を持っている事情を、この物語の語り手が、「かの見し童に物言ふなりけり（光季は、昨夜中将が見た姫君の女童と以前から言い交わしているのであった)」と解説している。事実、光季は、「故源中納言の娘になむ。まことにをかしげにぞはべるなる。かの御をぢの大将なむ、迎へて内裏に奉らむと申すなる（その姫君は、亡くなった源中納言の娘で、本当に美しいとの評判です。姫の伯父の大将殿が迎えとって、入内させもうしあげようと申しているとか言うことです）」と、事情通のところを中将に披露してもいる。

ここも、物語の展開を読者にわかりやすく理解させようとして、作者の解説を差し挟むという発想様式をとっているのである。

Ⅱ　補完的な描写によって情報を伝える発想様式

歌や消息に限らず、ことばだけで情報を伝えるのでは、どうしても抽象的なあるいは暗示的な情報になりがちであって、そのために聞き手は話し手の意図するところを的確に理解できない場合が多い。そこで、話し手の意図するところを補完するために、具体的な物品に託して伝えたり、話し手の表情・しぐさなどによって伝えたりすることもある。あるいは、物語などにおいては、その場の風情・風景などの描写によって補完したり、登場人物の口を借りて補完したりする様式をとる場合もある。

(1)　立てる人どもは、装束の清らなること物にも似ず。飛ぶ車一つ具したり。羅蓋さしたり。その中に、王とおぼしき人、家に、「宮つこまろ、まうで来。」と言ふに、猛く思ひつる宮つこまろも、物に酔ひたる心地して、うつ伏しに伏せり。いはく、「汝、幼き人、いささかなる功徳を翁つくりけるによりて、汝が助けにとて、かた時のほどとて下ししを、そこらの年頃、そこらの金賜ひて、身を変へたるがごとなりにたり。かぐや姫は罪をつくりたまへりければ、かく賤しきおのれがもとに、しばしおはしつるなり。罪の限り果てぬれば、かく迎ふるを、翁は泣き嘆く。あたはぬことなり。はや出したてまつれ。」と言ふ。

（「竹取物語」）

かぐや姫が月の都から来た変化の者であるということは、翁は勿論、読者も既に承知しているところであるが、それ以上の詳しい素性については、読者も翁も知らされてはいない。また、かぐや姫を見つけてから、翁が裕福になった事由についても、何らの説明もない。ここに登場する「王とおぼしき人」が、「かぐや姫は罪をつくりたまへりければ、かく賤しきおのれがもとに、しばしおはしつるなり。罪の限り果てぬれば、かく迎ふる」と語るところによって、翁も読者も、はじめて、かぐや姫の素性やなぜ月の都に帰らなければならないのかなどの事由について納得することができる。また、翁が裕福になった事由についても、「いささかなる功徳を翁つくりけるによりて、汝が助けにとて、かた時のほどとて下しし」との説明によって、納得できる。

このように、物語などにおいては、登場人物の口を借りて作者が読者に新しい情報を伝えるという様式をとる場合も見られる。

(2)　(夕霧は)「かかるついでに」とや思ひ寄りけむ、蘭の花のいとおもしろきを持たまへりけるを、御簾の前より差し入れて、(夕霧)「これも御覧ずべき故はありけり。」とて、とみにも(手渡しを)許さで、(花を)持たまへれば、(玉鬘が)うつたへに思ひも寄らで取りたまふ御袖を引き動かしたり。

(夕霧)同じ野の露にやつるる藤袴あはれはかけよかごとばかりも

（「源氏物語」・藤袴）

夕霧が、源氏の使いとして玉鬘を訪れた際、玉鬘に蘭の花(藤袴)を手渡して、玉鬘への恋心を訴えている場面である。夕霧が、藤袴の花を差し入れて、「これも御覧ずべき故はありけり(この蘭の花も御覧なさるゆかりがあるものです)」と言っている。藤袴の色は薄紫である。紫の色は、「紫の一本ゆゑに武蔵野の草はみながらあはれとぞ見る（親しい紫草の一本を見つけたことによって、それと一緒に生えている武蔵野の草が全部紫草と同じ仲間として親しみを感じた）」（「古今集」・八六七）などの歌によって、「ゆかり」の意に用いられている。したがって、夕霧と玉鬘は同じ祖母大宮の孫であり、また同じ大宮の服喪中の身であるから、同じゆかりの身として、夕霧の持っている紫色の藤袴を、玉鬘も「御覧ずべき故はありけり」というのである。その「藤袴」に「藤衣」すなわち喪服の意味を託して、「同じ野の露にやつるる藤袴あはれはかけよかごとばかりも（あなたも私も大宮の服喪のために喪服を着て、野辺の露に濡れてみすぼらしくなっている藤袴の身ですから、ほんの申し訳だけでもよいから私に同情のことばを掛けてください）」という歌を贈ることによって、玉鬘への恋の思いを訴えたのである。藤袴という花が、夕霧の発話、歌の意図するところを補完する役目を負っているということになる。

ここも、物を添えて情報を聞き手に伝えることによって、その物の補完作用によって話し手の意図する情報を聞き手に的確に理解させようとする発想様式なのである。

(3)　柏木と楓との、物よりけに若やかなる色して、枝差し交はしたるを、（夕霧）「いかなる契りにか、末逢へる。頼もしさよ。」とのたまひて、忍びやかにさし寄りて、

「ことならばならしの枝にならさなん葉守の神の許しありきと

御簾の外の隔てあるこそ恨めしけれ。」とて、長押に寄りゐたまへる、（女房）「なよび姿、はた。」、「いたう、たをやぎけるをや。」と、これかれつきしろふ。この御あへしらへ聞こゆる少将の君といふ人して、

（落葉宮）「かしは木に葉守の神はまさずとも人ならすべき宿のしづえか

うちつけなる御言の葉になん浅う思ひたまへなりぬる。」と聞こゆれば、（夕霧）「げに」と思すに、少し微笑みたまひぬ。（「源氏物語」・柏木）

夕霧が落葉宮を訪ねる場面である。夕霧が落葉宮に伝えた歌の、「ことならばならしの枝にならさなん葉守の神の許しありきと（同じことならば、互いに交差している枝同士親しくさせてください。葉守の神の許しがあったものと思し召して）」という抽象的・暗示的な情報だけで、夕霧の意図する真意が落葉宮に的確に伝わったであろうか。冒頭部の、「柏木と楓との、物よりけに若やかなる色して、枝差し交はしたる」さまを見て、夕霧が、「いかなる契りにか、末逢へる。頼もしさよ（どんな前世からの因縁によって柏木と楓との枝先が一緒になっているのであろうか。頼もしいことよ）」と、何やら含みのあるようなことを言いながら、落葉宮の方に忍び寄る。そして、歌の後に、「御簾の外の隔てあるこそ恨めしけれ（私は御簾の外にいて、あなた様と隔てられているのが恨めしい）」ということを補足しているところから見れば、夕霧は、この歌の「ならしの枝」に、白楽天の「長恨歌」の連理の枝を連想させることによって、柏木と落葉宮との契りを暗示しながらも、初句の「ことならば（同じことならば）」という表現によって、柏木様とあなた様との契りと同じように、私にもあなた様との契りを結ばせてほしいと訴えているということは容易に推察できるであろう。しかも、「葉守の神の許しありき」という表現によって、「葉守の神（兵衛・衛門などの官の異称）」すなわち亡き柏木様の許可がありましたということを既成事実として告げてもいる。したがって、当然、落葉宮も、このような夕霧の真意を見抜いて、「かしは木に葉守の神はまさずとも人ならすべき宿のしづえか（柏木には葉守の神は宿っておられませんが、他の男を近づけてもよい宿の下枝ではありません）」と、夕霧の懸想をやんわりと拒絶する。

このように、その場の風物を取り上げ、それを補完材料として、話し手の意図するところを聞き手に伝えるという様式をとっているのである。

また、一方、夕霧の姿・立ち居振舞いを見て女房たちが、「つきしろふ（肩や膝をつっきあう）」という行為をとったという描写も、女房たちの夕霧をほめる気持ちを、ことばではなく動作によって表現するという補完様式である。また、落葉宮の、「うちつけなる御言の葉になん浅う思ひたまへなりぬる（急に無遠慮なことをおっしゃるので、浅はかなお方だと思うようになってしまいました）」という厳しい拒絶を受けた夕霧が、「少し微笑みたまひぬ」という振舞をしたということを描写することによって、落葉宮への懸想を少し差し控えたという夕霧の心のうちを表現したのも補完様式である。

(4)

例ならず仰せ言などもなくて日頃になれば、心細くてうちながむる程に、長女、文を持て来たり。（長女）「御前より、宰相の君して、忍びて賜はせたりつる。」と言ひて、ここにてさへひき忍ぶるもあまりなり。人伝ての仰せ書きにはあらぬなめりと、胸つぶれて、とく開けたれば、紙にはものも書かせたまはず、山吹の花びらただ一重を包ませたまへり。それに、「言はで思ふぞ」と書かせたまへる、いみじう日ごろの絶え間嘆かれつる、みな慰めて嬉しきに、長女もうちまもりて、「御前にはいかが物の折ごとに（あなた様を）思し出できこえさせたまふなるものを。誰もあやしき御長居とこそはべるめれ。などかは参らせたまはぬ。」と言ひて、「ここなる所にあからさまにまかりて参らむ。」と言ひて往ぬる後、御返事書きて参らせんとするに、この歌の本さらに忘れたり。（『枕草子』・第一四三段）

作者がしばらく里居をしていたときに、中宮様からの手紙を長女が持って来た。そこには、「言はで思ふぞ」と書いてあって、山吹の花びらが一重だけ添えてあった。「山吹の花びらただ一重」は、「わが宿の八重山吹は一重だに散り残らなん春の形見に（わが家の八重山吹は、その一重だけでも散らずに残ってほしい。春の形見として）」（『拾遺集』・七二）に拠ったものであり、「言はで思ふぞ」は、「心には下行く水の湧き返り言はで思ふぞ言ふにまされる（心の中では、地下を流れる水が湧き返っているように、何も言わずに恋い慕っている方が恋心を口に出して訴えるよりもまさっている）」（『古今和歌六帖』・二六四八）に拠っている。中宮は、山吹の花によって、「わが宿の」の歌を引き出し、ただ一重残る山吹の花びらに清少納言の中宮に対する変わらぬ真心を期待し、「言はで思ふぞ」とだけ書き添えることによって、「心には」の歌を導き出して、中宮の清少納言に寄せる思いを強く訴えようとしているのである。「言はで思ふぞ」という一言と山吹の花びら一重だけによって、このような中宮の作者に寄せる思いを訴えた教養の深さ、また、これほどの思いをとっさに理解できた作者の教養もまたすばらしいものである。だから、清少納言も、「いみじう日ごろの絶え間嘆かれつる、みな慰めて嬉しき（数日来中宮から仰せ言もなく、ひどく心細かった思いもみな慰められてうれしい）」と、感動もしているのである。山吹の花びら一重を添えた「言はで思ふぞ」ということばによって、お互いの心の交感が可能になったのである。

このように、暗示的な表現によって、話し手の意図する情報を聞き手に伝えるという補完様式をとることによって、かえって話し手の意図するところを聞き手に直截的に強く訴えることができるというのも、平安の教養ある人々の優雅さなのである。

(5)　今とせさせたまふほど、御物の怪のねたみののしる声などのむくつけさよ。源の蔵人には心誉阿闍梨、兵衛の蔵人にはそうそといふ人、右近の蔵人には法住寺の律師、宮の内侍のつぼねにはちそう阿闍梨をあづけたれば、物の怪にひきたふされて、いといとほしかりければ、念覚阿闍梨を召し加へてぞののしる。阿闍梨の験のうすきにあらず、御物の怪のいみじうこはきなりけり。宰相の君、をぎ人に叡効をそへたるに、夜一夜ののしり明かして声もかれにけり。御物の怪移れと召し出でたる人々も、みな移らで、さはがれけり。午の時に、空晴れて朝日さしいでたる心地す。平らかにおはしますうれしさのたぐひもなきに、男にさへおはしましけるよろこび、いかがはなのめならむ。昨日しをれくらし、今朝のほど朝霧におぼほれつる女房など、みな立ちあかれつつやすむ。御前には、うちねびたる人々の、かかる折節つきづきしき侍ふ。（「紫式部日記」）

土御門邸における中宮彰子の皇子出産の場面である。物の怪を退散させようとして必死になって祈祷するが、頑として物の怪は退散しない。ところが、翌日正午ごろに、無事出産し、屋敷中喜びにつつまれる。その前夜の大騒ぎの場面の描写と翌日の出産の喜びの描写の転換部分に、「午の時に、空晴れて朝日さしいでたる心地す」という一文が置かれる。実際に、正午ごろ空が晴れて朝日がさし出たという実景を描写しているのではなく、「心地す」という表現によって、作者自身は勿論、土御門邸の人々の心理状態を象徴的に表現しているということになる。このような叙述によって、昨夜の黒雲に覆われたような重苦しい気分から、無事出産、皇子誕生という朝日に照らされた晴れやかな気分にがらりと転換したということを印象的に表現したものである。この一文がなくとも、「平らかにおはしますうれしさのたぐひなきに、男にさへおはしましけるよろこび、いかがはなのめならむ（御子が元気にお生まれになったのは何にもましてうれしいのに、その上皇子様でいらっしゃった喜びといったら、並み一通りのものではありません）」という感動は十分読者に伝わるはずであるが、このような象徴的な表現をとることによって、その場の事態なり感動なりを印象的に読者に伝えるという効果を持った補完様式なのである。

第二節　種々の構成をとることによって情報を伝える発想様式

話し手から聞き手に情報を伝える場合、話し手の意図するところをできるだけ過不足なく明確に聞き手に伝える必要があるが、話し手と聞き手との間に情報が共有されていない場合には、聞き手にとっての新しい情報を話し手から提供する必要がある。しかし、実際の情報伝達の場合には、必ずしも話し手の意図通りに情報が聞き手に的確に伝わるというわけではない。誤解とか曲解とかの現象が発生する場合もある。そこで、話し手の意図するところを的確に伝えるためには相当の工夫が必要になってくる。その際、何よりも重要なことは、聞き手に何を伝えたいのかという主題を明確にする必要がある。その主題を明確にするためには、その主題が聞き手の同感・納得を得るように構成されていなければならない。そういう点において、緻密な構成が要求されることになる。

(a)秋のけはひの立つままに、土御門殿の有様、いはむかたなくをかし。(b)池のわたりの梢ども、遣水のほとりの草むら、おのがじし色づきわたりつつ、大方の空も艶なるにもてはやされて、不断の御読経の声々あはれまさりけり。やうやう涼しき風の気色にも、例の絶えせぬ水の音なむ夜もすがら聞きまがはさる。(c)御前にも、近う侍らふ人々はかなき物語するを聞こし召しつつ、なやましうおはしますべかめるを、さりげなくもて隠させたまへり。(d)御有様などのいとさらなることなれど、「憂き世の慰めには、かかる御前をこそたづね参るべかりけれ」と、現し心をばひきたがへ、たとしへなくよろづ忘るるにも、かつはあやしき。　（「紫式部日記」）

「紫式部日記」の冒頭部である。中宮彰子が出産のため土御門邸に里帰りをし、そこで皇子が誕生する。その出産を控えての、中宮の御前の雰囲気および作者の心のうちが語られている。

この文章には、作者の意図した主題を明らかにするためのいろいろな発想様式が見られる。

㋐　物語においては、最初に時・所・人を設定するという場面構成をとるのが基本である。ここも、時は「秋のけはひの立つ」頃、所は「土御門殿」と叙述され、(a)(b)の自然描写・場面描写から(c)の中宮の描写へと移っていって、中宮とお側に仕える女房や作者が登場してくるという設定になっている。このような場面構成を設定した後で、作者の深い思索の展開が語られることになる。

㋑　作者の心情を「をかし」、「あはれまさりけり」、「あやしき」などと直截に表現することによって、主題を明確にしていくという発想様式が見られる。

㋒　(a)(b)(c)の風物・情景の描写を受けて、そこから喚起される、(d)「御有様などのいとさらなることなれど、『憂き世の慰めには、かかる御前をこそたづねまゐるべかりけれ』と、現し心をばひきたがへ、たとしへなくよろづ忘るるにも、かつはあやしき（中宮様のつつましやかな御有様などは今更称賛するまでもないけれども、この憂き世の慰めには、このようなすばらしい宮様をこそお尋ねしてでもお仕え申すべきであったのだと、日ごろのふさいだ気分とはうって変わって、たとえようもないほどにすべての憂いが忘れられるのも、一方では不可解なことに思われる）」という作者の心情を叙述することによって、作者の意図する主題を明確にしていく。すなわち、風物・情景に誘発された話し手あるいは登場人物などの主観的な心情・認識を叙述することによって、主題を明確にしていくという発想様式である。

㋓　(b)「池のわたりの梢ども、遣水のほとりの草むら、おのがじし色づきわたりつつ、大方の空も艶なるにもてはやされて、不断の御読経の声々あはれまさりけり。やうやう涼しき風の気色にも、例の絶えせぬ水の音なむ夜もすがら聞きまがはさる」という叙述には、「不断の御読経の声々あはれまさりけり」と叙述されているように、土御門邸の「いはむかたなくをかし」という現世のすばらしい秋の風情の中に浄土を感じた作者の心情が象徴的に語られている。すなわち、風物・情景の描写によって、話し手あるいは登場人物の心理状態を暗示・象徴することによって、主題を明確にしていくという発想様式である。

㋔　このように、暗示・象徴された作者の心情はそのまま、(d)「現し心をばひきたがへ、たとしへなくよろづ忘るる」とする作者の感懐にもつながっていく。「現し心」とは、その解釈にはいろいろな説が見られるが、一応、「現し心をばひきたがへ、たとしへなくよろづ忘るる」と叙述されているように、中宮を中心とする後宮の華やかな生活に魅せられていく心と対比されるような、具体的には夫に死別した悲しみを経験し、そこから真実の生き方に目覚めていく理性ととらえておく。ここには、「現し心」と「憂き世の慰めには、かかる御前をこそたづね参るべかりけれ」という心情とを対比対偶させることによって、すばらしい現実に心を奪われていく自分と、そういう自分をじっと凝視するもうひとつの目覚めた理性的な自分との葛藤に揺れ動く作者の苦悩の軌跡という主題を明らかにしていく発想様式が見られる。

I　場面を描写することによって情報を伝える発想様式

(1)　一つの事態が展開する場合に関わってくる要素は、そこに登場する人物のほかに、その背景をなす時間・場所あるいは風物・情景などがある。その人・時・場所・風物・情景などを総称して「場面」と呼ぶ。

「紫式部日記」の発想様式㋐に見られたような、その場面を効果的に構成することによって、未知なる情報を的確に伝達することができるのである。

また、古典作品においては、話し手あるいは登場人物の心理状況を描写する場面が多く見られる。そこで、その心理状況を描写・叙述する場合に、「紫式部日記」冒頭部について考察したように、いろいろな発想様式がある。

(2)　㋑に見られるような、心理状況をそのまま直截叙述する発想様式

(3)　話し手あるいは登場人物を取り巻く風物・情景などを描写することによって、間接的に話し手あるいは登場人物の心理状況を描写する発想様式

このうち、(3)の様式をさらに細かく分類すると次のような発想様式が見られる。

（あ）㋒に見られるように、風物・情景などの描写を直接話し手あるいは登場人物の心理描写と結びつける発想様式

風物・情景というものは、元来「月は有明にて、光をさまれるものから、影さやかに見えて、なかなかをかしき曙なり。何心なき空の気色も、ただ見る人から艶にもすごくも見ゆるなりけり。」（「源氏物語」・帚木）と叙述されているように、それを見る人の心のありようによって、さまざまに認識される。したがって、風物・情景に誘発されて、話し手あるいは登場人物などの主観的な心情・認識が展開するということになる。

（い）㊁に見られるように、風物・情景などの描写によって、話し手あるいは登場人物の心理状態を暗示・象徴する発想様式

このような発想様式を特に「景情融合様式」と呼ぶことにする。話し手あるいは登場人物の微妙な心情あるいは心の揺れなどを描写する場合に、それを直截説明するよりも、「景情融合様式」をとることによって、暗示・象徴する方がより的確に描写できることもある。元来、人間の心情などというものは、いかに詳しく説明しようともなかなか説明しきれるものではないし、また聞き手にも的確に理解されないであろうから、このような暗示・象徴的な発想様式をとった方が聞き手の共感をより深く得ることになるのではなかろうか。そういう点において、特に、物語文学においては、この発想様式をとる場合が多くなってくる。

（う）そのほか、話し手あるいは登場人物の心理状況を、それと類似した風物・情景などによって暗示する「比喩」という発想様式も見られる。

このような種々の発想様式をとることによって、主題を明確にしていくのである。

(1)　少将、「（姫君は）げに言ひ知らぬにやあらん」と思へど、いと心深き（姫君の）御心も（帯刀から）聞き染み

にければ、さる心ざまやふさはしかりけん、「帯刀、遅し、遅し。」と責めたまへど、（中納言邸には）御方々住みたまひていと人騒がしきほどなれば、さるべき折もなくて思ひありくほどに、この殿、古き御願果たしに石山に詣でたまふに、（女房たちが）御供にしたひきこゆるままに強ひておはすれば、女さへとどまらんことを恥と思ひて詣づるに、落窪の君数へのうちにだに入らざれば、弁の御方、「落窪の君率ておはせ。一人とどまりたまはんがいとほしきこと。」と申したまへば、（北の方）「待て、それがいつかありきしたる。旅にては縫物やあらむとする。なほありかせそめじ。（邸の内に）うちはめて置きたるぞよき。」とて、思ひかけで止みたまひぬ。

（「落窪物語」・巻之一）

落窪の姫君の父中納言が、以前石山寺にかけた御願解きに石山詣でをするために、家中の者たちがみな出かけようとする。弁の御方という女房が、「落窪の君率ておはせ。一人とどまりたまはんがいとほしきこと（落窪の君も連れていらっしゃい。一人お残りになるのはかわいそうです）」と言ったのに対して、継母は、「待て、それがいつかありきしたる。旅にては縫物やあらむとする。なほありかせそめじ。うちはめて置きたるぞよき（待ちなさい、あの子がいつ出歩いたことがありますか。出先では縫い物などありはしません。やはり出歩かせる癖はつけさせないのがよいでしょう。屋敷に閉じ込めておく方がよいのですよ。）」と、意地悪く言って、落窪の君を残して中納言一家みな出かけていく。おかげで、前々から落窪の君と契ろうと、機会を伺っていた少将は、一人残った姫君に近づき、思いを遂げることもできたのである。このように、少将と姫君とが結ばれる事態になるような機会を作るために、作者は姫君を一人残して、中納言一家が石山詣でに出かけるという場面を設定したのである。

(2) 九月十余日、野山の気色は、深く見知らぬ人だにただにやはおぼゆる。山風に堪へぬ木々の梢も、峯の葛葉も、心あわただしう争ひ散る紛れに、尊き読経の声微かに、念仏などの声ばかりして、人のけはひいと少なう、木枯の吹き払ひたるに、(a)鹿はただ籬のもとに佇みつつ、山田の引板にもおどろかず、(b)色濃き稲どもの中にまじりてうち鳴くも憂へ顔なり。滝の声は、いとど物思ふ人を驚かし顔に、耳かしがましうとどろき響く。(c)草叢の虫のみぞより所なげに鳴き弱りて、枯れたる草の下より、龍膽のわれ独りのみ心長う這ひ出でて露けく見ゆるなど、みな例の、この頃のことなれど、折から、所からにや、いと堪へがたきほどの物悲しさなり。(夕霧は)例の、妻戸のもとに立ち寄りたまひて、やがてながめ出だして立ちたまへり。

（「源氏物語」・夕霧）

柏木が亡くなった後、その妻落葉宮は母君と共に暮らしていたが、その母も亡くなり、独り寂しく小野の山荘に日を送っている。その落葉宮にかねてから思いを寄せていた夕霧が、晩秋の九月十余日、落葉宮を訪ねて言い寄る場面である。ここの自然描写は、単なる自然描写ではなく、夕霧と落葉宮との心象風景の描写でもある。特に、(a)「鹿はただ籬のもとに佇み」というのは、そのまま、「例の、妻戸のもとに立ち寄りたまひて、やがてながめ出だして立ちたまへり」という夕霧の姿を暗示・象徴している。また、(b)「(鹿が)色濃き稲どもの中にまじりてうち鳴くも憂へ顔なり」、(c)「草叢の虫のみぞより所なげに鳴き弱りて、枯れたる草の下より、龍膽のわれ独りのみ心長う這ひ出でて露けく見ゆる」もまた、母の死に泣き続けてきた落葉宮の悲しみの姿の象徴なのである。このように、自然・風物の描写がそこに登場している夕霧や落葉宮の心情を象徴するという景情融合様式をとることによって、夕霧や落葉宮の悲しい心情をより印象的に読者に訴えているのである。

(3)　浪の声、秋の風にはなほ響き殊なり。塩焼く煙かすかにたなびきて、取り集めたる所のさまなり。

(源氏)このたびは立ち別るとも藻塩焼く煙は同じ方に靡かむ

とのたまへば、

（明石の娘）掻きつめて海士の焚く藻の思ひにも今はかひなき恨みだにせじ

あはれにうち泣きて、言少ななるものから、さるべきふしの御答へなど浅からず聞こゆ。（「源氏物語」・明石）

源氏が明石の娘と別れて帰京する場面である。二人の切ない別れの悲しみを、「浪の声、秋の風にはなほ響き殊なり。塩焼く煙かすかにたなびきて、取り集めたる所のさまなり」という自然描写によって象徴的に表現するという様式をとっている。この自然描写を取り込んで詠んだ源氏の歌、「このたびは立ち別るとも藻塩焼く煙は同じ方に靡かむ（この度はあなたとお別れするとしても、藻塩焼く煙が同じ方角に靡くように、あなたも私と同じ方角に靡くでありましょう）」には、あなたを都にお迎えしましょうという源氏の意図が暗示されている。同じように、明石の娘の歌、「掻きつめて海士の焚く藻の思ひにも今はかひなき恨みだにせじ（海人たちが藻をかき集めて焚いている火のように、あなた様を恋い慕う思いは胸いっぱいではございますが、恨んだとて甲斐のない恨みを申すつもりはございません）」にも、冒頭部の自然描写が取り込まれている。「海士の焚く藻の思ひ」は、「思ひ」の「ひ」に「海士の焚く藻の火」を掛けて源氏に対する恋の思いを暗示した表現である。二人とも「藻塩焼く煙」「焚く藻の火」という、目に見える風物を歌に詠み込んで、相手に対する恋の思いを暗示的に表現しようとする景情融合様式をとっているのである。

(4)

式部卿の宮、「法師にやなりなまし」と思せど、稚き宮達のうつくしうておはします、大北の方の世をいみじきものにおぼいたるも、ただ今は宮一所の御蔭に隠れたまへれば、え振り捨てさせたまはず。(a)いみじうあはれに悲しとも世の常なり。(b)住ませたまふ宮の内も、よろづに思し埋れたれば、御前の池・遣水も、水草居咽びて、心もゆかぬ様なり。さまざまにさばかり植ゑ集め、つくろはせたまひし前栽植木どもも、心に任せて生ひあがり、庭も浅茅が原になりて、あはれに心細し。(c)宮はあはれにいみじと思し召しながら、くれやみにて過ぐさせたまふにも、昔の御有様恋しう悲しうて、御直衣の袖も絞りあえさせたまはず、生きながら身を変へさせたまへるぞあはれにかたじけなき。

（「栄華物語」・巻二）

左大臣源高明は、為平親王（式部卿の宮）を帝位に就けようとしているという噂によって失脚し、大宰権帥に左遷される。ここはその失意の中にある式部卿の宮の様子を叙述した部分である。式部卿の宮の悲しみは、直截、(a)「いみじうあはれに悲しとも世の常なり（ひどく心の底から悲しいなどというのも世間並みの言い方になってしまうほどである）」、(c)「あはれにいみじ」と叙述されている。ところが、それに挟まれた(b)の部分の「御前の池・遣水も、水草居咽びて」という風物の描写は、「よろづに思し埋れたれば、心もゆかぬ様なり（万事悲しみのためにどうにもならない鬱積した状態であるから、心も晴れ晴れしない有様である）」という宮の心理の象徴なのである。さらに(b)の最後のところも、「庭も浅茅が原になりて」という風情が「あはれに心細し」という式部卿の宮の心情を惹き起こしている。このような点から見ると、(b)に描写されている自然・風物が、そのまま式部卿の宮の心情と直截映発するものとしてとらえられた発想様式ということになる。

このように、ここも、話し手あるいは登場人物を取り巻く風物・情景などを描写することによって、間接的に話し手あるいは登場人物の心理状況を描写するという発想様式になっているのである。

(5)

(a)世には、すさまじきものと言ひ古したる十二月の月も、見る人からにや、宵過ぎぬれば、有明さやかに澄み上りて、雪少し降りたる空の気色の冴えわたりたるは、言ひ知らず心細げなるに、小夜千鳥さへ妻恋ひ渡るに、貫之が、「妹がり行けば」と詠みけんも羨ましう眺めやりたまふに、御心もあくがれまさりて、例の、御乳母子の道季ばかりを御供にて、かの宮におはしたれば、御門などしたたむる人なきにや、見わたしたまふに、(b)時わかぬ深山木どもの木暗う物古りたるを尋ね寄るにや、四方の嵐も外よりはもの恐ろしげに吹きまどひて、雪かきくらし降り積る庭の面は、人目も草もかれ果てて、同じ都の内とも見えず、心細さも限りなきに、起きたる人のけはひもせねば、わざとも驚かしたまはで、中門に続きたる廊の前につくづくと眺めゐたまへり。(狭衣が)「(女二の宮を)見たてまつり初めしより始め、浅ましうはかなかりける契りの程は、我が心にだに思ひ醒まし難きを、まいて、(c)世を思し離れぬるもことわりぞかし。あはれ、(女二の宮は)いかばかり物思しつらむ。今とても、いはけなき人の御有様につけても、我を『憂し、つらし』と思し怠ることあらじかし。(女二の宮は)ただ今も、寝覚めてや、思ひ出でたまふらん。また、(私が)かばかり思ふ心を夢にや見たまふらん。『(私が)さまで思ふらん』とは、よも知りたまはじかし」など思ひ続けたまふ袖の雫所狭し。

(『狭衣物語』・巻二)

女二の宮は、狭衣の気まぐれから、一夜の契りを交わし懐妊する。女二の宮の母后は未婚の皇女が懐妊したことを憚って、その苦悩の末に死去してしまい、女二の宮も出家してしまう。しかし、狭衣は女二の宮を忘れることができず、道季を供に女二の宮を訪れる。(a)「世には、すさまじきものと言ひ古したる十二月の月も(世間では一般に興ざめなものとして言い古している十二月の月も)」から「小夜千鳥さへ妻恋ひ渡る(夜の千鳥までもが妻を恋い慕って鳴き続けている)」までの風物が、狭衣の「御心もあくがれまさりて(なお一層じっとしていられないお気持ちになって)」という、女二の宮を恋しく思う心情を喚起している。また、(b)「時わかぬ深山木どもの(季節を通していつも常緑の深山木)」から「心細さも限りなき」までの女二の宮の住んでいる皇太后の里邸の荒涼とした冬景色の描写も、狭衣の認識を通して叙述されたものであるが、それはそのまま、狭衣が女二の宮の心情を、(c)「世を思し離れぬるもことわりぞかし。あはれ、いかばかり物思しつらむ(女二の宮が出家してしまったのも道理であるよ。かわいそうに、女二の宮はどんなにか悲しい物思いをなさっていることだろう)」と推測している通り、女二の宮の心情そのものの描写になっている。

このように、ここも風物を描写することによって、そこに登場している人物の心情そのものを描写するという、景情融合様式をとったものである。

Ⅱ　対偶様式をとることによって情報を伝える発想様式

「紫式部日記」の冒頭部分に見られた㋔のように、対偶様式をとることによって、主題を明確にしていくという場合が多く見られる。対偶様式には、対比対偶様式と類似対偶様式との二つがあるが、実際の叙述においては、両者が別々に構成されている場合と、二つの様式が組み合わさって構成されている場合とがある。そのいずれの場合でも、対偶様式をとることによって、話し手の意図するところの主題をより鮮明に的確に伝達することができる。

(1)　七日になりぬ。同じ港にあり。(a)今日は白馬を思へど、かひなし。ただ波の白きのみぞ見ゆる。かかる間に、人の家の池と名ある所より、鯉はなくて鮒より始めて、川のも海のも、異物ども、長櫃に荷ひ続けておこせたり。(b)若菜ぞ今日をば知らせたる。歌あり。その歌、

浅茅生の野辺にしあれば水もなき池に摘みつる若菜なりけり

いとをかしかし。（「土佐日記」）

(a)において、七日であるということを実感させる「白馬の節会」が眼前にはなく、「ただ波の白きのみぞ見ゆる」のを嘆いていた作者が、(b)において、ある人が贈ってくれた「若菜」を見て、今日が七日であることを実感したという喜びを叙述している。(a)の嘆きと対比されることによって、「若菜ぞ今日をば知らせたる」の

「ぞ」「をば」の強調表現に見られるように、(b)の喜びがより強調されるという結果になる。すなわち、(a)と(b)とを対比対偶させることによって、作者の都恋しい心情がより印象強く表現されることになる。

　このように、対比対偶様式は、原則として、対比される事態の一方を鮮明に強調することによって、そこに語られている主題を明確にするという発想様式なのである。

(2)

　前の世にも（帝との）御契りや深かりけむ、（更衣には）世になく清らなる玉の男御子さへ生まれたまひぬ。（帝は）「いつしか」と心もとながらせたまひて、（御子を）急ぎ参らせてご覧ずるに、珍らかなる児の御かたちなり。(a)一の御子は、右大臣の女御の御腹にて、よせ重く、「疑ひなき儲けの君」と、世にもてかしづききこゆれど、この御にほひには並びたまふべくもあらざりければ、（帝は）大方のやむごとなき御思ひにて、(b)この君をば私物に思ほしかしづきたまふこと限りなし。母君、始めよりおしなべての上宮仕へしたまふべき際にはあらざりき。おぼえいとやむごとなく上衆めかしけれど、（帝が）わりなくまつはさせたまふあまりに、さるべき御遊びの折々、何事にも、故ある事の節々には、（更衣を）まづ参う上らせたまひ、ある時には大殿籠り過ぐして、やがて侍はせたまひなど、あながちに御前去らずもてなさせたまひしほどに、（更衣は）おのづから軽ろき方にも見えしを、(c)この御子生まれたまひて後は、（帝は更衣を）いと心殊に思ほし掟てたれば、(d)「坊にもようせずばこの御子の居たまふべきなめり」と、一の御子の女御は思し疑へり。人より先に参りたまひて、やむごとなき御思ひなべてならず、御子たちなどもおはしませば、（帝は）この御方の御いさめをのみぞ、なほ、わづらはしく心苦しう思ひきこえさせたまひける。（更衣は）かしこき御蔭をば頼みきこえながら、(e)貶しめきずを求めたまふ人は多く、(f)わが身はか弱くものはかなき有様にて、なかなかなる物思ひをぞしたまふ。

（「源氏物語・桐壺」）

この文章は、全体としては、「更衣・光源氏」の境遇を印象的に描写するために、それと対照的な境遇にある「一の御子の女御・一の御子」とを対比させるという「対比対偶様式」をとっている。

(b)「この君（光源氏）をば」の「こ」は、帝の立場からみて身近な存在としての表現であり、この近称表現だけを見ても、帝の光源氏に対する愛情の深さが推察されるところである。さらに、光源氏を「この君をば」の「は」によって提示し、その光源氏に対して、「私物に思ほしかしづきたまふこと限りなし」と描写することによって、光源氏に対する帝の深い愛情を語っている。それと対比されているのが(a)「一の御子」である。帝は、一の御子に対しては「大方のやむごとなき御思ひ」を抱くだけである。それと対照的に、母君（桐壺更衣）に対しては、光源氏同様、(c)「いと心殊に思ほし掟てたり」という格別の愛情を示している。このような帝の、更衣および光源氏に対する深い愛情に、一の御子の女御は、(d)「坊にもようせずばこの御子の居たまふべきなめり」と危機感を抱く。しかし、帝の更衣に対する愛情はますます深くなっていく。そのため、一の御子の女御に組する(e)「貶しめきずを求めたまふ人」によって、更衣は、(f)「わが身はか弱くものはかなき有様にて、なかなかなる物思ひをぞしたまふ」ということになる。このような対比対偶様式をとることによって、一の御子の女御方の政権掌握と繁栄とを目論む現実の政治状況に対して、ひたすら人間の愛情の崇高さとその悲劇性とを強く訴えようとする「源氏物語」の主題が鮮明に描かれてくることになるのである。

(3)

薮し分かねば、（中の君は）春の光を見たまふにつけても、「いかで、かく、永らへにける月日ならむ」と、夢のやうにのみおぼえたまふ。(a)（四季の）行き交ふ時々に従ひ、花・鳥の色をも音をも（姉君と）同じ心に起き臥し見つつ、はかなきことをも本末をとりて言ひ交はし、心細き世の憂さもつらさもうち語らひ合はせきこえしにこそ（寂しさの）慰む方もありしか。(b)（姉君亡き今は）をかしきこと、あはれなるふしをも聞き知る人もなきままに、よろづかきくらし、心一つをくだきて、宮のおはしまさずなりにし悲しさよりもややうちまさりて、（姉君が）恋しくわびしきに、「いかにせむ」と、明け暮れも知らず惑はれたまへど、世にとまるべき程は限りあるわざなりければ、死なれぬもあさまし。

（「源氏物語」・早蕨）

ここは、(a)において、亡き姉君の存命中の生活を恋しく思い出し、(b)において、現在の自分がいかに寂しい境遇にあるかという中の君の心情を語っている。(a)と(b)とが過去と現在という時の流れにおいて対比されている。しかし、ここは、ただ単に(b)に語られている現在の悲しみを強調しようとして、(a)を対比対偶させるという様式をとったというよりも、(a)に語られている亡き姉君と安らかに過ごした過去の生活を懐かしむと同時に、それとは全く違う(b)現在の境遇を強く悲しんでいるという心境の変化自体を描写することによって、冒頭部に「いかで、かく、永らへにける月日ならむと、夢のやうにのみおぼえたまふ（どうしてこのように、姉に死別しながら自分は死にもせずさびしい境遇のまま生き長らえてきた月日であろうかと、夢のようにばかり思われなさる）」と叙述されているように、中の君の境遇の変化がいかに激しく悲痛なものであったかということをしみじみと語っている対比対偶様式なのである。

ここは、対比対偶されている一方の事態を強調する様式ではなく、対比対偶されている事態の対比そのことが強調されるという発想様式なのである。

(4)

（中宮様に取り憑いている）御物怪ども（霊媒に）かり移し、限りなく騒ぎののしる。月ごろ、そこら侍ひつる殿の内の僧をばさらにもいはず、山々寺々を尋ねて、験者といふ限りは残るなく参り集ひ、(a)「三世の仏もいかにか聞きたまふらむ」と思ひやらる。陰陽師とて、世にある限り召し集めて、(b)「八百万の神も耳振り立てぬはあらじ」と見えきこゆ。御誦経の使立ち騒ぎ暮らし、その夜も明けぬ。

（「紫式部日記」）

中宮彰子出産の折の祈祷の様を描写しているところである。(a)「三世の仏もいかにか聞きたまふらむ（三世の仏も念誦の声をどのように聞いておられるだろうか）」と(b)「八百万の神も耳振り立てぬはあらじ（八百万の神も耳を振り立てて聞き入れないことはあるまい）」とがどちらも「も」を介して類似的な内容を対偶させた様式となっている。このような類似した内容を持つ文を対偶させるという発想様式をとることによって、修験者・陰陽師の祈祷の声を聞いて、神も仏も中宮の安産を守ってくれるにちがいないと信ずる作者の切なる願いと期待、さらにはひたすら無事な皇子誕生を願う道長の喜びと期待とを表現しているのである。

このように、文章を展開する場合に、類似した表現あるいは類似した内容の叙述を並列させたり、徐々に積み重ねていったりして、主題を明らかにしていくという類似対偶様式がある。しかし、この類似対偶様式は、対比対偶の様式に比してあまり多くは見られない。

(5)

母屋の簾に添へたる几帳のつまうち上げてさし出でたる人、(a)わづかに十三ばかりにやと見えて、額髪のかかりたるほどより始めて、この世のものとも見えず美しきに、萩重ねの織物の袿、紫苑色など押し重ねたる、頰杖をつきていともの嘆かしげなる、(b)（少将は）「何事ならむ」と、「心苦し」と見れば、十ばかりなる男に、朽葉の狩衣、二藍の指貫しどけなく着たる、同じやうなる童に、硯の箱よりは見劣りなる紫檀の箱のいとをかしげなるに、えならぬ貝どもを入れてもて寄る。（この男の子が姫君に貝を）見するままに、「思ひ寄らぬくまなくこそ。承香殿の御方などに参りて聞こえさせつれば、これをぞ求め得てはべりつれど、侍従の君の語りはべりつるは、(c)大輔の君は、藤壺の御方よりいみじく多く賜りにけり。すべて残るくまなくいみじげなるを、いかにせさせたまはむずらむと、道のままも思ひまうで来つる。」とて、顔もつと赤くなりて言ひゐたるに、いとど姫君も心細くなりて、「なかなかなることを言ひ始めてけるかな。いとかくは思はざりしを、ことごとしくこそ求めたまふなれ。」とのたまふに、（十ばかりなる男）「などか求めたまふまじき。上は内大臣殿の上の御許までぞ請ひに奉りたまふとこそは言ひしか。(d)これにつけても、母のおはせましかば、あはれかくは。」とて、涙を落としつべき気色どもをかしと見るほどに、このありつる童、「東の御方渡らせたまふ。それ隠させたまへ。」と言へば、塗り籠めたる所にみな取り置きつれば、つれなくてゐたるに、(e)はじめの君よりは少し大人びてやと見ゆる人、山吹・紅梅・薄朽葉、あはひよからず着ふくだみて、髪いと美しげにて、丈に少し足らぬなるべし。こよなく後れたると見ゆ。（東の御方）(f)「若君のもておはしつらむはなど見えぬ。かねて求めなどはすまじとたゆめたまふにすかされたてまつりて、よろづは露こそ求めはべらずなりにけれ。」と、「いとくやしく、少しさりぬべからむ物は分け取らせたまへ。」など言ふさまいみじくしたり顔なるに、（少将は）憎くなりて、(g)「いかでこなたに勝たせてしがな」と、そぞろに思ひなりぬ。

（『堤中納言物語』・貝あはせ）

蔵人の少将がある家の中を垣間見ている場面である。どうやら、母のない姫君と東の姫君とが貝合せをすることになり、その準備をしている様子である。(a)に描写されている美しい姫君が何かしら嘆いているような様をしているのを見て、少将は、何となく、(b)「何事ならむ。心苦し（どうしたというのだろう。気の毒なことよ）」と同情する。しかし、それはまだ同情の域を出ない程度の認識である。そこに十歳ぐらいの男の子が来て、(c)「大輔の君は、藤壺の御方よりいみじく多く賜りにけり。すべて残るくまなくいみじげなる（あちら方の大輔の君は、藤壺の女御様からすばらしい貝をたくさん頂戴して、すっかり残るところなく捜し求めて、たいした勢いのようです）」と報告し、さらに、(d)「これにつけても、母のおはせましかば、あはれかくは（あちらの姫君の母君が、内大臣殿の奥様の所までお願いに上がっているということを聞くにつけても、こちらにも母君がいらっしゃったならば、こんな惨めな気持ちにならずにすんだろうに）」と嘆く。そうこうしているところに、東の姫君が登場してくる。その姫君に対しては、少将の目を通して、(e)「あはひよからず着ふくだみて（姫君らしくない無粋な着物の配色、着ぶくれた着付けをして）」、「こよなく後れたる（こちらの姫君に比べて見劣りする）」ような姿であると描写する。そのような東の姫君が、(f)「若君のもておはしつらむはなど見えぬ。かねて求めなどはすまじとたゆめたまふにすかされたてまつりて、よろづは露こそ求めはべらずなりにけれ（若君が持っていらっしゃった貝は、どうしてここに見えないの。かねがね捜し集めたりしないことにしましょうと私を油断させなさったのにだまされて、私の方ではすべて全然捜し求めないでしまいました）」、「いとくやしく、少しさりぬべからむ物は分け取らせたまへ（ほんとうに残念なことです。少し分けていただけそうな貝がありましたならば、分けてくださいな）」などと白々しく言いながらも、いかにも得意そうな顔つきをしているので、少将は、東の姫君が憎らしくなって、(g)「いかでこなたに勝たせてしがな（何とかしてこちらの姫君を勝たせてあげたいな）」と、何となく思うようになったというのである。(e)において、(a)に描写された母のない姫君の美しさと対照的に見劣りする東の姫君の姿を描写し、その上、(d)「母のおはせましかば、あはれかくは」と嘆く母のない姫君とは対照的な東の姫君の憎々しい発話(f)を描写するという対比対偶様式をとることによって、少将の、東の姫君に対する反感と母のない姫君に対する同情の気持ちとを際立たせているのである。と同時に、(a)において、母のない姫君の、「いともの嘆かしげなる」姿を、さらに男の子の(c)の発話を聞いた姫君が「いとど心細くなり」という悲しい気持ちになるさまを、さらには男の子の、(d)『これにつけても、母のおはせましかば、あはれかくは』とて、涙を落としつべき気色」を描写するという、同じ趣旨の描写を重ねるという一種の類似対偶様式をとることによって、母のない姫君に対する少将の同情の気持ちがだんだんと強くなり、やがては、「いかでこなたを勝たせてしがな」という贔屓の気持ちが起こってくるという必然性を読者に納得させているのである。

このように、ここも、対比・類似する事態を織り交ぜながら対偶させることによって、作者の意図する主題を明らかにしていくという発想様式をとっているのである。

Ⅲ　人物を登・退場させることによって情報を伝える発想様式

物語や物語に類した構想をとる類型においては、作者の意図する主題を直截説明するという様式はとらずに、しかるべき人物を物語の場面に登場させたり、あるいはその人物を物語の場面から退場させたりすることによって、主題を明確にしていくという発想様式をとる場合も多い。

(1)

まことや、かの惟光があづかりの垣間見は、いとよく案内見とりて（源氏に）申す。（惟光）「（女を）その人とはさらにえ思ひえはべらず。人にいみじく隠れ忍ぶる気色になん見えはべるを。（女房は）つれづれなるままに、南の半蔀ある長屋に渡り来つつ、車の音すれば、若き者どもの、（簾越しに）覗きなどすべかめるに、この主と思しきも、（長屋に）はひ渡る時侍べかめる。（その女主は）かたちなむほのかなれど、いとらうたげにはべる。一日、先追ひて渡る車の侍りしを、（簾越しに）のぞきて、童べの急ぎて、『右近の君こそ。先づ物見たまへ。中将殿こそこれより渡りたまひぬれ。』と言へば、またよろしき大人出で来て、『あなかま。』と、手かくものから、『いかで（中将殿と）さは知るぞ。いで見ん。』とて、（長屋に）はひ渡る。打橋だつものを道にてなむ（長屋に）通ひはべる。急ぎ来る者は衣の裾を物に引きかけて、よろぼひ倒れて、橋よりも落ちぬべければ、『いで、この葛城の神こそさがしうし置きたれ』とむつかりて、物覗きの心も覚めぬめり。君は御直衣姿にて、御随身どももありし。何がし・これがしと（童べが）数へしは、頭中将の随身、その小舎人童をなむしるしに言ひはべりし。」など聞こゆれば、（源氏）「確かにその車をぞ見まし。」とのたまひて、

「もし、かのあはれに忘れざりし人にや」と思ほし寄るも……
（「源氏物語」・夕顔）

源氏が惟光に、夕顔の花の咲いている家の調査を命じたのに対して惟光が報告するところである。その報告の最後のところで、「君は御直衣姿にて、御随身どももありし。何がし・これがしと数へしは、頭中将の随身、その小舎人童をなむしるしに言ひはべりし（車でおいでになった方は御直衣姿で、御随身どももおりました。童べがだれそれと一人ひとり名を呼んで数えたのは、頭中将様の随身や小舎人童でして、それによって車の君が頭中将様に違いないと年上の女房が申しました）」と明らかにしたことによって、源氏は、その家の女主の家を訪れた者が頭中将であることを知る。したがって、頭中将が通って来るその女は、雨夜の品定めのときに、頭中将が語った、ごく内密に通っていた女で、頭中将のみをひたすら頼りにしていたが、頭中将の奥方からひどいことを言われて、それを苦にして幼子を連れて行方知れずになってしまった内気な女に違いないと、源氏は推察する。惟光の報告およびそれに基づく源氏の推測を語ることによって、新しく登場する夕顔の女の素性をだんだん明らかにしていくという様式をとったのである。

このように、作者が新しい人物の登場を直截語るという様式をとらずに、物語に登場する人物の口を借りて、新しい人物を登場させることによって、物語の新しい展開を読者に納得させるという様式をとる場合もある。

(2)　（源氏は）さる所に、はかばかしき人しもありがたからんを思して、「故院にさぶらひし宣旨の娘、宮内卿の宰相にて亡くなりにし人の子なりしを、母なども失せて、かすかなる世に経けるが、はかなき様にて子生みたり」と（源氏は）聞こし召しつけたるを、（その娘を）知るたよりありて、事のついでにまねびきこえける人召して、さるべきさまにのたまひ契る。（その娘は）まだ若く何心もなき人にて、明け暮れ人知れぬあばら家にながむる心細さなれば、深うも思ひたどらず、この御あたりのことをひとへにめでたう思ひきこえて、

（明石の姫君に）参るべきよし申させたり。（源氏は）いとあはれに、かつは思して（明石の姫君の乳母として）出だし立てたまふ。

（「源氏物語」・澪標）

源氏が明石の姫君の乳母を選ぶところである。源氏が密かに目論んでいる姫君入内のときに備えて、姫君の乳母としては立派な家柄の娘が必要である。「故院にさぶらひし宣旨の娘、宮内卿の宰相にて亡くなりにし人の子」であれば申し分がない。そういう娘を乳母として登場させることによって、源氏が何を意図しているかということを読者に暗示しようとしている。読者もまた、このような人物の登場によって、明石の姫君の将来に対して興味を抱くことにもなる。

(3)

（藤壺四十九日の）御わざなども過ぎて、事ども静まりて、帝物心細く思したり。この入道の宮の御母后の御世より伝はりて、次々の御祈りの師にて侍ひける僧都、故宮にもいとやむごとなく親しき者に思したりしを、公にも重き御覚えにて、（帝の）いかめしき御願ども多く立てて、世に賢き聖なりける、年七十ばかりにて、「今は終りの行ひをせむ」とて籠りたるが、宮の御事によりて出でたるを、内より召しありて、（今は）常に侍はせたまふ。この頃は、なほ元のごとく参り侍はるべき由、おとども勧めのたまへば、（僧都）「今は夜居などいと堪へがたうおぼえはべれど、仰言のかしこきにより、古き心ざしを添へて。」とて侍ふに、静かなる暁に人も近く侍はず、あるは、まかでなどしぬる程に、古体にうちしはぶきつつ、世の中の事ども奏したまふついでに、（僧都）「いと奏しがたく、かへりては罪にもやまかりあたらむと、思ひたまへ憚ること多かれど、（帝様が）しろしめさぬに、罪重くて、天の眼おそろしう思ひたまへらるることを、心に咽びはべりつつ、命終りはべりなば、何の益かは侍らん。仏も、心ぎたなしとや思し召さん。」とばかり奏しさして、えうち出でぬことあり。

（「源氏物語」・薄雲）

僧都が冷泉帝に対して帝の出生の秘密について語ろうとする場面である。この僧都は、藤壺入道の宮の母君の時代から宮中に出入りして、藤壺入道の宮にも尊敬され親しくお仕えしていたので、藤壺と源氏との秘密をよく知っていたのである。そういう人物を登場させることによって、帝の実の父は源氏であるという秘密を告白させ、そのために、その後帝は源氏に皇位を譲ろうとまで考えるようになる。

このように、物語の今後の展開を引き起こす契機となる人物を登場させることによって、この後の物語が大きく転換する必然性をあらかじめ読者に納得させようとしているのである。

(4)

夕暮れに、花を誘ふ風激しくて、御幕吹き上げたるより（忠こそが）見入るれば、君達九の所めでたく清らにておはします中に、あて宮、こよなく勝りて見えたまふ。忠、「かくありがたき御容貌どもの中に、こよなく勝りたまへるなる人なり」など思ふに、年頃かけて思はざりつる昔思ひ出でられて、（忠こそは）「世の中になほあらましかば、今は高き位にもなりなまし」など思ふ。されど、また、「ここらの年頃、露、霜、草、葛の根を斎にしつつ、ある時には、蛇の蜥蜴に呑まれんとす。仏の御事ならぬことをば、口にまねばで勤め行ひつる。仏の思さんこと恐ろしく」など思ひ返せども、せんかた知らずおぼゆれば、散り落つる花びらに、爪もとより血をさしあやして、かく書きつく。

憂き世とて入りぬる山はありながらいかにせよとか今も侘しき

と書きつけて、君達の御前の後の方に押し付けて立ちぬ。熊野へと思ひし心もなくて、「いかでこのわが見し人見ん」と思ふ心深くて、鞍馬山に帰りて、思ひ嘆くこと限りなし。（「宇津保物語」・梅の花笠）

左大将正頼が一族の者や上達部・親王たちを連れて、春日大社の社頭にて管弦の遊びを催した。あて宮も琴を弾いた。その琴の音に魅せられて、今は出家の身である忠こそがあて宮を垣間見た場面である。野外であったので、幔幕を張り巡らして、その中で管弦の遊びが催され、偶然風が吹いてその幔幕が吹き上げられたことによって、忠こそがあて宮を見初めたわけである。忠こそは、出家の身でありながら、「こよなく勝りて見えたまふ」女人に心を奪われたことを仏に対して恐ろしいことと思うけれども、何とかしてもう一度あて宮に逢いたいという気持ちを抑えがたく、熊野へ参詣しようとしていた気持ちもなくなり、「憂き世とて入りぬる山はありながらいかにせよとか今も侘しき（辛いこの世を厭うて入った山は私を癒してくれたはずなのに、今でもこんな辛い気持ちになるのは一体どうしたというのであろうか）」という歌を残して、鞍馬山に戻って嘆き悲しむばかりであったというのである。

男が垣間見によって一人の美しい女性を発見し、いろいろ思い悩むという主題に発展するというのは、物語に多く見られる様式であるが、あらかじめ設定された条件の下で女を見初めるという描写よりも、この場面のように、「花を誘ふ風激しくて、御幕吹き上げたる」というような偶然な機会によって美しい女性を垣間見るという様式をとった方が読者にとっては興味深いことになる。

このように、ここは、偶然なきっかけによって垣間見るという場面を設定することによって、一人の人物を新しく登場させ、新しく物語が展開する契機にするという発想様式なのである。

(5)

こなたもかなたも、竹のみ茂りあひて、隔てつきづきしくも固めずしどけなきに、行頼押し開けて、「同じくはこれより入らせたまへ。」と申せば、（中納言）「人や見つけむ。軽々し。」とはのたまへど、箏の琴は、弾くらん人ゆかしく心とどまりて、やをら入りたまへれど、こなたも竹多く茂りて、横たはれ広ごりたる松の木の陰にて、人見つべくもあらず。軒近き透垣のもとに茂れる荻のもとに伝ひ寄りて見たまへば、池、遣水の流れ、庭の砂子などのをかしげなるに、簾巻き上げて、三十に今ぞ及ぶらんとおぼゆるほどなる人、高欄のもとにて和琴を弾くあり。頭つき・容体細やかに、品々しく清らなるに、髪のいとつややかにゆるゆるとかかりて、目やすき人かなと見ゆるに、向かひざまにて、紅か二藍かの程なめり、いと白く透きたる、好ましげなる人、（簀子へ）滑り下りて、長押に押しかかりて、外ざまを眺め出でて、琵琶にいたく傾きかかりて掻き鳴らしたる音、聞くよりも、うちもてなしたるありさま・かたちいと気色ばみなつかしくなまめき、こぼれかかれる額髪の絶え間のいと白くをかしげなるほどなど、まことしく優なるものかなと見ゆるに、箏の琴人は、長押の上に少し引き入りて、琴は弾き止みて、それに寄りかかりて、西に傾ぶくままに曇りなき月を眺めたる、このゐたる人々ををかしと見るに比ぶれば、群雲の中より望月のさやかなる光を見つけたる心地するに、あさましく見驚きたまひぬ。（『夜の寝覚』・巻一）

太上大臣の姉娘大君と婚約していた権中納言が、隣家から聞こえてくる箏の琴の音の素晴らしさに心惹かれて、行頼の案内によって、荻の茂っている透垣から隣家の様子を垣間見る。「簾巻き上げて」という垣間見に都合のよい条件を設定するのも常套的な描写である。そこで中納言は、太政大臣の妹娘中の君の「群雲の中より望月のさやかなる光を見つけたる心地する」ような美しさに心を奪われて、既に婚約者がありながら、一夜の契りを結んでしまう。その結果、中の君は懐妊し、病の床につく。中納言は、中の君を忘れえず恋い慕うが、自分の恋い慕う女君が自分の妻の妹君であるということを知って思い悩む。一方、中の君も自分の相手が姉君の夫であることを知り苦悩する。やがて、姉君も妹が自分の夫と情を交わし、女の子まで儲けたということを知って、彼女もまた夫への不信感を募らせる。

ここも、男の垣間見の結果、一人の女性を新しく登場させることによって、物語が複雑な展開を呈することになる必然性を読者に納得させようとする発想様式なのである。

Ⅳ　事態の展開を再構築することによって情報を伝える発想様式

実際に起こる個々の事態や心理の過程は、それ相応の必然的な時間的・空間的流れに従って実現するものであるが、ただ単に叙述内容となる個々の事態・心理過程をその成立の時間・空間の流れに従って叙述しただけでは、話し手の意図する主題は的確に聞き手に伝わりにくい。話し手の意図する主題を的確に聞き手に伝えるためには、個々の事態・心理の成立する流れにとらわれずに、時間・空間の流れを再構築して提供するという発想様式が必要になってくる。時には、事態の展開や心理の過程を最後まで叙述せずに、言いさしにして、主題を暗示するという発想様式も見られる。

(1)Ⓐ　かくありし時過ぎて、世の中に、いとものはかなく、とにもかくにもつかで世に経る人ありけり。

（「蜻蛉日記」・上）

作者は、この日記の冒頭部において、わが身を、「かくありし時過ぎて、世の中に、いとものはかなく、とにもかくにもつかで世に経る人（若かりし年月も過ぎてから我が人生を振り返ってみると、まことに頼りなくはかなく、どっちつかずの生き方をしてきた人間）」ととらえている。そして、いろいろ我が人生の出来事を語ってきた上巻の最後に、この序文の主旨を受けて、次のように語っている。

Ⓑ　かく年月は積れど、思ふやうにもあらぬ身をし嘆けば、声改まるも、よろこぼしからず。なほものはかなきを思へば、あるかなきかの心地する、蜻蛉の日記と言ふべし。

冒頭部において、「かくありし時過ぎて、世の中に、いとものはかなく、とにもかくにもつかで世に経る人」

と語っていたわが身をもう一度、「かく年月は積れど、思ふやうにもあらぬ身（このように十五年という年月は経たけれども、思うようにもならないわが身）」と繰り返し、そういうわが身の境遇に対する思いを、「なほものはかなきを思へば、あるかなきかの心地する（やはり夫兼家との仲もすっきりしないままの依然としてはかない生活だと思うと、あるかなきかもわからない蜻蛉のようなはかない心地がする）」と認識している。

　さらに「蜻蛉日記」全体の締めくくりの部分にも、同じ主旨の心情が語られている。

Ⓒ　明日の（被け物にする）物、（侍女たちに）折り巻かせつつ、人に任せなどして、思へば、かうながら越えつつ今日になりにけるもあさましう、御魂など見るにも、例の尽きせぬことにおぼほれてぞ果てにける。京の果なれば、夜いたう更けてぞ、（追儺をする舎人たちが門を）叩き来なるとぞ。

　ここにも、冒頭部、上巻末尾と同じ趣旨の叙述が繰り返されている。「思へば、かうながら越えつつ今日になりにけるもあさましう、御魂など見るにも、例の尽きせぬことにおぼほれてぞ果てにける（今までの兼家との仲や自分の生き方などを振り返ってみると、このようなはかない状態のままで過ごしてきたのも我ながらあきれるばかりで、御魂祭りなど見るにつけても、いつものように尽きぬ物思いにふけっているうちに今年も終わってしまった）」と、上巻の序文に見られた作者のはかない身の上に対する認識がそのまま受け継がれて、なお一層深い実感となって語られている。このように、わが身に起きてきたいろいろな出来事を体験し、だんだん思いを深めることによって、自分の人生をはかなき蜻蛉の如きものと認識して行く内省の過程が「蜻蛉日記」の主題であり、それが首尾一貫作者の心の奥深きところに流れているのである。我が人生ははかないものであるという立言が主題なのではなく、そのように認識していく内省の過程そのものがこの日記の主題なのである。

　このような作者の意図する主題を読者に明確に訴えようとして、自分の人生に対する価値判断の成立する時間的流れにとらわれずに、このような首尾照応の構成をとったのである。

(2)　大蔵卿ばかり耳とき人はなし。まことに、蚊の睫毛の落つるをも聞きつけたまひつべうこそありしか。職の御曹司の西面に住みしころ、大殿の新中納言、宿直にて物など言ひしに、傍にある人の、「この中将に扇の絵のこと言へ。」とささめけば、「今かの君の立ちたまひなんにを。」と、いとみそかに言ひ入るるを、その人だにえ聞きつけで、「なにとか、なにとか。」と耳を傾ぶけ来るに、(大蔵卿は)遠く居て、「にくし。さのたまはば、今日は立たじ。」とのたまひしこそ、いかで聞きつけたまふらんとあさましかりしか。

(『枕草子』・第二七五段)

冒頭の二文の叙述内容がこの段の主題であり、「職の御曹司」以下の叙述はその具体的な例示である。このような演繹的構成をとることによって、その主題を明確に読者に伝えようとしている様式である。

(3)　また、この男、知れる人ありけり。それに、この男、「久しくえ逢はぬ。来。」など言ひやりたれば、(女は)いとをかしき友だちぞ率て来たりける。この率て来たりける友だち、「送りはしつ。今は帰りなむ。」と言ひければ、(男)「今宵ばかりは、今宵ばかりは、なほとどまりたまひね。」、(女の友)「あなむくつけ。こは何しに。」と言ふものから、言ひたる、

難波潟置きても行かむ葦鶴の声振り出でて鳴きもとどめよ

男、返し

難波江の潮満つまでに鳴く鶴をまたいかなれば置きて行くらむ

(女の友)「あなそらごと。露だに置かざめるものを。」とは言ひけれど、いかがありけむ、その夜とどまりにけり。後、いかがなりにけむ。

(『平中物語』・第二三段)

男が馴染みの女に、「しばらく逢わないので、おいで」と誘ったところ、その女はたいそう美しい友達を連

れてやって来た。その友達は、「今宵ばかりは、今宵ばかりは、なほとどまりたまひね」という男の誘いに乗って、「難波潟置きても行かむ葦鶴の声振り出でて鳴きもとどめよ（あの人は置いて私は帰りましょう。でも、難波潟の葦に住む鶴が声を上げて鳴くように、声を張り上げて泣いて私を引き止めてくださいよ）」という歌を詠んで、その夜は泊まっていったというのである。その後、この男と女の友達は、男の馴染みの女をどのようにごまかして契ったのであろうか、そのことについては一切描写していない。ただ「後、いかがなりにけむ」とだけ、読者の興味を喚起しながら余情を残して物語を終わっている。このような思わせぶりな結び方をとることによって、読者にいろいろな事態を想像させることになり、かえって、この男の色好み振りを印象的に描写することになる。

このように、余情的な結び方をとって、読者にいろいろな想像を喚起させることによって、主題を暗示的に読者に伝えるという発想様式をとる場合もある。

(4)

三条の右大臣の娘、堤の中納言に逢ひ始めたまひける間は、内蔵の助にて内の殿上をなむしたまひける。女は逢はむの心やなかりけむ、心もゆかずなむいますかりける。男も宮仕へしたまうければ、え常にもいませざりける頃、女、

たきもののくゆる心はありしかどひとりは絶えて寝られざりけり

返し、上手なればよかりけめど、え聞かねば書かず。

（「大和物語」・第一三五段）

結末部の、「返し、上手なればよかりけめど、え聞かねば書かず（返し歌は、堤の中納言は歌の名手であるからさぞ勝れた歌であったろうが、聞くことができなかったので、ここには書かないことにする）」という叙述はどのような効果をねらったものであろうか。女の歌は、「たきもの（薫物）」、「くゆる（燻る・悔ゆる）」、「ひとり（火取・一人）」を縁語・掛詞にして、「あなたとお逢いしたことを後悔する気持ちもありましたが、今ではあなたが恋しくて一

人では到底寝ることができませんでした」という思いを訴えている。堤の中納言（藤原兼輔）は三十六歌仙の一人として歌の上手とされていた人であるが、女の歌が縁語・掛詞の修辞に巧みであったので、人々がこの歌に感動したあまり、兼輔の返歌は忘れられてしまったのであろうが、一方、あえてこのような余情的な結び方をとって、兼輔の歌を省くことによって、女の歌の巧みさを際立たせてもいるのである。

ここも、作者の意図する情報を事細かに描写したり、説明したりせずに、暗示的に伝えることによって、かえって興趣深い情報を伝えるという発想様式をとっているのである。

(5)

ただ五六日の程に（更衣は）いと弱うなれば、母君、泣く泣く奏して、まかでさせたてまつりたまふ。（更衣は）(a)かかる折にも、「あるまじき恥もこそ」と心遣ひして、御子をばとどめたてまつりて、忍びてぞ出でたまふ。（帝も）限りあれば、さのみもえ留めさせたまはず、(b)御覧じだに送らぬおぼつかなさを言ふ方なく思さる。(c)いとにほひやかにうつくしげなる人の、いたう面痩せて、「いとあはれ」と、ものを思ひしみながら、言に出でても（帝に）聞こえやらず、あるかなきかに消え入りつつものしたまふを、（帝が）御覧ずるに、来し方行く末思し召されず、よろづのことを泣く泣く契りのたまはすれど、（更衣は）御いらへもえ聞こえたまはず、まみなどもいとたゆげにて、いとどなよなよと我かの気色にて臥したれば、（帝は）「いかさまにか」と思し召しまどはる。手車の宣旨などのたまはせても、又入らせたまひては、さらに（退出を）え許させたまはず。『限りあらむ道にも後れ先だたじ』と契らせたまひけるを、さりとも、うち捨てては行きやらじ。」とのたまはするを、女も、「いといみじ」と、見たてまつりて、

「限りとて別るる道の悲しきにいかまほしきは命なりけり

いと、かく思うたまへましかば。」と、息も絶えつつ、聞こえまほしげなることはありげなれど、いと苦し

げにたゆげなれば、「かくながら、ともかくもならむを御覧じ果てむ」と思し召すに、（使者）「今日始むべき祈りども、さるべき人々承れる、今宵より。」と聞こえ、急がせば、わりなく思ほしながら、まかでさせたまふ。

（「源氏物語」・桐壺）

ここの主題は、(a)「かかる折にも、『あるまじき恥じもこそ』と心遣ひして、御子をばとどめたてまつりて、忍びてぞ出でたまふ」、(b)「御覧じだに送らぬおぼつかなさを言ふ方なく思さる」と描写されているように、世を憚りながら別れなければならない帝と更衣との別離の悲劇性である。そのことを、「忍びてぞ出でたまふ」と、一応終結したこととして叙述しておいて、改めて、(c)において、更衣退出前後のありさまを詳しく描写しながら、その主題を具体化していくという構成になっている。

このように、先ず結論めいた情報を提示しておいて、その後で改めてその情報を具体的に叙述することによって、主題を明確にしていくという発想様式をとっているのである。

V　夢幻を組み込むことによって情報を伝える発想様式

日本人は古来、世の中のすべての事象は論理的に説明できることばかりではなく、何か超自然的な目に見えない力によって支配されていると信じてきた。このような超自然的な力を認識するためには、それを明らかにしてくれる存在が必要になる。それは、神のお告げであったり、夢であったり、物の怪のことばであったりする。そのような非現実的な事態も現実の事態と同様、現実に存在する事態して人々に認識されていたので、古代人は、この現実の事態と非現実的な事態との融合された事態を何の違和感もなく受け入れてきた。したがって、そのような非現実と現実とを融合させて、新しい情報を提供することによって、主題を明確にしていくという発想様式も見られるのである。

(1)　殿の御夢にも、賀茂よりとて、禰宜とおぼしき人参りて、榊にさしたる文を源氏の宮の御方に参らするを、我も開けて御覧ずれば、

「神代より標引き結ひし榊葉を我より前に誰か折るべき

よし心見よ。さてはいと便なかりな」と、確かに書かれたりと(堀川の大臣は夢の中に)見たまひて、驚きたまへる心地いと恐ろしう思されて、母宮・大将などに語りきこえさせたまへば、聞きたまふ心地なかなか心安うぞなりたまひぬる。(『狭衣物語』・巻二)

一条院の崩御によって、齋院であった院の皇女がその喪によって退いて、新齋院が立つことになった。普通は、朝廷で未婚の皇女を候補者として選定し、亀卜などによってその吉凶を占うのであるが、この時は、賀茂神社の神が、源氏の宮の父堀川の大臣の夢の中に現れて、榊に挿した文書をもって、「神代より標引き結ひし榊葉を我より前に誰か折るべき。よし心見よ。さてはいと便なかりな(神代の昔から注連縄を引き結んで守ってきた榊葉ともいうべき源氏の宮を私以外の者が手折ることはできないぞ。賀茂の神が源氏の宮を齋院として所望するのである。まあよい。私の意図するところより先に、源氏の宮を入内させてみよ。そうしたなら、どんな不都合なことが起こるかわかるであろう)」というお告げがあった。神の意思が夢として現れ、それを無視すると災難が起こるというのである。

このように、夢や占いのお告げを語ることによって、人々の運命が一変し、物語が新しく展開していく必然性を読者に印象付けることになるのである。

夢やお告げの効力を信じていた古代人は、さらには人間の怨念・執念としての生霊・死霊の存在をも信じてい

た。

(2)　後夜の御加持に、（六条御息所の）物の怪現れ出で来て、「かうぞあるよ。いとかしこう（紫の上の命を）取り返しつと、人一人をば（源氏は）思したりしがいと妬かりしかば、このわたりにさりげなくてなん侍ひつる。今は帰りなん。」とて、うち笑ふ。（源氏は）いとあさましう、「さはこの物の怪のなほここにも離れざりけるにや」と思すに、（女三の宮を）いとほしう悔しう思さる。宮は、いささか生き出でたまふやうなれど、弱げになほ頼みがたげにのみ見えたまふ。侍ふ人々もいとかひなうおぼゆれども、「かくても平らかにおはしまさば」と念じつつ。御修法また延べてたゆみなく行はせなど、よろづにせさせたまひつ。（「源氏物語」・柏木）

柏木と密通し、柏木の子薫を出産した女三の宮は、心痛からの病苦のあまり出家する。物の怪自身が、「かうぞあるよ。いとかしこう取り返しつと、人一人をば思したりしがいと妬かりしかば、このわたりにさりげなくてなん侍ひつる（いかにもわが執念によって女三の宮を出家に追い込んだのだ。源氏はたいそううまく紫の上の命を取り返したと紫の上一人をいとしんでおられるが、それがたいへん憎らしいので、女三の宮の身辺にさりげなくついていたのであるよ）」と語っているように、女三の宮の出家は六条御息所の怨霊のなせる業であるというのである。六条御息所の怨霊のすさまじいまでの告白には、現実の世界では口にしにくい恨み・嘆きが赤裸々に吐露されている。それは御息所の本心であろう。御息所の真情を物の怪の口を借りて吐露するということを描写することによって、源氏と御息所の愛の葛藤という主題を鮮明にしていくという発想様式なのである。

(3)　Ⓐ（女一の宮は）御髪はこちたく清らにて、九尺ばかりおはしますを、結いてうちやられたり。もとも気高くをかしげにおはします人の、いたく弱り崩ほれたまへるは、（内大臣は）「かくてこそなかなかあはれげにおはしましけれ」と見たてまつるに、をかしうかなしき方はおろかならず見たてまつりたまふに、日を経て御物の怪もさまざま乱れ出づる中に、故上の御けはひとおぼゆるものの立ち交じるは、（内大臣）「ことわり、（亡き大君が）今はの際までいみじう心置き、この宮により恨みをとどめてしかば、さもあらん」と思すだに、いとあはれに聞き苦しう思さるるに、また北殿の御生霊恐ろしげなる名のりするもの出で来て、(a)「あはれ、今はかくてあるべきものと思ひ頼むに、あながちに忍びつつわざともて出でたまはぬが妬う、かしこき筋と言ひながら、内の御事のあさましううちすさびて、行くてのことにて、またとも思し出でさせたまはぬ恥がましさをも、『この御もてなしだにわざとがましくはもて隠し、それに思ひ消ちてん』と思ひしに、いとあさましう心憂きに、あくがれにし魂の来たるなり。(b)さらに生けたてまつりたるまじ。」など言ひののしることを聞きたまふに、殿はよろづさめたまひて、「いとあさましう、言ふこととて、まねびもてはやすことの中に、つゆのまことはなきかな」と、をかしうも見聞きたまふに、「（寝覚の上が）漏り聞きたまひて、いとどいかに思さん」などうち思すにも、胸ふたがり、涙落ちて、すべて（霊媒の言葉を）ともかくも聞き入れたまはぬさへ妬ければ、大宮も迎へて、「あいなきことなり。かしこに移ろひ心みたまへ。ここにはいかにも平らかならむ御有様のみこそうれしかるべけれ。」など、わざわざしう言ひ添へさせたまふに、何とかは申されたまはん。

（「夜の寝覚」・巻四）

内大臣の亡き北の方の死霊や内大臣が密かに通う寝覚の上の生霊と名乗る物の怪が内大臣の妻女一の宮を苦しめる。寝覚の上を名のる生霊がよりましの口を借りて、(a)「あはれ、今はかくてあるべきものと思ひ頼むに、あながちに忍びつつわざともて出でたまはぬが妬う（ああくやしい、もうこれからは、こうして内大臣と夫婦として一緒に暮らせるものと頼みにしているのに、女一の宮の手前、私との仲をひた隠しにして、妻として公然と扱ってくださらないのがくやしく）」と恨み言を言い、挙句の果てには、(b)「さらに生けたてまつりたるまじ（決して女一の宮を生かしてはおきますまい）」とまでわめき騒ぐのである。しかし、これまでの内大臣の寝覚の上に対する愛情の深さから見て、この恨み言は寝覚の上の本心ではないのだろうが、内大臣に女一の宮という正妻がいるという現実の前には、寝覚の上の心は決して心安らかではありえないかもしれない。そこに寝覚の上のこだわりがある。内大臣は、寝覚の上がそんな生霊として女一の宮を恨むはずはないと、その生霊を黙殺し、かえって寝覚の上がそんな噂を聞きつけてどんなにかつらい思いをするであろうかと、寝覚の上の心情を察して同情する。案の定、寝覚の上は、自分の怨霊が女一の宮を苦しめているという噂を聞いて、嘆き悲しむ。

Ⓑ（寝覚の上は）「……まことに、いみじうつらからん節にも、身をこそ恨みめ、(c)人をつらしと思ひあくがるる魂は、心のほかの心といふとも、あべいことにもあらぬものを、人の上、よきことをばさもてはやさず聞こえぬめり。よからぬこととだに言へば、言ひ扱ふものなめるを、いかにいみじう聞き伝へ、世にも言ふらん」と思ふに、「げに、大臣も、（女一の宮様の）さしあたりたる御心地を見たてまつり、扱ひたまふらん御心づくしは、つきづきしう名のり言ふらんを、（内大臣が）(d)『けにさりげなくて、さもやあらんな。うとまし』とも聞き思ひたまふらんかし」と思ふに、恥づかしさは例のよろづよりもさしすすむを……（同）

寝覚の上は、自分の生霊が女一の宮を苦しめているという噂を聞いて、内大臣が女一の宮と結婚し、自分も帝から無理やり操を奪われそうになったつらさを恨みこそすれ、女一の宮に対して嫉妬の情などない、己の生霊が女一の宮を苦しめることなどありえないと、己の生霊を否定する。しかし、(c)「人をつらしと思ひあくがるる魂は、心のほかの心といふとも、あべいことにもあらぬ（人の仕打ちが恨めしいと言って自分の魂がわが身から抜け出していくなどということは、自分では意識できない心の奥の心だとしても、あるはずはないことだ）」と思いながらも、自分の知らぬ間に己の心の乱れがわが身から離れて行って、女一の宮を苦しめているかもしれないと思うと、己の生霊を完全に否定しきれず、不安におののく己をおぞましく思う。特に、そんな自分が(d)「けにさりげなくて、さもやあらんな。うとまし（格別うわべは何気ない風に見せてはいるけれども、内心ではきっとさぞや恨みに思っているのだろうか。いやな女であるよ）」と、内大臣から疎まれているのではないだろうかと恐れ、次第に厭世的な気分になっていく。

このように寝覚の上の生霊を登場させることによって、寝覚の上の、自分でも意識することのできない心の底の葛藤・苦悩をより印象的に描くことになるのである。

(4)　（中宮は）ただにもあらぬにかくおはしますことを、よろづよりも危ふく大事に思し召さるるに、御心地久しうなれば、いと弱くならせたまひて、ともすれば消え入りぬばかりにおはします御有様を、内には、睦まじき女房たち代はり代はりに（里第に）参りて、（中宮の御有様を）見たてまつりつつ奏すれば、さまざま耳かましきまでの御祈りども、験見えず、（帝は）いといみじきことに思し惑ふ。御物の怪どもいと数多かるにも、かの元方大納言の霊いみじくおどろおどろしく、いみじきけはひにて、あへてあらせたてまつるべき気色なし。（大納言の霊は）東宮をもいみじげに申し思へり。内よりの御使、夜昼分かず頻りて参り続きたり。東宮もいかにいかにとおぼつかなさを思ひやりきこえさせたまふ。（『栄華物語』・巻第一）

懐妊している中宮安子を元方大納言の怨霊が苦しめる場面である。元方大納言の女祐姫が村上天皇の更衣となり、第一皇子広平親王を生んだが、まもなく師輔女安子女御に第二皇子憲平親王が生まれ、その憲平親王が東宮になったために、政権抗争に敗れた元方父娘は相次いで亡くなり、それが怨霊となって、執ねく村上天皇・東宮ならびに師輔一族に祟りをなすのである。「御物怪どもいと数多かるにも、かの元方大納言の霊いみじくおどろおどろしく、いみじきけはひにて、あへてあらせたてまつるべき気色なし（御物の怪がたくさん出現するにつけても、あの元方大納言の霊はひどく気味が悪いほどすさまじい感じがして、全く中宮を生かしてお置き申す様子もない）」ほどのすさまじいばかりの現世に対する執念である。

このような物の怪・怨霊はいずれも人間の現世に対する異常なまでの執着心を表すものであって、このような物の怪を描写することによって、人間のすさまじい生き様を描き出すという様式をとっているのである。

(5)

（男が）見れば、（女は）死にて臥せり。（男が）泣き惑へどかひなし。その日の夜さり、（男は）火をほのかにかきあげて泣き臥せり。後の方そそめきけり。（男が）火を消ちて見れば、（何かが）添ひ臥す心地しけり。死にし妹の声にて、よろづの悲しきことを言ひて、泣く声も言ふことも、ただそれなりければ、もろともに語らひて、泣く泣く探れば、手にも触らず、手にだに当たらず。懐にかき入れて、わが身のならんやうも知らず、臥さまほしきこと限りなし。

（男）泣き流す涙の上にありしにもさらぬあはの山かへる

女返し、

常に寄るしばしばかりは泡なれば遂に溶けなんことぞ悲しき

と言ふほどに、夜の明けにければ、（妹の姿は）なし。親は捨て去にければ、（葬式の後始末を）とかく収むることは、ただこの兄ぞしける。人はみな捨てて行きにければ、ただこの兄、従者三四人・学生一人して、この女を死にける屋をいとよく払ひて、花・香たきて、遠き所に火をともしてゐたれば、この魂なん夜な夜な来て語らひける。三七日はいと鮮やかなり。四七日は時々見えけり。この男、涙尽きせず泣く。その涙を硯の水にて、法華経を書きて、比叡の三昧堂にて七日のわざしけり。その人、七日はなし果てても、ほのめくこと絶えざりけり。三年過ぎては、夢にも確かに見えざりけり。なほ悲しかりければ、初めのごとしてなんまかせたりける。妻にも寄らで一人なんありける。（『篁物語』）

これは怨霊ではないが、死んだ後も女が男を恋い慕ってこの世に現れてくる話である。男も死んだ女のこと切ないまでの男女の真の愛を描くことによって、死んだ後までお互いに結び合う魂を印象的に語るという発想様式なのである。が忘れられないでいる。

第三章　情報が共有されている場合の情報伝達

個人間の贈答歌・消息・対話や集団によって行われる遊宴などにおいては、話し手と聞き手とが同一場面（場所・時間・状況・境遇・立場など）を共有している場合が多いので、比較的情報も共有されている。したがって、それほどたくさんの新しい情報を改めて提供しなくともお互い十分に理解し合える。しかし、微妙な心情などを伝える場合には、話し手・聞き手どちらにも相手の立場・心情などを理解できるだけの鋭い感受性がないと的確な伝達は不可能となる。ところが、感受性には人それぞれ深浅の差があるので、やはりある程度話し手・聞き手の双方に共有されている情報を補完することも必要になってくる。

第一節　古歌・古詩・故事を引用することによって情報を伝える発想様式

話し手が何らかの情報を聞き手に伝える対話や消息あるいは物語などにおいて、有名な古歌・古詩を取り入れる「本歌取り」・「引き歌」の手法、あるいは有名な故事や既往の作品を取り込む手法などによって、それまで聞き手に認識されていた情報内容をより深く的確に聞き手に伝えることができる様式が見られる。このような様式を、情報をより深く伝えるという意味において、「ふくらまし」の発想様式と呼ぶこともできる。その結果、それまで情報が十分に共有されていなかった話し手と聞き手との間により深い的確な情報の共有が成立することになる。

古歌・古詩・故事を取り入れる場合には、次のようないくつかの発想様式が見られる。

（あ）文章の中に、古歌・古詩・故事をそれとなく潜ませる発想様式

㋐ 古歌・古詩・故事の表現そのものを織り交ぜて文章を構成する発想様式

㋑ 古歌・古詩・故事とは別な表現に変えたり、あるいはその趣旨を要約したりして文章を構成する発想様式

（い）登場人物に古歌・古詩・故事の一部分を口ずさませたり引用させたりする発想様式

冬になりて、雪降り荒れたるころ、空の気色も（源氏は）ことに凄くながめたまひて、琴を弾きすさびたまひて、良清に歌うたはせ、大輔、横笛吹きて遊びたまふ。心とどめてあはれなる手など弾きたまへるに、こと物の声どもは止めて、（良清らは）涙をのごひあへり。(a)昔、胡の国に遣はしけむ女を（源氏は）思しやりて、「まして、いかなりけむ。この世に、わが思ひきこゆる人などを、さやうに、放ちやりたらむ」など思ふも、あらむ事のやうにゆゆしうて、（源氏）(b)「霜の後の夢」と誦したまふ。月いとあかうさし入りて、はかなき旅のおまし所は奥まで隅なし。床の上に、夜深き空も見ゆ。入り方の月影すごく見ゆるに、（源氏）(c)「ただこれ西に行く」など独りごちたまひて、

いづ方の雲路にわれも惑ひなん月の見るらむこともはづかし

と、独りごちたまひて、例のまどろまれぬ暁の空に、千鳥いとあはれに鳴く。

友千鳥諸声に鳴く暁は独り寝覚めの床も頼もし

まだ起きたる人もなければ、返す返す独りごちて臥したまへり。

（「源氏物語」・須磨）

須磨の地にあって、源氏は、わが身の悲運を嘆き、都に一人残してきた紫の上を思うとともに、都を懐かしんでいる。(a)「昔、胡の国に遣はしけむ女を思しやりて、『まして、いかなりけむ。この世に、わが思ひきこゆる人などを、さやうに、放ちやりたらむ』など思ふ（昔、漢の元帝が胡の国に遣わしたという王昭君をお思いやりなさって、『元帝の悲しみは私以上であったろう。それにしても、この世に私がいとしく思っている紫の上などを元帝のように遠くにやったりしたらどんなにか悲しいことだろう』などと思う）」と、中国の元帝と王昭君との故事を想起して、それに源氏自身の境遇と重ね合わせることによって、わが身の悲しみをしみじみと嘆いているのである。源氏の誦した(b)「霜の後の夢」は、「和漢朗詠集」にある大江朝綱の詩、「翠黛紅顔錦繍ノ粧ヒ、泣クナク沙塞ヲ尋ネテ家郷ヲ出ヅ。辺風吹キ断ツ秋ノ心ノ緒、隴水流レ添フ夜ノ涙ノ行。胡角一声霜ノ後ノ夢、漢宮万里月ノ前ノ腸。昭君若シ黄金ノ賂ヲ贈ラバ、定メテ是レ身ヲ終フルマデニ帝王ニ奉マツラマシ（美しい顔をさらに美しく化粧し、涙ながらに遥かな匈奴王の居城を目指して故郷を出発した。辺土の風は悲しみにあふれた心をさらに寸断するかのように吹き、隴水は夜通し泣き通す涙とともに流れるかと思われる。胡人の吹く角笛の一声にただでさえ眠れない霜夜の夢を破られ、遥かに漢宮の方を眺めやると、万里を隔てて、同じ月が異郷の地にいるわが身を照らし、断腸の思いである。もし、王昭君がほかの宮女と同じように、画工に賄賂の黄金を贈っていたなら、胡国に送られることもなく、きっと帝寵をほしいままにして一生宮中にお仕えしたことであろうに）」の一節「霜ノ後ノ夢」である。それを源氏が口ずさんで、悲しみのために眠ることもできない王昭君の思いと王昭君を故国に遣わさざるを得なかった元帝の悲しみと重ね合わせることによって、わが身と紫の上との悲しみをより一層深く嘆いているのである。また、(c)「ただこれ西に行く」も、「菅家後集」の「月ニ代リテ答フ」と題した詩、「蓂発キ桂香シクシテ半円ナラムトス。三千世界一周スル天、天玄鑑ヲ廻ラシテ雲将ニ霽レムトス。タダコレ西ニ行ク左遷ナラジ（私の世界では蓂が花開き、桂が香り、ただ今半ば丸くなった。私は、この宇宙全体を一巡りしているのだ。大空にはいみじき鏡を巡らして、私を覆っていた雲は晴れようとしている。この月は、私と同じく西の方に向かって行くが、左遷されて行くのではなく、ただ西に行くだけなのだ）」の一節「タダコレ西ニ行ク」である。それを引用して、左遷の身を嘆いている道真の悲しみに重ね合わせることによって、源氏もまた流謫の身の深い悲しみの心情を吐露しているのである。これまでの物語の展開において、読者は、ある程度源氏の悲嘆の思いを理解してきたのであるが、ここに見られるように、古歌・古詩・故事を取り入れて描写された源氏の思いを読み取ることによって、今まで以上に源氏の悲嘆の思いをより深く理解することができるのである。

古歌・古詩・故事を取り入れて文章を構成する場合には、そこに取り入れられている古歌・古詩・故事を話し手も聞き手もともに認知しているということが前提になるが、そのような共通に認知している情報を補完することによって、話し手も聞き手もそこに込められた心情をより深く認識することができ、話し手・聞き手の情報の共有がさらに深まることになるという「ふくらまし」の発想様式なのである。

I　古歌・古詩を引用することによって情報を伝える発想様式

わが国は勿論、中国の古人の詠じた有名な詩歌は古代の教養ある人物にほとんど膾炙されていた。したがって、話し手の意図する微妙な心情などを伝える場合には、話し手・聞き手双方によく認知されている詩歌を引用することによって、古歌・古詩に込められた風情・心情などに拠って、話し手の意図する情報をより深く聞き手の心情に訴えることができる。と同時に、そのような古歌や古詩を巧みに組み込む機知をお互い楽しんだり誇りにしたりするという遊び心も見られる。

(1)

（主殿司）「ただここもとに人伝ならで申すべきこと。」など言へば、さし出でて問ふに、「これ、頭の殿の奉らせたまふ。御返り事とく。」と言ふ。（頭の中将は私を）いみじく憎みたまふに、いかなる文ならんと思へど、ただ今急ぎ見るべきにもあらねば、「往ね。今聞こえん。」とて、懐に引き入れて入りぬ。なほ人のもの言ふ聞きなどする、すなはち（主殿司が）立ち帰り来て、「『さらば、そのありつる御文を賜りて来』となん（頭の中将様が）仰せらるる。とくとく。」と言ふが、あやしう、いせの物語なりやとて見れば、青き薄様に、いと清げに書きたまへり。心ときめきしつるさまにもあらざりけり。(a)「蘭省花時錦帳下」と書きて、「末はいかに、いかに」とあるを、いかにかはすべからん、御前おはしまさば、御覧ぜさすべきを、これが末を知り顔に、たどたどしき真名に書きたらんもいと見苦しと思ひまはす程もなく、責めまどはせば、ただその奥に、炭櫃に消えたる炭のあるして、(b)「草の庵をたれかたづねん」と書きつけて取らせつれど、また返り事も言はず。

（『枕草子』・第八二段）

(a)「蘭省花時錦帳下」、(b)「草の庵をたれかたづねん」は、白楽天が、廬山の草堂にて、独り寂しく夜雨の音を聞きながら詠んだ詩の一節、「蘭省ノ花ノ時錦帳ノ下、廬山ノ雨ノ夜草庵ノ中」（『白氏文集』・巻一七・廬山草堂、夜雨独宿云々）に拠った詩句である。中央政府の立派な役についている友人たちが、蘭省（中央政庁の尚書省）の花盛りのときに錦帳（宮殿）のもとで愉快なときを過ごしているのに、私は廬山の雨の夜に草堂の中で寂しく過ごしていると嘆いた詩である。宿直のつれづれなる夜を過ごしている頭中将が自らを白楽天になぞらえ、清少納言を華やかな蘭省で楽しんでいる友と見立てて、(a)「『蘭省花時錦帳下』、末はいかにいかに」と言って寄越したのに対して、清少納言が、「廬山ノ雨ノ夜草庵ノ中」に込められた白楽天の寂しい気持ちになって、漢詩そのままの表現ではなく、(b)「草の庵をたれかたづねん（こんなわび住まいを誰も訪ねてはくれません）」という和歌によって返したのである。清少納言の機知に富んだ応答の最たるものである。

これに対する頭の中将からの返事は、そのときはなかったが、後日、作者の機知に富んだ返書を、頭の中将を始め殿上人たちが誉めそやしたということである。

このように、古詩をふまえて機知に富んだやり取りを交わすことによって、それぞれ相手と共通の感興に浸ろうとする発想様式なのである。

(2)

さて、八九日のほどに（里に）まかづるを、（中宮）「いま少し近うなりてを。」など仰せらるれど、出でぬ。いみじう常よりものどかに照りたる昼つかた、（中宮）(a)「花の心開けざるや。いかに、いかに。」とのたまはせたれば、（作者）(b)「秋はまだしくはべれど、夜に九度のぼる心地なんしはべる。」と聞こえさせつ。

（『枕草子』・第二七八段）

二月の八、九日時分に、里下がりした作者の所に、中宮様から、(a)「花の心開けざるやいかに、いかに」という伝言があった。中宮が、「九月西風興リ、月冷ヤカニシテ霜華凝ル。君ヲ思ヘバ秋夜長シ、一夜ニ魂ハ九タビ升ル。二月東風来タリ、草拆キテ花ノ心開ク。君ヲ思ヘバ春日遅シ、一日ニ腸ハ九タビ廻ル（晩秋の九月、西風が吹き起こり、冷ややかな月光の下、霜は花のように凝結している。あなたを思うと、秋の夜が長く感じられ、うつろな私の魂は一晩のうちに何度も舞い上がる。仲春の二月、東風が吹いてきて、草は芽吹き、花の蕾は開く。あなたを思うと、春の日がなかなか暮れないように感じられ、あなたを思う私のはらわたは一日のうちに何度もねじれるように痛む）」（『白氏文集』・巻第一二・長相思）の「二月東風来タリ、草拆キテ花ノ心開ク」の詩句に拠って、「花の心開けざるや（花の心は開けませんか。）」と問うことによって、「君ヲ思ヘバ春日遅シ、一日ニ腸ハ九タビ廻ル」という詩句を想起させて、「あなたは、私のことを思って春の日長につらく切ない思いをしていることでしょう。早く帰参なさい」と促したのである。それに対して、作者も、「君ヲ思ヘバ秋夜長シ、一夜ニ魂ハ九タビ升ル」に拠って、(b)「秋はまだしくはべれど、夜に九度のぼる心地なんしはべる（秋はまだ先のことでございますけれども、私は中宮様をお慕いして、一夜に九回もおそばに参上する気持ちがいたしております）」と、中宮の誘いに応えたのである。お互いが白氏文集の詩に拠った機知に富んだ応答をして、お互いの心を通じ合わせることができたのである。

ここも、古詩に拠って、話し手の意図するところを聞き手に伝えることによって、お互いの心を通い合わせるという発想様式をとっているのである。

(3)

(a)五月待ちつけたる花橘の香も昔の人恋ひしう、(b)秋の夕べにもおとらぬ風にうち匂ひたるは、をかしうもあはれにも思ひ知らるるを、(c)山ほととぎすも里馴れて語らふに、三日月のかげほのかなるは、折から忍びがたくて、例の宮わたりにおとなはまほしう思さるれど、かひあらじとうち嘆かれて、あるわたりのなほ情けあまりなるまでと思せど、そなたはもの憂きなるべし、いかにせむとながめたまふほどに、「内裏に御遊び始まるを、ただ今参らせたまへ。」とて、蔵人の少将参りたまへり。（「堤中納言物語」・逢坂越えぬ権中納言）

権中納言が、思いを寄せている姫宮の所に訪ねて行こうか、それとも深情けの女の所に行こうか迷っているところである。(a)「五月待ちつけたる花橘の香も昔の人恋ひしう」という描写は、「五月待つ花橘の香をかげば昔の人の袖の香ぞする（五月を待って咲く花橘の香をかぐと、ふと昔なじみの人の袖の香が懐かしく思い出される）」（「古今集」・一三九）に拠って、花橘の香が匂い来る風情に触発された権中納言が、「昔の人恋ひしう」、「例の宮わたりにおとなはまほしう思さる（いつものように、姫宮のお邸あたりに訪ねて行きたくお思いになる）」という気持ちになったことを暗示している。また、(b)「秋の夕べにもおとらぬ」という描写も、同じように、「いつとても恋ひしからずはあらねども秋の夕べはあやしかりけり（いつでも恋しいのだけれども、秋の夕べはこんなにも恋心が募るというのはことさら不思議であるよ）」（「古今集」・五四六）の歌に拠って、姫宮を恋しく思い出した権中納言の心情を暗示している。(c)「山ほととぎすも里馴れて語らふ」という描写も、「あしひきの山ほととぎす里馴れてたそかれ時に名のりすらしも（山ほととぎすが人里になじんで、夕暮れ時に鳴いているらしいよ）」（「拾遺集」・一〇七六）に拠って、権中納言が、このたそがれ時に自分を恋い慕って忍び泣きをしているであろう姫宮を偲んで、「折から忍びがたくて、例の宮わたりにおとなはまほしう」という気持ちになるということを暗示しているのである。当然、その暗示された通りに、権中納言は姫宮を訪れることになる。

このように、(a)(b)(c)それぞれの拠っている古歌の主題が読者にも共有されているので、それぞれの古歌に拠って、登場人物の心情を暗示するという発想様式をとることができるのである。

(4)

日も暮るるままに、色々に紐解きわたす前栽の花の色々、(a)「袖より外に置きわたす露もたまらぬにや」と、眺め入りて、（狭衣は）とみに立ちたまはず。(b)虫の声々草叢にすだけば、野もせの心地して、かしがましきまで乱れあひたるを、（狭衣は）「我だにものを」と思されて、月出で夜も更けぬる気色にぞ、かの程なき軒端に、（飛鳥井の女君が）ながむらんあはれさも思し出でらるる。おぼろけならぬ（狭衣の飛鳥井の女君に対する）おぼえなるべし。

（「狭衣物語」・巻二）

狭衣が行く末を契った飛鳥井の女君を偲んでいる場面である。(a)のところは、狭衣が、前栽の色とりどりの花を眺めながら、「我ならぬ草葉も物は思ひけり袖より外に置ける白露（私だけではなく、草葉も物思いをしているのだろうかねえ。私の袖とは別に草葉にも涙のような白露が置いていることであるよ）」（「後撰集」・一二八一）を想起して、その歌の、「我ならぬ草葉も物は思ひけり」と詠まれている心情と重ね合わせることによって、「袖より外に置きわたす露もたまらぬにや（私も涙の雫が袖に余るほどだが、花も物思いをしているのであろうか、私の袖とは別に、花にも露が滴り落ちていることよ）」と、飛鳥井の女君も私と同じように物思いをしていることだろうと偲んでいるのである。また、(b)のところも、草叢にすだく虫の声を聞いて、「かしがまし野もせにすだく虫の音よ我だに物は言はでこそ思へ（野原一面に群れ集まってうるさいほど鳴きたてている虫の音よ。私だって物思いを口に出して言わないだけで、あなたのことを深く思っているのですよ）」（「新撰朗詠集」・三一三）に拠って、「野もせの心地して、かしがましきまで乱れあひたるを、『我だにものを』と思されて（虫の声が野原ならぬ庭も狭く感じられるほどに群れ集まって、うるさいほど鳴きたてているが、『私だって泣きたいほどの思いを言わないでこらえているけれども、飛鳥井のことを深く思っているのですよ』とお思いになって）」と、自分と同じように月を眺めながら虫の声を聞いている飛鳥井の女君を偲んでいる狭衣の心情を描写しているのである。

このように、前栽の花や草叢にすだく虫の声、ようやく月が出て夜が更けていく風情に触発されて、飛鳥井の女君に対する思いにかられている狭衣の心情を古歌に込められた心情と重ね合わせることによって、余情深く描写するという発想様式をとっているのである。

(5)

中納言の君は、宰相のいとありしやうにはあらず、いみじく物を思ひ入れたる気色、「もとより心ざし深しと聞きしに、この人ばかりこそあらめ。さはいへど、異人はえふと思ひ寄らじを。さらば異人よりもうちまもり、下に思はんことの恥づかしくも妬くもあるべきかな」と思ひ寄れど、さしてさは知りがたきことなりかし。「なぞや、いと(a)憂き世の中にせめて長らふべき、(b)親の御思ひなどを深くたどるほどに、かかることも出で来ぬるぞかし」など、千々に思ひあくがれて、(c)見えぬ山路たづねまほしき御心ぞやうやう出で来にける。（「とりかへばや物語」・巻二）

女の身でありながら、男として成長し、右大臣家の四の君と結婚した中納言は、宰相中将が何か深く思い込んでいるのを見て、妻の四の君の妊娠の相手が宰相中将ではないかと怪しむ。しかし、わが身と心とのありように悩んでいた中納言は、その疑いの心よりも出家遁世の心を強く持つようになる。このような中納言の思いが、「世の憂き目見えぬ山路へ入らんには思ふ人こそほだしなりけれ（世の中の嫌なことが目に入らない山道へ入ろうとするのには、何よりもわが愛する人が出家の妨げになることだ）」（『古今集・九五五）の歌に拠って、「『なぞや、いと憂き世の中にせめて長らふべき、親の御思ひなどを深くたどるほどに、かかることも出で来ぬるぞかし』など、千々に思ひあくがれて、見えぬ山路尋ねまほしき御心ぞやうやう出で来にける（「どうして、こんなにつらい世の中に無理に長らえることができようか、私がいつまでも生き長らえていてほしいと願っている親のご愛情などを深く考えているうちに、こんなことになってしまったのだ」などと、心は千々に乱れて、俗世の憂きことも見えない出家の道を尋ねたいとのお心が次第に生じてくるのであった）」と語られている。本歌の「世の憂き目」が(a)「憂き世の中」となって取り入れられ、また、「見えぬ山路へ入らん」が(c)「見えぬ山路たづねまほしき」となって取り入れられ、さらにまた、「思ふ人こそほだしなりけれ」が(b)「親の御思ひ」となって取り入れられている。

このように、人口に膾炙した歌を一連の文章の中に巧みに取り入れるという引き歌の修辞をとることによって、登場人物の思いを余情深く読者に訴えるという発想様式なのである。

Ⅱ　故事を引用することによって情報を伝える発想様式

古歌・古詩を引用することによって、話し手の意図する情報を膨らませて聞き手に伝えるという様式をとることが多いが、物語性の強い情報などを伝えるためには、情緒性の強い詩歌よりも、有名な故事に拠って複雑多様な情報を膨らませるという様式をとる方が効果的な場合もある。

(1)　これも同じ皇女に、同じ男

長き夜をあかしの浦に焼く塩の煙は空に立ちや昇らぬ

かくて忍びつつ逢ひたまひけるほどに、院に八月十五夜せられけるに、（院から）「参りたまへ」とありければ、（皇女は）参りたまふに、（嘉種は）院にては逢ふまじければ、「せめて今宵はな参りたまひそ。」ととどめけり。されど、召しなりければ、えとどまらで、（皇女が）急ぎ参りたまひければ、嘉種、

竹取のよに泣きつつとどめけむ君は君にと今宵しも行く

（「大和物語」・第七七段）

嘉種の歌、「竹取のよに泣きつつとどめけむ君は君にと今宵しも行く（昔、竹取の翁が、毎夜おいおいと泣きながら留めたというかぐや姫のように、折も同じ十五夜の今宵に、あなたは私を振り捨てて、法皇の所においでになるのですね）」は、昔、竹取の翁が夜毎よよと泣きながら、八月十五夜に、翁たちに心を残しながらも天に帰って行かなければならないかぐや姫を留めようとした故事に拠って、皇女（桂の皇女）をかぐや姫に、嘉種自身を竹取の翁になぞらえて、院（宇多法皇）のお召しで院へ参る皇女を嘉種が留めかねて嘆く心情を詠んだ歌である。嘉種に対する思いを残しながらも、院に召されて参内しなければならない皇女を留めることができない嘉種の悲しみを、竹取の翁の悲痛な思いと重ね合わせることによって、より印象的に訴えようとしているのである。

本歌取や引き歌のように古歌の一節を引用しているのではなく、世に膾炙している古物語の一場面を連想させ、元の物語に語られている事態・心情などと重ね合わせることによって、話し手の心情を余情深く聞き手に伝えるという効果を意図した発想様式なのである。

(2)　三条の右の大臣、中将にいますかりける時、祭の使にさされて出でたまうけり。通ひたまひける女の、絶えて久しくなりにけるに、（中将）「かかることなむ出で立つ。扇持たるべかりける、一つたまへ。」と言ひや

りたまへりけり。よしある女なりければ、よくておこせてむと思うたまひけるに、色などもいと清らなる扇の、香などもいとかうばしうておこせたり。引き返したる裏の端の方に書きたりける、

（女）ゆゆしとて忌むとも今はかひもあらじ憂きをばこれに思ひ寄せてむ

とあるを見て、いとあはれと思して、返し

（中将）ゆゆしとて忌みけるものを我がためになしと言はぬは誰がつらきなり

（「大和物語」・第九一段）

賀茂祭の勅使に指名された中将が、忙しさにまぎれて持っていなければならない扇を忘れてしまったので、扇を一本くださいと、馴染みの女に所望したときの歌の贈答である。二人の歌に共通に詠まれている「ゆゆしとて忌む（扇は秋風が吹くと捨てられるものであるから、男女間で扇を贈るのは不吉であるとして嫌った）」というのは、前漢の成帝の女官であった班婕妤が帝に寵愛されたが、後、趙飛燕が帝に寵愛されたために、後宮を去って、「怨歌行」という詩を作り、やがて捨てられる秋の扇に託して、わが身の悲運を悲しんだという故事（「文選」）に拠った表現である。女の歌、「ゆゆしとて忌むとも今はかひもあらじ憂きをばこれに思ひ寄せてむ（男女間で扇を贈るのは不吉であると忌み嫌ったところで、既にあなたに見捨てられた今の私には何の甲斐もないことでしょう。この私のつらい気持ちをこの扇に託してお贈りいたしましょう）」は、中将の訪れの「絶えて久しくなりにける」女の、中将に対する恨みの気持ちを、班婕妤の悲しみに重ね合わせることによって強く訴えようとする、ふくらましの発想様式なのである。

(3)　朝座の講師清範、高座の上も光り満ちたる心地して、いみじうぞあるや。暑さのわびしきに添へて、しさしたることの今日過ぐすまじきをうち置きて、ただ少し聞きて帰りなんとしつるに、しきなみに集ひたる車なれば、出づべき方もなし。朝講果てなば、なほいかで出でなむと、前なる車どもに消息すれば、近く立た

むがうれしさにや、「はやはや。」と引き出であけて出だすを見たまひて、いとかしがましきまで、老上達部さへ笑ひ憎むをも聞き入れず、いらへもせで、強ひてせばがり出づれば、権中納言の、「やや、まかりぬるもよし。」とて、うち笑みたまへるぞめでたき。それも耳にもとまらず、暑きにまどはし出でて、人して、「五千人のうちには入らせたまはぬやうあらじ。」と聞こえかけて帰りにき。（『枕草子』・第三五段）

小白河殿において催された法華八講の聴講に出向いた作者が、中途で帰ろうとして、立て込んだ車の間を無理に抜けて出てくるところである。権中納言の、「やや、まかりぬるもよし」という発話は、法華経方便品にある、釈迦の説法のとき、五千人の増上慢（悟りを得たとうぬぼれている人）が、説法の中途で退座したことに対して、釈迦が、「かくの如き増上慢の人退くもまたよし」と言って制止しなかったという故事に拠ったものである。それに対して、作者は、さらにその故事に拠って、「五千人のうちには入らせたまはぬやうあらじ（そのようにおっしゃるあなただって、中座した五千人の増上慢の一人でしょう）」と言って、釈迦を気取っている権中納言を揶揄したのである。

このように、故事に拠って機知に富んだ情報をとり交わすことに一種の興趣を覚えるという発想様式なのである。

(4)　さても、あはれなりし阿私仙をさへ惑はしたまひてし口惜しさも（狭衣は）思ひやる方なきままに、「（飛鳥井の女君の兄の僧は）帰り来てやある。」と、粉河に人度々遣はせば、（使者）「なし。」とのみ言ひつつ帰り参れば、（狭衣）「妹、さは亡くなりけるにこそ」と思す。なかなかなる「稲渕の瀧」なり。（狭衣）有り無しの魂の行方を惑はさで夢にも告げよありし幻

「池の玉藻」と見なしたまひけん帝の御思ひも、なかなか目の前にいふかひなくて、（帝は）忘れ草も繁りま

さりけん。これは、さまざま夢現とも定め難く、(狭衣は)御心をのみ動かしたまふ。「げにいかなりける(飛鳥井の女君との)契りにか」と思し知らるる。「さは、(飛鳥井の女君は)ありし暁にも、その夕べにや、燃え果てにけん」と思せば、それとなけれど、その程より睦まじう思す僧どもに言ひつけたまひて、(飛鳥井の女君の)七日七日までの弔ひをぞいみじう忍びてしたまひける。「いかなるにてもこの忍ぶ草のありなしをだに聞くわざもがな」と、御心に離るる折もなし。

(「狭衣物語」・巻二)

狭衣が失踪した飛鳥井の女君の消息を聞こうとして、女君の兄の僧を探す。兄の僧が、妹が死んだならばその葬送、四十九日の法要などで当分は帰れないと言い残して妹君の所に行ったが、まだ帰ってこないという情報を得て、きっと女君は死んだに違いないと合点して、女君の法要を営む。その狭衣の悲しみを「長恨歌」や「大和物語」の故事によって描写しているところである。「阿私仙」とは、釈迦に法華経を授けた釈迦の師のことで、飛鳥井の女君の兄の僧をたとえたものである。「稲渕の瀧」は、引き歌が未詳となっているが、ここは、飛鳥井の女君の死を悼む狭衣の溢れ出る涙をたとえたものであろう。狭衣の歌の中の、「魂の行方を惑はさで夢にも告げよありし幻(女君がどこに生存しているのか、それとも生存していないのかもわからなくしてしまわないで、夢にでも告げてくださいよ、先日お会いした法師よ)」とは、白楽天の「長恨歌」の中に歌われている、海の彼方の仙山にて楊貴妃の魂の在り処を探し当てた道士の話、「源氏物語」・桐壺に見える、帝が亡き更衣を慕って詠んだ歌「尋ね行く幻もがな傳にても魂の在り処をそこと知るべく(亡き更衣の魂のありかを探しに行く道士でもいてくれたならよいがなあ。たとい人づてでもよいから更衣のありかを知りたいものだ)」などに拠って、狭衣のせめて飛鳥井の女君の魂の在り処だけでも知りたいという悲痛な思いを訴えているのである。『池の玉藻』と見なしたまひけん帝の御思ひも、なかなか目の前にいふかひなくて、忘れ草も繁りまさりけん」とは、「大和物語」・第一五〇段に見える、奈良の帝に仕えていた釆女が、帝から二度目のお召しがなかったので、帝を恋い悲しんで、猿沢の池に入水して死んでしまったのを、後で知った帝が大層哀れに思って、猿沢の池のほとりに行幸になり、そこで人々に歌を詠ませたときに、柿本人麻呂が、「わぎもこのねくたれ髪を猿沢の池の玉藻と見るぞ悲しき（あのいとしい乙女の寝乱れ髪を猿沢の池の藻と思って見なければならないのは本当に悲しいことだ）」と詠んだ、その歌を聞いた帝は、采女の死をはっきりと確認して、かえって諦めることができたという故事である。そのような奈良の帝の思いに対して、狭衣の場合は、「さまざま夢現とも定め難く、御心をのみ動かしたまふ（飛鳥井の女君の生死もはっきりと決めかねて気をもむばかりである）」というのである。

このようにここは、誰でも知っている故事に描かれている人物の持つ心情と重ね合わせることによって、作者が現在描こうとしている物語に登場する人物の心情をより深く読者にとらえてもらおうと意図している発想様式なのである。

(5) Ⓐ 入道相国のあはれみたまふ上は、京中の上下、老いたるも若きも、鬼界が嶋の流人の歌とて、口ずさまぬはなかりけり。さても千本まで作りたりける卒都婆なれば、さこそは小さうもありけめ、薩摩潟より遥々と都まで伝はりけるこそ不思議なれ。(a)あまりに思ふことはかく徴あるにや。（「平家物語」・巻第二・蘇武）

鬼界が嶋に流された康頼入道が千本の卒都婆を作り、そこに故郷を懐かしむ歌二首を書きつけて流した。そのうちの一本が都にまで届いたことを語ったところである。

この後、「古、漢王胡国を攻められけるに」に始まる、昔、蘇武が胡国に囚われ虐待されたが、あくまで節を曲げず、手紙を雁に託して故郷に送って、後、救われて帰国し、その忠誠を賞賛されたという中国の故事が語られる。その最後のところに、次のような叙述が見られる。

Ⓑ 漢家の蘇武は、書を雁の翼につけて旧里へ送り、本朝の康頼は浪のたよりに歌を故郷に伝ふ。かれは一筆

のすさみ、これは二首の歌、かれは上代、これは末代、胡国・鬼界が嶋、(b)境を隔てて世々は変はれども、風情は同じ風情、ありがたかりしことどもなり。

(a)「あまりに思ふことはかく徴あるにや（あまりにも思いつめたことは、このようにその効験が現れるのであろうか）」と、(b)「境を隔てて世々は変はれども、風情は同じ風情、ありがたかりしことどもなり」との例として、康頼入道の「卒都婆流し」と同類の蘇武の故事が語られたのである。

このように、人口に膾炙した故事を引用することによって、古今東西、故郷を遠く離れて異郷にある人間のひたすら故郷を懐かしむ思いは同じであるという人間の普遍性を描写しようとした発想様式なのである。

Ⅲ　既往の作品をふまえて情報を伝える発想様式

故事を引用するという様式と同様に、既往の作品の叙述の展開や登場人物の心情・情緒などを取り入れながらも、そこに新しい情報を加味することによって、新しく展開する事態や登場人物の心情などに対する読者の興味関心を喚起したり、あるいは既往の作品とは違った新しい主題を構築したりするという発想様式も見られる。

(1)Ⓐ　男、文おこせたり。（女を）得て後のことなりけり。「雨の降りぬべきになん見わづらひはべる。身さいはひあらば、この雨は降らじ。」と言へりければ、例の男、女に代はりて詠みてやらす。

　数々に思ひ思はず問ひがたみ身を知る雨は降りぞ増される

と詠みてやれりければ、（男は）蓑も笠も取りあへで、しとどに濡れて惑ひ来にけり。（「伊勢物語」・第一〇七段）

高貴な方の侍女と情を交わしていた藤原敏行が女の所に、「雨の降りぬべきになん見わづらひはべる。身さいはひあらば、この雨は降らじ（雨が降ってきそうなので、あなたの所へ行きたいが、どうしようかと迷っています。私に幸せがあるならば、この雨は降らないでしょう）」という手紙を寄越した。侍女に代わって主人の男が、「数々に思ひ思はず問ひがたみ身を知る雨は降りぞ増される（私のことを思ってくださるのか、くださらないのか、あれやこれやとお尋ねしがたいので、私への愛情がわかるこの雨が、ますます強く降ってきていますが、どうなさいますか）」という歌を詠んでやったので、敏行は雨にびっしょり濡れながらも女の所にやって来たというのである。

Ⓑ　雨はいやまさりにまされば、思ひわびて頬杖つきて、しばし寄り居たまへり。帯刀わりなしと思へり。（帯刀が）うち泣きて立てば、少将、「しばしゐたれ。いかにぞや。行きやせんずる。」、（帯刀）「徒からまかりて言ひ慰めはべらん。」と申せば、君、「さらば我も行かん。」とのたまふ。（帯刀は）うれしと思ひて、「いとようはべりなん。」と申せば、（少将）「大傘一つ求めよ。衣脱ぎて来ん。」とて、入りたまひぬ。帯刀傘求めにありく。阿漕、（少将が）かく出で立ちたまふも知らで、いといみじと嘆く。かかるままに、「愛敬なの雨や。」と腹立てば、君恥づかしけれど、「などかくは言ふぞ。」とのたまへば、（阿漕）「なほよろしう降れかし。（こんな土砂降りは）折憎くもおぼえはべるかな。」と言へば、（姫君）「降りぞ増される。」と忍びやかに言はれて、（阿漕が）いかに思ふらむと、（姫君は）恥づかしうて添ひ臥したまへり。

（『落窪物語』・巻一）

左近少将道頼が、不遇にも継母から虐げられている姫君と、姫君の召使阿漕の夫の帯刀の仲立ちによって結ばれる。ところが、結婚三日目の夜はあいにくの大雨であった。しかし、少将と帯刀は、途中盗人と間違えられ、糞の上に倒れるような憂き目に会いながらも、姫君を訪ねる。

このⒷの物語の展開と「降りぞ増される」という姫君の発話は、Ⓐの後半部分の展開と、代作の歌の「降りぞ増される」とまったく同じである。ということは、「落窪物語」のこの場面の描写は、「伊勢物語」・第一〇七段の詞章を典拠としているということになる。既往の作品を典拠として物語を構成していく様式はそれほど多くはないけれども、その場合には、どこかに典拠となる既往の作品を明らかにする種明かしの表現が見つかるはずである。ここでも、「降りぞ増される」という語句がその種明かしの表現となっている。

「落窪物語」の読者は、典拠となった「伊勢物語」を連想することによって、「伊勢物語」の敏行と同じように、少将が姫君を訪れて来るのを予想し、その後の展開に興味をつなぐ。その予想通り、「落窪物語」の方でも、少将が姫君を訪ねて来るのであるが、「伊勢物語」とは違って、大雨の中、姫を訪ねる少将の難儀が事細かに描写されている。それだけに、少将の姫君に寄せる思いの強さが読者にはしみじみとわかる。しかも、この少将は、薄幸な姫君を最後まで大切に守り通し、二人はこの世の栄華を極めるまでになる。既往の作品に拠った展開にはなっているが、単なる色好みの物語としてではなく、真心に貫かれた理想の男女の姿を描くことによって、理想の愛情のあり方を追求する作者の意図が鮮明に主張されているのである。

このように、既往の作品に拠りながらも、単なる既往の作品の模倣ではなく、そこに新しい情報を加味することによって、既往の作品には見られない新しい主題を構築していくという発想様式をとっているのである。

(2)Ⓐ (a)荒れたる宿の人目なきに、女の憚ることあるころにて、つれづれと籠り居たるを、ある人訪ひたまはんとて、夕月夜のおぼつかなき程に、忍びて訪ねおはしたるに、犬のことことしくとがむれば、下衆女の出でて、「いづくよりぞ。」と言ふに、やがて案内せさせて入りたまひぬ。心細げなる有様、いかで過ぐすらんと、いと心苦し。あやしき板敷にしばし立ちたまへるを、もてしづめたるけはひの若やかなるして、「こなた。」と言ふ人あれば、たてあけ所狭げなる遣戸よりぞ入りたまひぬる。内の様はいたくすさまじからず。心にくく、火はあなたにほのかなれど、物の綺羅など見えて、俄かにしもあらぬ匂ひいとなつかしう住みなしたり。「門よく鎖してよ。雨もぞ降る。御車は門の下に、御供の人はそこそこに。」と言へば、「今宵ぞ安き寝は寝べかめる。」とうちささめくも、忍びたれど、程なければ、ほの聞こゆ。さて、(b)このほどのことども細やかに聞こえたまふに、夜深き鳥も鳴きぬ。(c)来し方行く末かけてまめやかなる御物語に、この度は鳥も花やかなる声にうちしきれば、明け放るるにやと聞きたまへど、夜深く急ぐべき所の様にもあらねば、少したゆみたまへるに、隙白くなれば、忘れがたきことなど言ひて立ち出でたまふに、(d)梢も庭もめづらしく青みわたりたる卯月ばかりの曙、艶にをかしかりしを思し出でて、桂の木の大きなるが隠るるまで、今も見送りたまふとぞ。

（『徒然草』・第一〇四段）

この段は、作者の平安朝の物語世界に対する興味関心から生まれたものであり、平安朝の物語の一節を思わせる雰囲気を漂わせている作品である。「ある人」が、(a)「荒れたる宿の人目なき（荒れ果てて訪う人もいない家）」に、物忌みなどで宮仕えを遠慮してひっそりと籠っていた女を、夕月夜のまだほの暗いころに忍んで訪ねて行った。男は女に最近のことなどを詳しくお話なさっているうちに時が過ぎて、すっかり夜は更けてしまった。夜の明けきらないうちに人目を忍んで急いで帰る必要もないような所であるので、しばらくゆっくりしておられた間に、戸の隙間が白んできたので、忘れられないようなことを言い置いてお出かけになる。四月ごろの明け方の景色は優美で趣の深いものであった。そのころのことを今も思い出して、その辺をお通りになるときには、その家の(d)「桂の木の大きなるが隠るるまで」目で追っていらっしゃるというのである。夕方から翌朝の曙までの体験を語り、最後にその事を回想するという形で描かれている。

Ⓑ　麗景殿と聞こえしは、宮たちもおはせず、院かくれさせたまひて後、いよいよあはれなる御有様を、ただこの大将殿の御心にもてかくされて過ぐしたまふなるべし。（麗景殿の）御おとうとの三の君、内裏わたりにて、はかなうほのめきたまひし名残、（源氏は）例の御心なれば、さすがに（三の君の花散里を）忘れも果てたまはず、わざともてなしたまはぬに、人の御心をのみ尽くし果てたまふべかめるをも、この頃、残ること

なく思し乱るる、世のあはれのくさはひには、（花散里を）思ひ出でたまふに、忍びがたくて、五月雨の空珍しう晴れたる雲間に渡りたまふ。何ばかりの御装なくうちやつして、御前などもなく忍びて、中川のほどおはし過ぐるに、ささやかなる家の木立などよしばめるに、よくなる琴をあづまに調べてかき合はせ、賑はしく弾きなすなり。御耳とまりて、門近かなる所なれば、少しさし出でて見入れたまへれば、(e)大きなる桂の木の追風に、祭のころ思し出でられて、そこはかとなくけはひをかしきを、「ただ一目見たまひし宿りなり」と見たまふ。（源氏は）ただならず。「ほど経にける、おぼめかしくや」と、つつましけれど、（その家を）過ぎがてにやすらひたまふ。

（『源氏物語』・花散里）

Ⓒ かの本意の所は、思しやりつるもしるく、人目なく静かにて、おはする有様を見たまふにも、いとあはれなり。まづ女御の御方にて、(f)昔の物語など聞こえたまふに、夜更けにけり。二十日の月さし出づる程に、いとど木高き陰ども木暗う見えわたりて、近き橘の香懐かしう匂ひて、女御の御けはひねびにたれど、あくまで用意あり、あてにらうたげなり。（女御は）「勝れて花やかなる（桐壺院の）御おぼえこそなかりしかど、むつましう懐しきかたに思したりしものを」など、思ひ出できこえたまふにつけても、（源氏は）昔の事かき連ね思されて、うち泣きたまふ。ほととぎす、ありつる垣根のにや、同じ声にうち鳴く。「（源氏の後を）慕ひ来にけるよ」と思さるる程も艶なりかし。（源氏）「いかに知りてか。」など忍びやかにうち誦したまふ。

（源氏）「橘の香をなつかしみほととぎす花散る里をたづねてぞとふ

（桐壺院の）古、忘れがたき慰めには、（女御方に）まづ参りはべりぬべかりけり。こよなうこそ、紛るることも数そふこともはべりけれ。（人は）大方の世に従ふものなれば、昔語りもかきくづすべき人少なうなり行くを、まして、つれづれと紛れなく思さるらむ。」と聞こえたまふ。みないと殊更なる世なれば、ものをいとあはれに思し続けたる御気色の浅からぬも、人の御さまからにや、多くあはれぞ添ひける。

（女御）(g)人目なく荒れたる宿は橘の花こそ軒のつまとなりけれ

とばかりのたまへる、（源氏は）「さはいへど、人にはいと異なりけり」と、（女御と他の人とを）思し比べらる。

（同）

「徒然草」の描写は、源氏が麗景殿の女御を訪ねて行ったときの描写と共通点がいくつか見られる。「徒然草」の冒頭文の(a)「荒れたる宿の人目なき」という表現は、Ⓒの、源氏が麗景殿の女御を訪い、昔を追想して物語るときの女御の歌、(g)「人目なく荒れたる宿は橘の花こそ軒のつまとなりけれ（訪う人もなく荒れ果てた私の宿には、橘の花が軒端近くに咲いて、あなたさまをお招きする種となったのでした）」と同趣の詩句である。また、「徒然草」末尾の、「ある人」が(d)「梢も庭もめづらしく青みわたりたる卯月ばかりの曙、艶にをかしかりしを思し出でて、桂の木の大きなるが隠るるまで、今も見送りたまふ」とある部分は、Ⓑの、(e)「大きなる桂の木の追風に、祭のころ思し出でられて、そこはかとなくけはひをかしきを、『ただ一目見たまひし宿りなり』と見たまふ」と同趣の描写である。また、「徒然草」の、(a)「荒れたる宿の人目なきに、女の憚ることあるころにて、つれづれと籠り居たる」、(b)「このほどのことども細やかに聞こえたまふ」、(c)「来し方行く末かけてまめやかなる御物語」というところの描写も、Ⓒの、源氏が桐壺院亡き後、(g)「人目なく荒れたる宿」にひっそりと暮す女御と心静かに、(f)「昔の物語など聞こえたまふ」場面の描写と、全く同じ表現こそはないけれども、その雰囲気の描写は共通している。

このような点から見て、「徒然草」の描写は多分に「源氏物語」・花散里に見られる、源氏が女御を訪れて心静かに一夜を過ごす風情の描写に触発されて創作されたものと思われる。しかし、「徒然草」の文章は、最後の(d)「梢も庭もめづらしく青みわたりたる卯月ばかりの曙、艶にをかしかりしを思し出でて、桂の木の大きなるが隠るるまで、今も見送りたまふ」とある通り、その曙の情趣こそが作者の意図した主題であるので、単なる「源氏物語」の模作ではなく、「徒然草」・第一〇四段の主題となる、「花は盛りに、月は隅なきをのみ見るものかは」という美意識および「望月の隅なきを千里の外まで眺めたるよりも、暁近くなりて待ち出でたるが、いと心深う青みたるやうにて、深き山の杉の梢に見えたる木の間の影、うちしぐれたる村雲隠れのほど、またなくあはれなり」（「徒然草」・第一三七段）という美意識を具体的に描写した作者独自の文章であるということができる。

このように、ここも、既往作品に拠りながらも、既往の作品の意図する主題とは違った新しい主題を構築していくという発想様式をとっているのである。

(3)Ⓐ「源氏物語」・若紫に見られる、源氏が垣間見によって美しい若紫の姫君を見つけるくだりは、次の「伊勢物語」を典拠としていることは明らかである。

Ⓑ昔、男、初冠して、平城の京春日の里にしるよしして、狩に往にけり。その里に、いとなまめいたる女姉妹住みけり。この男、垣間見てけり。思ほえず古里にいとはしたなくてありければ、心地惑ひにけり。男の着たりける狩衣の裾を切りて、歌を書きてやる。その男、信夫摺の狩衣をなむ着たりける。

春日野の若紫の摺衣しのぶの乱れ限り知られず

となむ、をいつきて言ひやりける。

（「伊勢物語」・第一段）

また、「源氏物語」・若紫において、祖母君が

Ⓒ生ひ立たむありかも知らぬ若草を後らす露ぞ消えむ空なき

と歌い、それに対して一人の女房が

Ⓓ初草の生ひ行く末も知らぬまにいかでか露の消えむとすらん

と返したのは、

Ⓔ　昔、男、妹のいとをかしげなりけるを見をりて、

うら若み寝よげに見ゆる若草を人の結ばむことをしぞ思ふ

と聞こえけり。返し、

初草のなどめづらしき言の葉ぞうらなくものを思ひけるかな

（「伊勢物語」・第四九段）

に拠っている。Ⓒと Ⓓとの贈答歌における、「若草を」と「初草の」の対応が、Ⓔの「伊勢物語」の贈答歌の対応と同じであるところから見て、「源氏物語」の作者が「伊勢物語」を典拠としていることは明らかであろう。また、Ⓐにおいても、Ⓑの「伊勢物語」同様、源氏は思いがけず美しい姫君を発見する。Ⓑの「伊勢物語」の男が姉妹に懸想の心を打ち明けたように、また、Ⓔの男が妹に言いかけたように、源氏もまた姫君を恋の相手にしていこうとしていることは当然予想されるところであるが、「源氏物語」の読者は、その後果たしてその予想通りに物語が展開するかどうかということに興味をつないでいくことになる。

このように、ここは、読者が既往の作品の展開を想起することによって、新しい作品の展開に対する興味をより一層高めていくという効果をねらった発想様式なのである。

(4)

Ⓐ　御五十日、百日など過ぎて、この君、目もあやに日に添へて光を添へおはするさま、あまりゆゆしきを、（大納言が）いとあはれと見つつ、鼠泣きしかけたまへば、（姫君は）物語をいと高くしかけて、高々とうち笑ひうち笑ひしたまふにほひ、（大納言が）「かの石山にて、（中の君の）あるかなきかなりし火影に（姫君が）いとよく似たりかし」と、まもりたまふに、いとかなしければ、見あまりたまひて、移るばかり赤き紙に、撫子を折りて包みて、

（大納言）「よそへつつあはれとも見よ見るままに匂ひにまさる撫子の花

ただ今御覧ぜさせばや」などばかり、例のやうに言葉がちにもあらず、優に書きたまへるを、これにも御前の壷なる童べ下ろして、草ひきつくろはせて見たまふほどなりければ、（中の君は）例ならず目とどめられたまふに、対の君なども、「（姫君が）いとあはれに思ひやらるる御程なるを、この度は。」と、そそのかしきこゆれど、（中の君は）「いかでか」と、つつましげにて聞こえたまはず。

（「夜の寝覚」・巻二）

大納言は太政大臣の妹娘中の君を垣間見てその美しさに心を奪われて一夜の契りを結ぶ。その後、大納言は姉君の大君と結婚するが、既に中の君は懐妊している。大君も中の君もともに苦悩する。やがて中の君は美しい姫君を出産し、大納言はその姫君を引き取ることになる。大納言は、中の君に似て美しく成育していく姫君をひと目中の君に見せてあげたいと、撫子の花を添えて、「よそへつつあはれとも見よ見るままに匂ひにまさる撫子の花（私たちの姫君をこの撫子になぞらえて、いとしいものとみてください。姫君は見るたびにますます美しさを増してきておりますよ）」という歌を贈る。「撫子の花」に「撫でいとおしむ子」という意味を込めている。しかし、中の君はわが身の立場に遠慮して返事を出さない。

Ⓑ（源氏は）わが御方に臥したまひて、「胸のやるかたなきを、程過ぐして大臣殿へ」と思す。御前の前栽のなにとなく青みわたれる中に、常夏の花やかに咲き出でたるを折らせたまひて、命婦の君のもとに書きたまふ。事多かるべし。

（源氏）「よそへつつ見るに心は慰さまで露けさまさる撫子の花

花に咲かなんと思ひたまへしもかひなき世にはべるかなは」とあり。（命婦は）さりぬべきひまにやありけん、（藤壺に）御覧ぜさせて、（命婦）「ただ塵ばかりこの花びらに。」と聞こゆるを、（藤壺は）わが御心にも、ものいとあはれに思し知らるるほどにて、

（藤壺）袖濡るる露のゆかりと思ふにもなほ疎まれぬやまとなでしこ

とばかり、ほのかに書きさしたるやうなるを、（命婦が）喜びながら（源氏に）奉れる、（源氏が）「例のことなれば、しるしあらじかし」と、くづほれてながめ臥したまへるに、胸うち騒ぎて、いみじくうれしきにも涙落ちぬ。　（「源氏物語」・紅葉賀）

源氏と藤壺との秘密の子が誕生して、源氏も藤壺も共に思い悩む。そんな中、源氏は常夏（撫子）の花を添えて、「よそへつつ見るに心は慰さまで露けさまさる撫子の花（私の可愛い若宮をあなたになぞらえて見るけれども、直接あなたにお逢いできない私の心は慰められることもなく悲しくなり、涙の露けさは撫子の花に宿る露よりもまさっています）」という歌を贈る。ここでも、「撫子の花」に「撫でいとおしむ子」という意味を託している。それに対して藤壷からは、「袖濡るる露のゆかりと思ふにもなほ疎まれぬやまとなでしこ（あなたの可愛い若宮を、あなたの袖が濡れる涙の露の縁だと思うにつけても、私はやはり自然に悩みの種となってしまう若宮であります）」という返歌がある。

源氏と藤壺との密通によって生まれた若君も、大納言と中の君との密通によって生まれた姫君も、どちらも同じ運命のもとに生まれたという点において共通している。それに対する源氏・藤壺の苦悩も大納言・中の君の苦悩もまた共通している。それぞれ撫子の花を添えて「よそへつつ」に始まる歌の表現にも共通性が見られるところから見て、「夜の寝覚」の描写が「源氏物語」・紅葉賀の描写に拠っていることは明らかである。しかし、「源氏物語」の場合には、若君の愛しさもさることながら、それよりも、源氏と藤壷との苦悩が主題となっているのに対して、「夜の寝覚」の場合は、ひたすら姫君の愛しさが主題となっている。しかし、そのような違いは見られるものの、「夜の寝覚」の読者は、「源氏物語」のその後の展開を想起しながら、大納言・中の君・姫君の運命が、「源氏物語」と同じ展開をとるのか、あるいは違った展開をとるのかということに興味を抱きつつ、新しい物語の世界に引き込まれていくのである。

ここも、既往作品に拠りながら、新しい物語の展開に対する読者の興味をより一層高めていくことによって、新しい物語の主題を構築しようとしているのである。

(5)Ⓐ　この男、いとひききりなりける心にて、「あからさまに」とて、今の人の許に昼間に入り来るを見て、女、にはかに「殿おはすや。」と言へば、うち解けてゐたりけるほどに、心騒ぎて、「いづら、何処にぞ。」と言ひて、櫛の箱を取り寄せて、白きものをつくると思ひたれば、取り違へて、はいずみ入りたる畳紙を取り出でて、鏡も見ずうちさうぞきて、女は、「『そこにてしばし。な入りたまひそ』と言へ。」とて、是非も知らずきしつくるほどに、男、「いととくも疎みたまふかな」とて、簾をかき上げて入りぬれば、畳紙を隠して、おろおろにならして、うち口覆ひて、夕間暮れに仕立てたりと思ひて、まだらにおよび形につけて、目のきろきろとして瞬きゐたり。男見るに、あさましうめづらかに思ひて、いかにせむと恐ろしければ、近くも寄らで、「よし、今しばしありて参らむ。」とて、しばし見るもむくつけければ、往ぬ。

（「堤中納言物語」・はいずみ）

可愛い妻がありながら、新しい女の所に通っていた男が、新しい女を引き取るために、元の妻を追い出したけれども、その後、元の妻の男を思う真情を知って、再び一緒に暮らすことになった。このⒶのくだりは、その後たまたま男が二度目の女を訪ねたところの描写である。昼間急に男が訪れてきたので、女は慌てて化粧しようとして、鏡も見ないで、白粉と間違えて眉墨用のはいずみを塗ってしまった。男はそれを見て恐ろしくなって逃げ帰ったというのである。これは、次の平中墨塗り・空泣きの説話をふまえた物語の展開である。

Ⓑ　この平中、さしも心に入らぬ女の許にても、泣かれぬねを空泣きをし、涙にぬらさむ料に、硯瓶に水を入れて、緒をつけて肘に掛けてしありきつつを、袖を濡らしけり。出居の方を女のぞきて見れば、間木に物を

差し置きけるを、（男が）出でて後、取り下ろして見れば、硯瓶なり。また畳紙に丁子入りたり。瓶の水をいうてて、墨を濃くすりて入れつ。ねずみの物を取り集めて、丁子に入れ替へつ。さて、元のやうに置きつ。例のことなれば、夕さりは出でぬ。暁に帰りて、心地悪しげにて唾を吐き臥したり。夜明けて見れば、袖に墨ゆゆしげにつきたり。鏡を見れば、顔も真黒に、目のみきろめきて、我ながらいと恐ろしげなり。硯瓶を見れば、墨をすりて入れたり。畳紙にねずみの物入りたり。いといとあさましく心憂くて。空泣きの涙、丁子くくむこととどめてけるとぞ。（『古本説話集』・平中事・第十九）

平中墨塗り・空泣きの説話は当時有名な話であって、そのように人口に膾炙した物語をふまえながらも、より一層写実的な心理描写によって物語を展開することによって、既往の作品とは違った滑稽感、主題を構築していくという発想様式なのである。

第二節　同一の場面を共有することによって情報を伝える発想様式

話題・主題を共有した対話、あるいは同一の事態を背景とする対話などにおいては、事新しい情報を提供しなくとも、お互い十分理解し合える。また、祝賀会・送別会・物合せなど特別な目的によって設定された集団においても、そこに参集している人たちはみなその会合の趣旨・目的などを共通に理解しているので、共通の話題を念頭においてそれぞれ情報を伝達し合うということになる。あるいは、気心の知れた者同士によって自然に形成された集団においても、常日頃から共有された情報伝達網が形成されているので、特に事新しく情報を提供しなくともお互い十分に理解し合える場合が多い。このように、同一の情報を共有する場面においては、お互いその共有する情報に拠って情報が交換されるので、お互い十分に理解し合えるのである。

(a) 中納言、さこそ心に入らぬ気色なりしかど、その日になりて、えも言はぬ根ども引き具して参りたまへり。小宰相の局にまづおはして、(中納言)「心幼く取り寄せたまひしが心苦しさに、若々しき心地すれど、浅香の沼をたずねてはべり。さりとも負けたまはじ。」とあるぞ頼もしき。いつの間に思ひ寄りけることにか、言ひ過ぐすべくもあらず。右の少将おはしたんなり。(右の少将)「いづこや、いたう暮れぬほどぞよからむ。中納言はまだ参らせたまはぬにや。」と、まだきに挑ましげなるを、少将の君、「あなをこがまし。御前こそ御声のみ高くて遅かめれ。彼は東雲より入り居て整へさせたまふめり。」など言ふほどにぞ、かたちより始めて同じ人とも見えず、恥づかしげにて、(中納言)「などとよ。この翁、ないたう挑みたまひそ。身も苦し。」とて歩み出でたまへる。(中略)

(b) 根合せ果てて、歌の折になりぬ。左の講師左中弁、右のは四位少将。読み上ぐるほど、小宰相君などいかに心つくすらむと見えたり。「四位少将、いかに。臆すや。」と、あいなう、中納言後見たまふほどねたげなり。

左

　君が代の長きためしにあやめ草千ひろに余る根をぞ引きつる

右

　なべてのと誰か見るべきあやめ草浅香の沼の根にこそありけれ

とのたまへば、少将、「さらに劣らじものを。」とて、

　いづれともいかが分くべきあやめ草同じ淀野に生ふる根なれば

とのたまふほどに、上聞かせたまひて、ゆかしう思し召さるれば、忍びやかにて渡らせたまへり。(中略)

(c)「むげにかくて止みなむも名残つれづれなるべきを、琵琶の音こそ恋しきほどになりにたれ。」と、中納言、弁をそそのかしたまへば、(左中弁)「その事となきいとまなさに、みな忘れにてはべるものを。」と言へど、逃るべうもあらずのたまへば、盤渉調にかい調べて、はやりかにかき鳴らしたるを、中納言、堪へずをかしうや思さるらむ、和琴取り寄せて弾き合はせたまへり。この世のこととも聞こえず。三位横笛、四位少将拍子とりて、蔵人の少将伊勢の海謡ひたまふ。声まぎれずうつくし。(「堤中納言物語」・逢坂越えぬ権中納言)

中宮方の女房たちが根合せをすることになり、中納言は左方、右の少将は右方、それぞれ味方となって、すばらしい根を提供する。後宮においては、中納言・右の少将が女房たちの遊びに何の屈託もなしに参加することができたように、お互いの気心も、話題も通じ合っている一種の仲間意識を持った集団が形成されているので、(a)の場面において、女房の少将の君が右の少将に対して、「あなをこがまし。御前こそ御声のみ高くて遅かめれ(まあ滑稽だこと。あなたこそお声ばかり高くて、おいでは遅いようですね)」などと、なんの遠慮もなく言うことができるような雰囲気がある。したがって、このような場面では、お互い情報が共有されているので、特に事新しく説明することをしなくとも、お互い相手の意図するところを十分に理解することができる。中納言の発話、「浅香の沼をたづねてはべり(浅香の沼を尋ねて探したのです)」も、根合せの遊びをしようとしている場面において、菖蒲の名所として知られた浅香の沼を尋ねたということになれば、当然根合せに提供する菖蒲の根を探したということが暗黙のうちに了解されるはずである。また、あやめの名所である岩代の国の浅香の沼を引き出すことによって、そんな遠くには到底行けるはずもないから、それほどまでに苦労して根を引き抜いてきたということを訴えているということも、誰にも了解される。右の少将の発話、「いづこや」というのも、「根合せをする場所はどこか」と尋ねているということがその場に居合わせた女房たちには当然了解されるところである。

このように、すべての発話に対してそれぞれ何ら事新しい説明がなくても、お互い了解することができるのである。

(b)は歌合せの場面である。根合せの後の歌合せであるから、歌題は菖蒲でなければならないというわけではないが、やはり普通は、「あやめ草」が歌題となる。

(c)は管弦の遊びである。貴族社会では何人か人が集まると、しばしばこのような音楽の遊びが催された。中納言が、「むげにかくて止みなむも名残つれづれなるべきを、琵琶の音こそ恋しきほどになりにたれ（何もせずにこのまま終わってしまうのも名残惜しい気がします。そうですね、ちょうど琵琶の音が恋しいころになりましたね）」と言い出したのは、そこに居合わせた貴人たち誰にも知られた白楽天の「琵琶行」の詩句、「酒ヲ挙ゲテ飲マント欲スルモ管弦ナシ。酔ヒテ歓ヲ成サズ惨トシテ将ニ別レントス。別ルル時茫茫トシテ江ハ月ヲ浸ス。忽トシテ聞ク水上琵琶ノ声。主人ハ帰ルヲ忘レ客ハ発タズ（酒杯を挙げて飲もうとするが、酒に興を添える管弦の調べがない。そんな酒ではいくら酔っても楽しくはなくそのまま寂しく別れようとした。そのとき、果てしなく広がる長江は、昇ったばかりの月をその水面に浸している。突然、琵琶の音が水の上を渡って聞こえてきて、うっとりと聞き入った主人は帰るのを忘れ、客も出発するのを止めてしまった）」に拠って、暗に、このまま別れずに、皆で管弦の遊びをしましょうと提案したのであって、中納言の意図はそのまま誰にも了解されたのである。

このように、古典の世界では、いろいろな種類の集団、仲間内での情報伝達の場面が多く見られる。このような場面では、それぞれの情報交換が話し手・聞き手たちの共通認識の下に行われるので、あまり事新しい説明は必要としない場合が多いのである。

Ⅰ　背景となる事態を共有することによって情報を伝える発想様式

話し手の意図する情報がそのまますなおに聞き手に伝わるというわけにはいかない。特に、微妙な心情とか暗示的に提供される情報などの場合には、なかなか的確に聞き手に伝わるというわけにはいかない。しかし、その情報の因って来たる事態が話し手・聞き手に共有されているならば、それを糸口として理解されることが可能になる場合もある。

(1)　二三日ばかりありて、暁方に門を叩くときあり。さなめりと思ふに、憂くて開けさせねば、（夫兼家は）例の家と思しき所にものしたり。つとめて、なほもあらじと思ひて、
（作者）嘆きつつ独り寝る夜の明くる間はいかに久しきものとかは知る
と、例よりはひきつくろひて書きて、うつろひたる菊にさしたり。（兼家からの）返事、「明くるまでもこころみむとしつれど、とみなる召使ひの来会ひたりつればなん。いとことわりなりつるは。
げにやげに冬の夜ならぬ槙の門も遅くあくるはわびしかりけり」
さてもいとあやしかりつるほどにことなしびたる。（「蜻蛉日記」・上）

作者が夫兼家の浮気にすねて、兼家が訪れてきたのにもかかわらず、あえて門を開けなかったので、兼家は町の小路の女の所に行ってしまったらしい。勿論、このような事態については、兼家も作者も当事者同士であるから、お互い共通の認識を持っているはずである。したがって、兼家は、作者の歌、「嘆きつつ独り寝る夜の明くる間はいかに久しきものとかは知る（嘆きながら独り寝る夜は明けるまでどんなに長くつらいものか、あなたには

おわかりになるでしょうか。門の戸を開けるしばらくの間さえ待ちきれないあなたにはおわかりにはなれますまい）」の歌に込められた作者の恨みの気持ちを十分理解できるはずである。作者もまた兼家が訪ねてきたのに門を開けなかったのであるから、兼家の手紙の中の歌、「げにやげに冬の夜ならぬ槙の門も遅くあくるはわびしかりけり（本当にあなたのおっしゃる通り、冬の夜はなかなか明けずにつらいものですが、その冬の夜でもない槙の門もなかなか開けてくださらないのはつらいものだと思い知りました）」に込められた兼家の気持ちも十分理解できる。さらには、兼家の「明くるまでもこころみむとしつれど、とみなる召使ひの来会ひたりつれば（夜が明けるまで門を開けてくれるのを待っていようかとしましたが、急な召使が来会わせたのでやむなく帰りました）」という言い訳を聞いても、今までの兼家の言動から見て、作者は当然、「いとあやしかりつるほどにことなしびたる（本当に理解に苦しむほどに白々しい弁解である）」と認識するのである。読者もまた、これまでの「蜻蛉日記」の叙述から見て、作者の認識を当然なこととして理解することができる。

このように、登場人物の言動は勿論、和歌という短詩形による対話であっても、その背景となる事態が共通に認識されているならば、そこに込められた心情はお互い十分に理解できるのである。

(2)

阿漕遣戸引き立てて、（自分が）ここにありけりと（北の方に）見えたてまつらじと思ひて、急ぎて曹司に行きたれば、帯刀が文あり。見れば、(a)「からうじて参りたりしかど、御門鎖してさらに入らざりしかば、わびしくてなん帰りまうで来にしなり。おろかにぞ思すらん。少将の君の思したる気色を見はべるに、心のいとまなくなん。これは（少将からの）御文なり。いかで夜さりだに参らん」と言へり。（阿漕）「御文奉らむ、よきひまなり」と、急ぎ行きて見れば、北の方（姫の）部屋鎖したまふ。あな口惜しと思ひて、帰る道に、典薬行き会ひて、文くれたるを取りて、走り帰りて、北の方に、（阿漕）「ここに典薬の主の文あり。いかで奉らん。」と言へば、北の方うち笑みて、「（典薬助が姫君の）心地問ひたまへるか。いとよし。まめやかに相思ひたるぞよき。」とて、鎖し固めし戸口を引き開けたれば、（阿漕は）いとをかしうて、少将の君の文取り添へて差し入れたり。（姫君が）少将の君の文見たまへば、(b)「いかが、日の重なるままにいみじくなん。

　君が上思ひやりつつ嘆くとは濡るる袖こそ先づは知りけん

いかにすべき世にかあらむ」とあり。女いとあはれと思ふこと限りなし。(c)「思しやるだにさあんなり。

　嘆くとてひまなく落つる涙川憂き身ながらもあるぞ悲しき」

と書きて、翁の文見むことのゆゆしうて、（姫君）「阿漕返事せよ。」と書きつけてさし出したれば、（阿漕は）ふと取りて立ちぬ。阿漕、翁の文を見れば、(d)「いともいともいとほしく、夜一夜悩ませたまひけることをなん。翁のものの悪しき心地しはべる。あが君あが君、夜さりだに嬉しき目見せたまへ。御辺りにだに近くさぶらはば、命延びて、心地も若くなりはべりぬべし。あが君あが君。

　老木ぞと人は見るともいかでなほ花咲き出でて君に見なれん

なほなほな憎ませたまひそ」と言へり。阿漕いとあいなしと思ふ思ふ書く。(e)「いと悩ましくせさせたまひて、御みづからはえ聞こえたまはず。

　枯れ果てて今は限りの老木にはいつか嬉しき花は咲くべき」

と書きて、腹立ちやせんと恐ろしけれど、おぼゆるままに取らせたれば、翁うち笑みて取りつ。（阿漕が）帯刀が御返事書く。(f)「夜べはここにも言ふ方なきことを聞こえてだに慰めばやと思ひきこえしに、かひなくてなん。御文からうじてなん。いといみじきことども出で来て。対面になん」とてやりつ。

（「落窪物語」・巻之二）

落窪の姫君を押し込めていた北の方が叔父の典薬助に姫を犯させようとたくらむ。姫に仕える阿漕と左近少将に仕える帯刀とが少将と力を合わせて姫を助け出そうといろいろ苦心する。典薬助が夜姫君の部屋に入ってくるが、阿漕の助けによって、姫君は病気と偽って難を逃れる。(a)は帯刀から阿漕へ、(b)は少将から姫君へ、(c)は姫君から少将へ、(d)は典薬助から姫君へ、(e)は阿漕から典薬助へ、(f)は阿漕から帯刀への消息である。(a)の、「少将の君の思したる気色を見はべるに、心のいとまなくなん。これは御文なり(少将の君のご心配なさる様子を見るにつけても気が気ではありません。これは少将から姫君に対する手紙です)」という文面に込められている少将の気持ちは、当然帯刀・阿漕にも共通に認識されていることであるから、「これは御文なり」という文面だけで、当然それを姫君に渡してもらいたいという少将の意思は阿漕にも十分伝わるわけである。と同時に、帯刀は、折角手紙を持って来たのに、阿漕に逢わずに帰って来てしまったことを、阿漕が恨みに思うだろうと推察して、(a)「からうじて参りたりしかど、御門鎖してさらに入らざりしかば、わびしくてなん帰りまうで来にしなり。おろかにぞ思すらん(あなたにお逢いしたくてやっと訪れたけれども、御門がしめてあって全然入れてくれなかったので、つらい思いでそのまま帰ってきてしまったのです。私があなたを粗略に思っているとあなたは恨むでしょうね)」と、阿漕に逢わずに帰ってきてしまった事情を説明して詫びを入れている。実は、昨夜典薬助が姫君の部屋に押し込んできたが、阿漕が何とか姫君の難を救って、典薬助を帰した後、戸を確り閉めておいたということを帯刀は知らなかったので、そのようにわざわざ弁解したのであろう。そのような帯刀の心情を阿漕は当然納得することができたはずである。この帯刀の消息に対する阿漕の返書(f)は、少将の手紙を姫君に差し上げたとの報告と昨夜の出来事を後で詳しくお話しますとの内容である。「御文からうじてなん(少将のお手紙はやっとのことで姫君にお渡ししました)」という文面は、既に姫君が閉じ込められていることは帯刀も承知していたことであるから、「辛うじてなん」の意味は帯刀にも理解できるはずである。(b)(c)の贈答歌も、少将・姫君共に抱いている愛情の表現であるから、お互い共感できるはずである。

(d)の典薬助の手紙と(e)の阿漕の手紙とのやり取りはおもしろい。(d)の、「いともいともいとほしく、夜一夜悩ませたまひけること（夜通しお苦しみなさったことをなんともお気の毒に思います）」は、昨夜、姫君が病気のため共寝ができなかった事態は姫君も当然当事者であるから、十分理解できることであるとの典薬助の判断から出たことばである。それにしても、「あが君あが君」と二度も繰り返すとはまさに、「老木ぞと人は見る（私を老木だと人は見る）」と自認している通りである。典薬助は、「老木」に典薬助自身をたとえ、「君に見なれん（あなたと昵懇の間柄となって私の恋を実らせたい）」の「見」と「実」とを掛詞にし、「花」の縁語仕立てにするという修辞を施した歌によって、典薬助の恋の思いを訴えたつもりなのであろう。この典薬助の歌に対して、阿漕は、「いとあいなし（たいへんいやらしい）」と思いながらも、典薬助の歌のことばをそっくり引用して、「枯れ果てて今は限りの老木にはいつか嬉しき花は咲くべき（すっかり枯れてしまってもうおしまいの老木にはいつ嬉しい花が咲くことができるでしょうか、老いぼれのあなたにそんな嬉しい機会など来るはずはありません）」と、典薬助を痛烈に揶揄している。ところが、典薬助は、阿漕の歌がそんな揶揄的内容を持ったものであることがわからずに、「いつか嬉しき花は咲くべき」を「いつかはうれしい花が咲くでしょう」と曲解したのか、それとも姫君から返事が来ただけで喜んでいるのか、「うち笑みて取りつ」という間抜け振りを示すのである。

このように、話し手・聞き手が認識を共有している場面においては、殊更事新しく情報を提供することをしなくとも、お互い相手の意図するところを理解することができるはずであるけれども、感受性の鈍感な人物の場合には、相手からの情報の表面的な意味だけは一応理解できても、その真の意図までは理解できない場合もある。

(3)　暁かけて月出づる頃なれば、（源氏は）まづ入道の宮に参うでたまふ。近き御簾の前に、おまし参りて、（藤壺の宮が）御みづから（源氏に）聞こえたまふ。東宮の御ことをいと後ろめたきものに思ひきこえたまふ。かたみに、心深きどちの御物語、はた、よろづあはれまさりけむかし。懐かしうめでたき御けはひの昔に変はらぬに、（藤壺の宮の）つらかりし御心ばへも、（源氏は）かすめ聞こえさせまほしけれど、（藤壺の宮は）「今更にうたて」と思さるべし。我が御心にも、なかなか今ひときは乱れまさりぬべければ、念じ返して、（源氏）「ただかく思ひかけぬ罪にあたりはべるも、思ひたまへあはすることの一節に、空もおそろしうなんはべる。惜しげなき身はなきになしても、宮の御世だに事なくおはしまさば。」とのみ聞こえたまふぞことわりなるや。宮も、(a)みな思し知らるることにしあれば、御心のみ動きて聞こえやりたまはず。大将、よろづのことかき集め思し続けて泣きたまへる気色、いと尽きせずなまめきたり。（源氏）「御山に参りはべるを。御言伝や。」と聞こえたまふに、（藤壺の宮は）とみに物も聞こえたまはず、わりなくためらひたまふ御気色なり。

（藤壺の宮）見しはなくあるは悲しき世の果てを背きしかひもなくなくぞふる

(b)いみじき御心惑ひどもに、思し集むる事どもえぞ続けさせたまはぬ。

（源氏）別れしに悲しきことは尽きにしをまたぞこの世の憂さはまされる

月待ち出でて出でたまふ。

（「源氏物語」・須磨）

須磨に赴く前に、源氏が藤壺の宮を訪ねて別れの挨拶をする場面である。須磨流謫の事情、別離の悲しみ、須磨退去後の東宮の境遇に対する不安など、すべて藤壷の宮が、(a)「みな思し知らるることにしあれば（源氏の話はすべて納得できることであるので）」と認識しているように、源氏、藤壺の宮の共有している情報である。したがって、二人の発話も涙も、言わず語らずの同じ悲しみの発話・涙としてお互い通じ合う。藤壺の宮の歌の、「見しはなく（かつて相添うた桐壺の帝は既に崩御しこの世にはおいでにならない）」との思いと、源氏の歌の、「別れしに悲しきこと（かつて父桐壷の帝に死別したときの悲しみ）」とはお互い共通の悲しみであり、また、藤壺の宮の歌の、「あるは悲しき世の果て（現在世にある源氏は遠流という悲しい世の末のような悲しい境遇にある）」という事態と、源氏の歌の、「またぞこの世の憂さはまされる（またまた遠流という境遇になって、東宮とは別れなければならない悲しみが増すことである）」という事態とは、共通に認識されたものであるから、源氏も藤壺の宮も、(b)「いみじき御心惑ひどもに、思し集むる事どもえぞ続けさせたまはぬ（ひどく心が乱れて、あれやこれや心に浮かぶ感慨なども歌として続けられない）」ということになるが、二人とも当事者同士であるから、お互い悲しみの心は通じ合っているのである。

このように、境遇や背景となる事態を共有する場合には、ほとんどの情報が何らの説明がなくとも、言わず語らずのうちに、お互い理解し合えるのである。

(4)

明けはつるほどに、（源氏は）帰りたまひて、春宮にも御消息聞こえたまふ。（藤壺の宮が）王命婦を御代はりとて侍はせたまへば、「その局に」とて、（源氏消息）「今日なん都離れはべる。また参りはべらずなりぬるなん、あまたの憂へにまさりて、思ひたまへられはべる。よろづ推し量り啓したまへ。

いつかまた春の都の花を見む時失へる山がつにして」

（消息を）桜の散り透きたる枝につけたまへり。（命婦）「かくなん。」と御覧ぜさすれば、（春宮は）幼き御心地にもまめだちておはします。（命婦）「御返りいかがものしはべらむ。」と啓すれば、（春宮）「『しばし見ぬだに恋しきものを、遠くはましていかに』と言へかし。」とのたまはす。（命婦は）「物はかなの御返りや」と、あはれに見たてまつる。あぢきなきことに御心を砕きたまひし昔の事、折々の御有様思ひ続けらるるにも、物思ひなくて、我も人も過ぐしたまひぬべかりける世を、心と、思し嘆きけるを、くやしう、我が心一つにかからんことのやうにぞおぼゆる。御返りは、「さらにえ聞こえさせやりはべらず。御前には啓しはべりぬ。

心細げに思し召したる御気色もいみじうなん」と。そこはかとなう心の乱れけるなるべし。

（命婦）「咲きてとく散るは憂けれど行く春は花の都を立ち帰り見よ

時しあれば。」と聞こえて、名残もあはれなる物語をしつつ、一宮のうち、忍びて泣きあへり。

（『源氏物語』・須磨）

須磨に退去するに当たって、源氏は藤壺の宮、桐壺帝の御陵に暇乞いをした後、王命婦を介して春宮にも暇乞いの消息を伝えたところである。「桜の散り透きたる枝」を添えて春宮に贈った源氏の歌、「いつかまた春の都の花を見む時失へる山がつにして（いつになったならば私はもう一度春の都の花を見るであろうか、時勢に入れられず落ちぶれて山里に住む賤しい身分になって）」の「春の都」は「春の宮」を、「桜の散り透きたる枝」は光源氏自身の凋落を暗示する表現であって、そこには「いつになったら私はもう一度都に戻って春宮の花やかな御世を見るであろうか」という心情がこめられている。それは、幼い春宮には十分理解されないけれども、命婦には十分理解される。しかも、源氏と藤壷の宮との悲しい契りを仲立ちした命婦にとっては、お二方の別れの悲しみ、春宮に対する源氏の思いも当然理解されることである。命婦の歌、「咲きてとく散るは憂けれど行く春は花の都を立ち帰り見よ（咲いてすぐに散るということはつらいことですが、春は去ってもまた花の都に帰って来て見てくださいますように）」の「行く春」が都を去って行く源氏を、さらに「花の都を立ち帰り見る」が「昔の栄華のときに戻る」ということをそれぞれ暗示しているということは、当事者である源氏にも当然理解されるところである。

このように、比喩・暗示などのような、その場の事情に疎い人にはなかなか理解できない微妙な表現であっても、話し手・聞き手共に同じ事態を背景とする場面においては、話し手も聞き手も同じ認識を持っているので、お互い十分理解することができるのである。

(5)

この中納言は、かやうにえさりがたきことの折々ばかり歩きたまひて、いといにしへのやうに交じろひたまふことはなかりけるに、入道殿の土御門殿にて御遊びあるに、(道長)「かやうのことに権中納言のなきこそなほさうざうしけれ。」とのたまはせて、わざと御消息聞こえさせたまふほど、杯あまたたびになりて、人々乱れたまひて、紐おしやりて侍はるるに、この中納言参りたまへれば、うるはしくなりて、居直りなどせられければ、殿、「とく御紐解かせたまへ。こと破れはべりぬべし。」と仰せられければ、(隆家は)かしこまりて逗留したまふを、公信卿後ろより、「解きたてまつらむ。」とて寄りたまふに、中納言御気色悪しくなりて、「隆家は不運なることこそあれ、そこたちにかやうにせらるべき身にもあらず。」と、荒らかにのたまふに、人々御気色変はりたまへる中にも、今の民部卿殿はうはぐみて、人々の御顔をとかく見たまひつつ、「事出できなんず。いみじきわざかな」と思したり。入道殿うち笑はせたまひて、「今日はかやうのたはぶれごと侍らでありなん。道長解きたてまつらん。」とて、寄らせたまひて、はらはらと解きたてまつらせたまふに、(隆家)「これらこそあるべきことよ。」とて、御気色直りたまひて、さし置かれつる杯取りたまひて、あまたたび召し、常よりも乱れあそばせたまひける様などあらまほしくおはしけり。殿もいみじうぞもてはやしきこえさせたまひける。

（『大鏡』・第四巻）

道長が土御門の自邸において多くの公卿たちを招いて酒宴を催した際、権中納言隆家を招待したところである。隆家は、花山院に矢を射掛けるという事件を起こして、出雲権守に左遷され、後、許されて帰京し、権中納言に再任されたけれども、その後は、止むを得ない用事にだけ出かけることはあっても、以前のようにはあまり世間とは交わらなかった。公卿たちは皆酩酊し、装束の紐を解いてくつろいでいたところに、隆家が参会してきたので、花山院の事件に関与したにもかかわらず、道長が隆家に対しては、いろいろな場面において好意を持っていた面があるということを、一座の人々は既に承知しているので、隆家を粗略に扱うことはできないと思って居住まいを正したりしてかしこまった。道長は、酒宴の楽しい雰囲気を慮って、隆家に対して、「とく御紐解かせたまへ。こと破れはべりぬべし（折角の酒宴の興も冷めてしまいますから、隆家殿も早くお召し物の紐を解いておくつろぎなさい）」と、隆家にくつろいでほしいと言う。ところが、隆家のほうでは道長に対して負い目があるので、なかなかくつろいだ気分にはなれず、装束の紐を解くことを躊躇する。そこに当時近衛少将であった公信卿が、「私がお解きしましょう」と言って近寄ってきたので、隆家は機嫌が悪くなって、「隆家は不運なることこそあれ、そこたちにかやうにせらるべき身にもあらず（この隆家は不運な境遇にあるのは止むを得ないことであるが、そなたのような身分の低い者にこのようなことをされるいわれはない）」と荒々しく言う。道長さえ一目置いている隆家に対して、隆家より身分の低い公信がこのようなでしゃばった行為に出たことを見て、隆家が以前から、「世の中のさがな者（世間からは手に負えない乱暴な者）」、「いみじう魂おはす（大変気骨がある）」とも言われていた人であるということを知っていた一座の者はみな一様に、今の民部卿が、「事出できなんず。いみじきわざかな（何か大変なことが起こるかもしれない。とんでもないことになった）」と恐れたように、「御気色変はりたまへる」のは当然なことである。道長もその場の異様な雰囲気をとっさに察知して、隆家に対して、「今日はかやうのたはぶれごと侍らでありなん。道長解きたてまつらん（今日はそのようなご冗談はなしに願いましょう。道長がお解きしましょう）」と言って、その場をとりなした。隆家も道長のとりなしに機嫌が直って、「常よりも乱れあそばせたまひける（いつもより羽目をはずして酒宴を楽しんだ）」というのである。このように、同じ土御門邸の遊宴に参加した人々は、遊宴の目的、道長が隆家を招待した意図、隆家の性格、公信の行為の意図など遊宴の場の雰囲気を言わず語らずのうちに共通に認識しているはずである。特に道長にあっては、そのような状況を的確に認識していたからこそ適切な行動をとることができたのである。その道長の行為に対しても、その場の人々は十分に理解できたはずであり、隆家自身も、一座の雰囲気特に道長の自分に対する処遇を十分に納得したからこそ機嫌も直って、いつもより羽目をはずして楽しんだのである。

このように、ここも、同一場面を共有している人たちにとっては、遊宴の目的、その場の背景、その場の雰囲気など、みな共通に認識されているので、お互いの言動の意図するところも十分に理解し合えるのである。

Ⅱ　同一の主題・話題によって情報を伝える発想様式

話し手・聞き手双方に共通に認識されている主題・話題であるならば、どんなに暗示的な情報であっても、抽象的な情報であっても、暗黙のうちにお互い情報内容を理解できる場合が多い。

(1)　「十八年正月、白雪多に降りて、地に積むこと数寸なり。時に、左大臣橘卿、大納言藤原豊成朝臣と諸王臣等とを率て、太上天皇の御在所に参入りて、掃雪に仕へたてまつりき。ここに詔を降して、大臣参議と諸王とは、大殿の上に侍はしめ、諸卿大夫は南の細殿に侍はしめたまひて、酒を賜ひて肆宴したまふ。勅りたまはく、『汝諸王卿等、聊かにこの雪を賦して各々その歌を奏せ』とのりたまふ」とある詔に応えて次のような歌が披露される。

降る雪の白髪までに大君に仕へまつれば貴くもあるか　左大臣橘宿禰
天の下すでに覆ひて降る雪の光を見れば貴くもあるか　紀朝臣清人
山の峡其処とも見えず一昨日も昨日も今日も雪の降れれば　紀朝臣男梶
新しき年のはじめに豊の年しるすとならし雪の降れるは　葛井連諸会
大宮の内にも外にも光るまで降れる白雪見れど飽かぬかも　大伴宿禰家持

（「万葉集」・巻第十七）

詞書にあるように、太上天皇からの席題は「雪」、所は太上天皇の御前、時は正月であるからには、当然それぞれ歌の主題も規制されることになる。いずれも「降る雪」が共通の題目となり、主題も天皇賛美と豊年の予祝ということになる。すなわち、典型的な主題・話題の共有された場における発想様式である。

(2)

沖より、舟どもの謡ひののしりて漕ぎ行くなども聞こゆ。ほのかにただ「小さき鳥の浮かべる」と見やらるるも心細げなるに、雁の連ねて啼く声楫の音にまがへるを（源氏が）うちながめたまひて、涙のこぼるるをかき払ひたまへる御手つき、黒き御数珠に映えたまへるは、故郷の女恋しき人々の心みな慰めにけり。

初雁は恋しき人の連なれや旅の空飛ぶ声の悲しき

とのたまへば、良清、

かき連ね昔のことぞ思ほゆる雁はその世の友ならねども

民部大輔

心から常世を捨てて啼く雁を雲のよそにも思ひけるかな

前の右近の丞

「常世出でて旅の空なるかりがねも連に後れぬほどぞ慰む

友まどはしてばいかにはべらまし。」と言ふ。

（『源氏物語』・須磨）

前の右近の丞の歌に集中的に用いられている「常世」「旅の空」「かりがね」「連」を共通の素材として、源氏を始め、須磨に退去している源氏と終始起居を共にしている供の人々の共通に抱いている懐郷の思いを詠んだ歌を並べることによって、源氏を始め供人たちの須磨流謫のわびしさ、やがて都に帰ることを願う心情がより印象的に描写されるという発想様式である。

(3)

春鶯囀舞ふ程に、昔の花の宴のほど思し出でて、院の帝も、「またさばかりの事見てむや。」とのたまはするにつけて、その世の事あはれに思し続けらる。舞果つる程に、大臣、院に御かはらけ参りたまふ。

（源氏）鶯の囀る声は昔にてむつれし花の陰ぞ変はれる

院の上、

（朱雀院）九重を霞隔つる住処にも春と告げ来る鶯の声

帥の宮と聞こえし、今は兵部卿にて、今の上に御かはらけ参りたまふ。

（兵部卿）いにしへを吹き伝へたる笛竹に囀る鳥の音さへ変はらぬ

あざやかに奏しなしたまへる用意ことにめでたし。（帥の宮よりかはらけを）とらせたまひて、

（冷泉帝）鶯の昔を恋ひて囀るは木伝ふ花の色やあせたる

とのたまはする御有様こよなくゆゑゆゑしくおはします　（「源氏物語」・乙女）

二月の二十日過ぎに、冷泉帝が朱雀院に行幸になり、花の宴が催され、庭上では「春鶯囀」の舞が舞われる。その「春鶯囀」の舞に触発されて、源氏は「鶯の囀る声」、朱雀院は「春と告げ来る鶯の声」、兵部卿は「囀る鳥の声」、冷泉帝は「鶯の昔を恋ひて囀る」と、それぞれ表現は違うが、みな一様に「春鶯囀」を同一の素材として歌を詠んでいる。往時の華やかな花の宴を体験している源氏と朱雀院は、それぞれ「むつれし花の陰ぞ変はれる（花の陰で一緒に慣れ親しんだ昔と今はすっかり御世が変わってしまった）」、「九重を霞隔つる住処（内裏から霞で遠く離れているこの仙洞の住処）」と、現在の境遇を寂しく感ずる二人の心情は同じである。素材を同じくしているのと同時に、主題もまた共有している。そのような二人の心情を受けて、兵部卿は、「囀る鳥の音さへ変はらぬ（春鶯囀の舞の曲までも昔と変わらずに華やかに響く。昔と同じく当代も華やかでめでたいことです）」と、その場のしんみりした雰囲気を盛り上げようとする。冷泉帝も、「鶯の昔を恋ひて囀るは木伝ふ花の色やあせたる（鶯

が木から木へ渡り飛びながら昔の華やかな御世を恋い慕って囀っているのは、木の花の色が昔より色あせてしまっているからでしょうか)」と、今の世が昔と比べて華やかさが薄れていると詠むことによって、暗に朱雀帝の御世の栄華を称えているのである。四人それぞれの視点は違っていても、いずれも往時の華やかさを賛嘆するという主題を読むという点においては、共通しているのである。

このように、それぞれの心情を忖度しながら、話題も主題も共有することによって、それぞれの心のつながり、絆を深めていくのである。

(4)

この乳母、(姉の)墓所見て、泣く泣く帰りたりし、

(a)(作者)昇りけむ野辺は煙もなかりけむいづこをはかと尋ねてか見し

これを聞きて継母なりし人、

(b)そこはかと知りて行かねど先に立つ涙ぞ道のしるべなりける

「かばねたづぬる宮」おこせたりし人、

(c)住み慣れぬ野辺の笹原あとはかもなくなくいかに尋ねわびけむ

これを見て、せうとは、その夜送りに行きたりしかば、

(d)見しままに燃えし煙はつきにしをいかが尋ねし野辺の笹原

(「更級日記」)

作者の姉が死に、作者・継母・兄および亡き姉が求めていた「かばねたづぬる宮」という物語を贈ってきた人など、姉にゆかりの人たちが哀悼の和歌を詠んだところである。いずれも、姉の死および姉の墓を共通の素材として詠んでいる。作者の歌(a)の「野辺」が(c)(d)の「野辺の笹原」に、(a)の「昇りけむ(野辺は)煙もなかりけむ」が(d)の「燃えし煙はつきにし」に、(a)の「いづこをはかと」が(b)の「そこはかと」、(c)の「あとはか

も」に、(a)の「尋ねてか見し」が(b)の「道のしるべなり」、(c)の「いかに尋ねわびけむ」、(d)の「いかが尋ねし」にそれぞれ受け継がれている。ひとつの素材がいろいろな形をとって展開していくことによって、作者の歌に込められた姉への哀悼の思いという主題が共有されていくのである。

このように、同一の素材を共有することによって、同一の主題を構築していくという発想様式なのである。

(5)

東山の麓鹿の谷といふ所は、後ろは三井寺に続いてゆゆしき城郭にてぞありける。俊寛僧都の山荘あり。かれに常は寄り合ひ寄り合ひ、平家滅さむずる謀をぞ廻らしける。あるとき法皇も御幸なる。故少納言入道信西が子息、浄憲法印御供仕る。その夜の酒宴に、この由を浄憲法印に仰せ合はせられければ、(浄憲)「あなあさまし。人あまた承りさうらひぬ。ただ今漏れ聞こえて、天下の大事に及びさうらひなむず。」と、大きに騒ぎ申しければ、新大納言気色変はりてさっと立たれけるが、御前に候ひける瓶子を狩衣の袖にかけて引き倒うされたりけるを、法皇、「あれはいかに。」と仰せければ、大納言立ち帰りて、「平氏倒れさうらひぬ。」とぞ申されける。法皇悦ぼに入らせおはして、「者ども参って猿楽つかまつれ。」と仰せければ、平判官康頼参りて、「ああ、あまりに平氏の多うさうらふに、もて酔ひてさうらふ。」と申す。俊寛僧都、「さてそれをばいかが仕らむずる。」と申されければ、西光法師、「頸を取るにはしかず。」とて、瓶子の首を取ってぞ入りにける。浄憲法印あまりのあさましさに、つやつや物も申されず。返す返すも恐ろしかりしことどもなり。

（『平家物語』・巻第一・鹿谷）

鹿谷の俊寛の山荘において、度々平家討伐を目的とした謀議を重ねてきたある会合の日に、後白河法皇も浄憲法印をお供に参加した場面である。そこに参会している人々は、当然その謀議の目的を共通に理解しているはずである。後白河法皇がお供の浄憲法印にその策略を相談したところ、浄憲法印が、「あなあさまし。人あまた承りさうらひぬ。ただ今漏れ聞こえて、天下の大事に及びさうらひなむず（いやはやあきれ返ったことよ。大勢の人が聞いております。すぐにも平家方に漏れ聞こえて、それこそ天下の一大事にもなりましょうものを）」と申し上げたので、新大納言は不機嫌になって、さっと立ち上がった拍子に、法皇の前にあった瓶子《へいし》を袖に引っ掛けて倒してしまった。それを見て法皇が、「あれはいかに（これはなんとしたことか）」と驚かれたので、新大納言はそれに気がついて、「瓶子」と「平氏」とを掛けて、「平氏倒はれさうらひぬ（平氏が倒れました）」と、いかにもこの会合の目的に合致したしゃれを言ったので、法皇は我等が謀議も成就することだと喜んで、一同のものに猿楽をせよと仰せになる。その場の成り行きを見ていた人々はみな同じ思いであったろう。平判官康頼も、「ああ、あまりに平氏の多うさうらふに、もて酔ひてさうらふ（ああ、あまりに平氏が多いので酩酊してしまいました）」と、「瓶子」と「平氏」とを掛けて、あまりにも平氏が権勢を振るい過ぎているので、我々はすっかりのけ者にされてしまったと暗に非難する。それに対して俊寛が、「さてそれをばいかが仕らむずる（それでは、その平氏をどう処置いたそうか）」と言うと、西光法印が、「頸を取るにはしかず（頸を取るのが最高の処置よ）」と言って、瓶子の首を取ってしまった。法皇・新大納言・康頼・俊寛いずれも、平氏打倒の企らみという意思で一致しているので、瓶子と平氏とを掛けたしゃれを理解できたのである。浄憲法印にしても平氏打倒には賛成こそしてはいないけれども、同じ目的の会合に参加しているのであるから、同席の方々の発話・行為が何を意味しているかも十分に理解できているのである。

ここも、話し手、聞き手いずれも、場面・話題を共有しているので、それに拠ることによって、何の説明をせずとも、それぞれの言動の意図するところを相手に的確に伝えることができるという発想様式になっているのである。

第四章　情報の受信

話し手から何らかの情報が伝達されてきた場合には、聞き手は普通それに対して何らかの反応を示すはずである。その反応の示し方には、言語的手段による反応と行動による反応とがある。話し手から伝達されてきた情報に対して、聞き手が言語的手段によって反応することを特に「返信」と呼ぶことにする。いずれの反応をとるにしても、今まで聞き手であった人物が今度は話し手となって情報を発信する立場に転換することになる。このような状況になったときに、「対話」とか「会話」とかが成立する。したがって、対話・会話は、原則として双方向性の伝達となる。

第一節　話し手の情報に対して何らかの返信を意図する発想様式

何らかの意図を持って返信する場合には、聞き手が話し手の意図するところを肯定的にとらえて返信する場合、逆に否定的に返信する場合、肯定も否定もせず何らの返信もしない場合など、いろいろな発想様式が見られる。

（秋好中宮は）例の、いと若うおほどかなる御けはひにて、「九重の隔て深うはべりし年頃よりも、（源氏との対面の）おぼつかなさのまさるやうに思ひたまへらるる有様を。いと思ひのほかにむつかしうて、(a)皆人の背き行く世を（私も）いとはしう思ひなることも侍りながら、（あなた様に）その心のうちを聞こえさせ、承らねば、何事もまづ（あなた様を）頼もしき蔭には聞こえさせならひて、（私は）いぶせくはべり。」と聞こえたまふ。（源氏）「げに公ざまにて、（あなた様の）限りある折節の御里居も、（私は）いとよう待ちつけきこえさせしを。今は、何事につけてかは、御心に任せさせたまふ御うつろひも侍らむ。(b)定めなき世と言ひながらも、（あなた様のごとく）さしていとはしきことなき人の、（この世を）さはやかに背き離るるもありがたう、心安かるべきほどにつけてだに、おのづから思ひかかづらふほだしのみ侍るを。（出家を）などか。その人まねにきほう御道心は、かへりてひがひがしう、推し量りきこえさする人もこそ侍れ。（出家は）かけても、いとあるまじき御事になん。」と聞こえたまふを、（秋好中宮は）(c)「（私の気持ちを）深うも汲みはかりたまはぬなめりかし」と、（源氏を）つらう思ひきこえたまふ。(d)故御息所の御身の苦しうなりたまふらむ有様、（地獄の）いかなる煙の中に惑ひたまふらむ。亡きかげにても、人に疎まれたてまつりたまふ御名告りなどの出で来けること、かの院にはいみじう隠したまひけるを、おのづから人の口さがなくて、（秋好中宮が）伝へ聞こし召しける後、いと悲しういみじくて、なべての世の厭はしく思しなりて、仮にても、（物の怪の）かののたまひけん有様の詳しう聞かまほしきを、（秋好中宮は）まほにはえうち出で聞こえたまはで、ただ、「亡き人の御有様の、罪軽からぬさまに、ほの聞くことの侍りしを。さるしるしあらはならでも、推し量りつべきことにはべりけれど、（私は）後れしほどのあはればかりを忘れぬことにて、（母君の）物のあなた思うたまへやらざりけるがものはかなさを。(e)『いかで、よう言ひ聞かせん人の勧めをも聞きはべりて、身づからだに、かの焔をも冷ましはべりにしがな』と、やうやう積もるになむ思ひ知らるることもありける。」など、かすめつつぞのたまふ。

（「源氏物語」・鈴虫）

秋好中宮を訪れた源氏が、柏木には先立たれ、朝顔、朧月夜、女三の宮も出家してしまった現在、余命も少なくなった心細さに、自分も出家したいと語る。それに対して、中宮も、(a)「皆人の背き行く世をいとはしう思ひなることも侍り（朝顔齋院など皆様が出家して捨て行くこの世を私も捨てたくなることがございます）」と、出家したい旨を言い出す。ところが、今度はそれに対して、源氏が、(b)「定めなき世と言ひながらも、さしていとはしきことなき人の、さわやかに背き離るるもありがたう、心安かるべきほどにつけてだに、おのづから思ひかかづらふほだしのみ侍るを。などか。その人まねにきほふ御道心は、かへりてひがひがしう、推し量りきこえさする人もこそ侍れ。かけても、いとあるまじき御事になん（無常なこの世とは申せ、あなたのようにこれといってこの世を厭う理由もない人が、さっぱりとこの世を背き離れるのはありえないことでして、何の未練もなく気軽に出家できる身分の者でさえいつしか振り切ることのできない係累ばかりができますからね。どうしてそんなことをお考えなさるのですか。人のまねをして負けずに出家しようというお気持ちでは、かえってひねくれた変なお心がけと推量する者もあっては困りますよ。決して出家しようなどと考えてはなりません）」と、これと言って理由も思い当たらないのに出家したいなどと言うのは、世をすねているだけだと諭す。中宮が、(c)「深うも汲みはかりたまはぬなめりかし（自分の気持ちを深くはお汲み取りくださってはいないように見えることよ）」と嘆いているように、源氏は中宮の出家の本意が理解できないでいる。御息所が物の怪となって、源氏や源氏に関わった女性たちを苦しめたということを源氏は内密にしているが、そのことを噂に漏れ聞いている中宮は、このように自分の出家の本意が源氏に理解されていないことを嘆きながらも、(d)「故御息所の御身の苦しうなりたまふらむ有様、いかなる煙の中に惑ひたまふらむ（今は亡き母があの世でご自身お苦しみなさっているご様子、どんな地獄の業火の中で迷っていらっしゃるのだろうか）」との思いから、(e)「『いかで、よう言ひ聞かせん人の勧めをも聞きはべりて、身づからだに、かの焔をも冷ましはべりにしがな』と、やうやう積もるになむ思ひ知らるることもありける（仏の道を上手に説いてくださるようなお坊様のお勧めをお聞きして、せめて私だけでも、何とかしてお母様を焔の苦しみからお救い申し上げたいと、年をとるにつれて心底から考えるようになったのです）」と、出家の本意をそれとなく源氏に訴えるのである。

このように、相手の真意を十分に理解することはなかなか難しい。特に、自分の本心をはっきりと言い出すことが遠慮されるような発話であっては、相当鋭敏な感受性を持った人でもその発話に込められた思惑をなかなか理解できないことが多い。それだけに、理解できないまま、あるいは相互に誤解・曲解してお互い黙止するか、聞き手の一方的な認識のままに反論するかなどいろいろな返信の発想様式をとることになる。

Ⅰ　話し手の真意が理解できずに話し手からの情報を黙止・無視する発想様式

話し手の意図が理解できず、または何らかの事情によって、聞き手が話し手に対して何の受け答えもしない場合がある。

(1)　この男の家には、前栽好みて造りければ、おもしろき菊などいとあまたぞ植ゑたりける。間をうかがひて、月のいとあかきに女ども集まり来て、前栽どもなど見て、花の中にいと高きにぞつけて言ひける。

(女) 行きがてにむべしも人はすだきけり花は花なる宿にぞありける

とてぞみな帰りける。さりければ、この男、「もし来て取りもやする」とて、花の中に立ててぞ、

(男) わが宿の花は植ゑしに心あれば守る人なみ人となすにて

とぞ書きて立てりける。(男は)「取りにや来る」とうかがはせけれど、たゆみたるにぞ(女たちが菊の花を)取りてける。口惜しく知らせで止みにけり。

(「平中物語」・一九)

平中が前栽に植えていた菊を女たちが愛でて、「行きがてにむべしも人はすだきけり花は花なる宿にぞあり

ける（通り過ぎることができず人が集まってくるのは当然なことです。こちらの花こそが花というにふさわしい、このお屋敷なのですね）」という歌を残して帰って行った。そこで、平中は、再び女たちが来るかもしれないと思って、立て札に、「わが宿の花は植ゑしに心あれば守る人なみ人となすにて（わが宿の花は、当初から人の心を持った花であるという特別な思いを込めて植えたので、ことさら番人も置かなかったのです。この花を愛でる人はこの花にふさわしいお方だと思います）」という歌を書いて立てて置いた。この歌は、「この花を愛でる人は黙って取って行かずに、私に挨拶をしていくであろうから、その方とこれからお付き合いがしたい」という平中の意図を暗示したものである。ところが、油断していた隙に、女たちが来て菊を取って行ってしまった。女たちには平中の真意がわからなかったのである。ここには、平中という人物の色好み振りが描かれているのであるが、最後の作者の解説として、「口惜しく知らせで止みにけり（残念なことに、男の歌に込められた真意を知ってもらえずに、そのまま終わってしまった）」とあるように、この歌の真意が理解されないのでは、平中の色好み振りも空振りということになる。

このように、ここは、折角相手からの情報を得ても、その真意が理解できずに、無視してしまうという発想様式である。

(2)

少将の君の母北の方、「二条殿に人据ゑたりと聞くはまことか。さらば、中納言には、など『よかなり』とはのたまふか。」少将、「御消息聞こえてと思うたまへしかど、人も住みたまはぬ中に、ただしばしと思うたまへてなん。問はせたまへる中納言は、中にも、さ言ふと聞きはべりしかば。男、一人にてやははべる。うち語らひてはべれかし。」と笑ひたまへば、北の方、(a)「いであなにく。人あまた持たるは嘆き負ふなり。身も苦しげなり。なものしたまひそ。その据ゑたまひつらんに思しつかば、さて止みたまひね。今とぶらひきこえん。」とて、後はをかしき物奉りたまひて、聞こえ交はしたまふ。（北の方）「この人よげにものしたまふめり。御文書き、手つきいとをかしかめり。誰が女ぞ。これにて定まりたまひね。女子持たれば、人の思さんこともいとほしう心苦しうなんおぼゆる。」と、少将に申したまへば、（少将は）微笑みたまひて、(b)「これもよも忘れはべらじ。又もゆかしうはべり。」と申したまへば、（北の方）(c)「いかでか。けしからず。さらに思ひきこゆまじき御心なめり。」と笑ひたまふ。（北の方は）御心なんいとよく、かたちも美しうおはしましける。

（「落窪物語」・巻之二）

少将が、中納言の北の方の手から落窪の姫君を救出して、二条邸に住まわせる。さらに、少将は、中納言の北の方に復讐しようとして、中納言の四の君と結婚してもよいと承諾しておいて、実は自分の身代わりとして兵衛少輔という愚か者を中納言の四の君と結婚させようとしている。そんな企らみがあるとは少しも知らない少将の母は、少将が二条邸に女（落窪の姫君）を住まわせていながら、四の君との結婚まで承諾していることに対して、(a)「人あまた持たるは嘆き負ふなり。身も苦しげなり。なものしたまひそ。その据ゑたまひつらんに思しつかば、さて止みたまひね（妻を沢山持つのはその人たちの嘆きを一身に負うことになるのですよ。自分自身も苦しむようですよ。妻を何人も持つようなことはおよしなさいよ。二条邸に住まわせている方を愛していらっしゃるならば、四の君との結婚をお止めなさい）」と、少将を説得する。少将には、復讐の魂胆があるので、(b)「これもよも忘れはべらじ。又もゆかしうはべり（この女君のことも決して忘れません。それでも他に女が欲しいのです）」と心にもないことを言う。少将の魂胆が理解できない母君は、(c)「いかでか。けしからず。さらに思ひきこゆまじき御心なめり（どうしてそんなことを言うのでしょう。けしからんことです。本当に女をまじめにお慕い申し上げることができそうもないお考えのようですね）」と、根は優しい母なので、笑いながらも少将をたしなめる。少将の企らみと、何事も善意にとらえて、相手を疑うということも知らない心根の優しい母君の思惑との齟齬を描写することによって、作者は、男女はお互い一人の相手を愛すべきであるという理想の結婚観をそれとなく主張しようともしている。

このように、聞き手の性格、物の見方、価値観のありようによっては、話し手からの情報に込められた意図・真意を理解できないという場合も生ずるのである。

(3)　(柏木が) 小侍従がり、例の、文やりたまふ。(柏木)「一日、風に誘はれて、御垣の原を分け入りてはべりしに、(女三の宮は) いとどいかに見おとしたまひけん。その夕べより、乱り心地かきくらし、あやなく、今日はながめ暮らしはべり」など書きて、

よそに見て折らぬなげきは繁れども名残恋しき花の夕影

とあれど、(小侍従が)「一日」の心も知らねば、ただ、「世の常のながめにこそは」と思ふ。お前に人繁からぬ程なれば、(小侍従は) この文を持て参りて、「この人の (宮様を) かくのみ忘れぬものに、言問ひものしたまふこそわづらはしくはべれ。心苦しげなる有様も、『見たまへ余る心もや添ひはべらん』と、(私は) 身づからの心ながら、知りがたくなん。」と、うち笑ひて聞こゆれば、(女三の宮)「いとうたてあることをも言ふかな。」と、何心もなげにのたまひて、(小侍従が) 文広げたるを御覧ず。(女三の宮は)「見もせぬ」と言ひたるところを、あさましかりし御簾のつまを思し合はせらるるに、御面赤みて、……

(「源氏物語」・若菜上)

女三の宮を偶然垣間見た柏木は、女三の宮を忘れることができず悶々の日々を送っていたが、あるとき女三の宮の乳母子である小侍従に手紙を出す。柏木の消息の、「一日、風に誘はれて、御垣の原を分け入りてはべりしに、いとどいかに見おとしたまひけん。その夕べより、乱り心地かきくらし、あやなく、今日はながめ暮らしはべり (先日春風に誘われて、六条院に参りました折に、女三の宮様は私をご覧になって、どんなにか以前にもまして私を軽蔑なさったことでしょうか。その晩から、気分が悪くなって、わけもなく今日はぼんやりと物思いの一日を過ごしました)」の「あやなく、今日はながめ暮らしはべり」は、「見ずもあらず見もせぬ人の恋しくはあやなく今日やながめ暮

らさむ（見ないというわけでもなく、さればといって見もしない人がこんなにも恋しく、むやみに今日は物思いに沈んで一日暮らすことになるだろうか、つらいことだなあ）」（「古今集」・四七六）に拠った文言であるということがわかれば、柏木の消息には、柏木が女三の宮の姿を見初めたために、女三の宮を強く思慕することになったという思いが暗示されているということがわかるはずである。さらに、柏木は、「よそに見て折らぬなげきは繁れども名残恋しき花の夕影（よそながら見るだけで、折りもしないなげ木はますます繁るけれども、あの夕方の美しい桜の花が忘れられず、いつまでも恋しい思いでおります）」によって、女三の宮に対する思慕の情を訴えようとしているのである。ところが、小侍従は、引き歌となっている「古今集」の歌も思い浮かばず、「一日の心も知らねば（柏木の消息の中の『一日』ということばが、先日偶然のことで柏木が女三の宮を見てしまったという事情を意味したものであるということを知らないので）」柏木からの消息が単なるありきたりの懸想文としか理解できず、「柏木様が女三の宮様を忘れずお手紙を寄越すなんてうるさいことです。お気の毒なご様子を見かねて私は手引きなどするかもしれません」などと冗談を言って笑うのである。それに対して、さすが女三の宮は、柏木の消息の、「あやなく、今日はながめ暮らしはべり」という文言が、引き歌となっている古今集の歌の、「見もせぬ人の恋しく」を暗示しているということに気がつき、「あさましかりし御簾のつまを思し合はせらるるに（軽率にも御簾の端から柏木に見られたことに気づいて）」顔を赤らめるのである。しかし、ただそれだけのことで、おっとりした性格の女三の宮には、それ以上柏木の思いの深さなどには思い至らない。

このように、他からの情報を受信する場合、小侍従が、古歌に対する教養もなく、これまでの事態の推移に対する認識もないまま、柏木の真意を全然理解できなかったり、あるいは女三の宮がある程度理解はできても、そのおっとりした性格から、それ以上の深い意味までは理解できなかったりというように、話し手の真意を的確に理解できない場合がある。

(4)

夜いたう更けて、門をいたうおどろおどろしう敲けば、何の用に、心もなう遠からぬ門を高く敲くらんと聞きて、問はすれば、滝口なりけり。「左衛門の尉の。」とて文を持て来たり。みな寝たるに、火取り寄せさせて見れば、「明日、御読経の結願にて、宰相の中将、御物忌みに籠りたまへり。(宰相の中将に)『いもうとのあり所申せ、申せ』と責めらるるに、ずちなし。さらにえ隠しまうすまじ。さなんとや聞かせたてまつるべき。いかに。仰せに従はん。」と言ひたる、返り事は書かで、布を一寸ばかり紙に包みてやりつ。さて後(左衛門の尉が)来て、「一夜は(宰相の中将に)責め立てられて、すずろなる所々になん率てありきたてまつりし。まめやかにさいなむに、いとからし。さて、などともかくも御返りはなくて、すずろなる布の端をば包みて賜へりしぞ。あやしの包み物や。人のもとにさる物包みて送るやうやはある。とり違へたるか。」と言ふ。いささか心も得ざりけると見るがにくければ、物も言はで、硯にある紙の端に、

かづきする海人の住処をそことだにゆめ言ふなとやめを食はせけん

と書きて、差し出でたれば、(左衛門の尉は)「歌詠ませたまへるか。さらに見はべらじ。」とて、扇返して逃げて往ぬ。

(「枕草子」・第八四段)

作者が里に退出したことをごく一部の人しか知らず、宰相の中将斉信も知らなかった。左衛門の尉則光が作者の里に訪ねてきて、「たまたま宰相の中将の所に行って、物語などをしたときに、宰相の中将に清少納言の居場所をしつこく尋ねられ、苦し紛れに、台盤の上にあった海藻をむしゃむしゃ食べてごまかした」という話をした。その後数日経った夜、則光から、「宰相の中将に清少納言の在り処を強く尋ねられるので、なんと答えたらよいか」と、作者の意向を聞くために滝口の武士を使者として寄越した。そこで、作者は、返事は書かずに、海藻を一寸ばかり切って、使者に持たせてやった。その後、また則光がやってきて、「などともかくも御返りはなくて、すずろなる布の端をば包みて賜へりしぞ。あやしの包み物や。人のもとにさる物包みて送る

やうやはある。とり違へたるか（どうして、なんともご返事はなくて、とんでもない若布の切れ端などを包んでくださいましたのですか。あれは変な包み物ですね。人の所にあんな物を包んで送るなんてことがあるものですか。あれは取り違えたものなのですか）」と抗議する。作者が海藻の切れ端を則光に届けさせた真意は、以前、則光が海藻をむしゃむしゃ食べて作者の居場所を白状しなかったように、今回も同じように作者の居場所を秘密にして欲しいというなぞなのであった。ところが、則光の方では、そのような作者のなぞが解けなかった。そこで、作者は、「かづきする海人の住処をそことだにゆめ言ふなとやめを食はせけん（海に潜る海人のように、姿を隠している私の住処をどこそこと決して言わないでほしいという合図のつもりで海藻の端を送ったのでしょうよ。それなのに、それがおわかりにならないなんて残念なことです）」という歌をもって説明した。「めを食はす」に「布を食はす（若布を食わせる）」と「目をくはす（目くばせする、合図する）」とを掛けたのである。しかし、歌を詠むのが不得手な則光は、その歌も見ずに逃げ帰ってしまったというのである。

このように、歌や何らかの行為によって自分の真意をほのめかしたりすることが教養ある人たちの間では盛んに行われたのであるが、受け取る方にそれ相当の教養がなければその真意も理解することができず黙止するほかはないということになる。そこにいろいろな誤解や失敗のもたらす悲喜劇も生ずることになるのである。

ところが、話し手からの情報の真意を理解しながらも、あえて理解できない振りをするというようなこともまま見られる。

(5)　昔、なま心ある女ありけり。男近うありけり。女、歌詠む人なりければ、心見むとて、菊の花のうつろへるを折りて、男のもとへやる。

紅ににほふはいづら白雪の枝もとををに降るかとも見ゆ

男、知らず詠みに詠みける。

紅ににほふが上の白菊は折りける人の袖かとも見ゆ

（『伊勢物語』・第一八段）

風流ぶった色好みの女が、色あせた菊の花に添えて、「紅ににほふはいづら白雪の枝もとををに降るかとも見ゆ（白菊は衰えると紅色に見えるといいますが、その紅色に見えるのはどこなのでしょうか。白雪が枝も撓むばかりに降り積もっているように見えますが、その紅色はどこにも見えませんね）」という歌を寄越す。そこには、「あなたは色好みと聞いておりますが、それらしいところが一向に見えませんね」という、男を誘う意図が込められている。それに対して、男は、「知らず詠みに（女が誘いをかけてきたとわかっておりながらも、その魂胆がわからない振りをして）」、「紅ににほふが上の白菊は折りける人の袖かとも見ゆ（紅の美しい色の上に白く見える白菊は、折り取って寄越したあなたの袖の襲の色かとも見えます）」と、折って寄越した菊の花のことだけを詠んで返したのである。相手の風流ぶった色好みの真意がわからないような振りをして、生真面目な応答をすることによって、相手の色好み振りをやんわりとかわすという発想様式をとったのである。

このように、相手の真意を理解できないような振りをして、やんわりと相手の意図を無視するというのもひとつの優れた色好み振りなのである。

Ⅱ　話し手の情報に対して容認・曲解・歪曲・反論する発想様式

尊敬する相手に自分の意志を伝える場合には、相手を敬い賞賛する意志が働くので、聞き手は、話し手の意図するところを素直に容認し、あまり反論するような言辞は避けることになる。しかし、ごく親しい間柄とか、逆にお互い反目しあっている場合などでは、当然思っているところをざっくばらんに表明することもある。その場合に、聞き手が話し手の意図するところを受容しながらも、あえてそれを歪曲したり、論点をそらしたりして反論するという発想様式をとることもある。そのような様式を「そらしの様式」と呼ぶこともできる。あるいは、最初から話し手の意図するところを誤解・曲解して反論するという発想様式も見られる。

(1)　夜深き月の、明らかにさし出でて、山の端近き心地するに、念誦いとあはれにしたまひて、(八の宮が薫と)昔物語したまふ。(八の宮)「(a)このごろの世はいかがなりにたらむ。宮中などにて、かやうなる秋の月に、御前の御遊びの折に、(人々の)侍ひあひたる中に、物の上手とおぼしき限り、とりどりに打ち合はせたる拍子ことごとしきよりも、よしありとおぼえある女御・更衣の御局々の、おのがじしはいどましく思ひ、うはべの情けをかはすべかめるに、夜深き程の人の気しめりぬるに、心やましくかい調べ、ほのかにほころび出でたる物の音など聞き所あるが多かりしかな。(b)なにごとにも、女は、もてあそびのつまにしつべく、ものはかなきものから、人の心を動かすくさはひになむあるべき。(c)されば、罪の深きにやあらむ。子の道の闇を思ひやるにも、男は、いとしも親の心を乱さずやあらむ。女は、限りありて、言ふかひなき方に思ひ捨つべきにも、なほいと心苦しかるべき。」など、(姫君のことを)大方のことにつけてのたまへる、(八の宮が)いかがさ思さざらむ。心苦しく思ひやらるる(八の宮の)御心のうちなり。(薫)「すべて、まことにしか思ひたまへ捨てたる気にやはべらむ、みづからのことにては、いかにもいかにも深う思ひ知る方の侍らぬを。(d)げに、はかなきことなれど、声に愛づる心こそそむきがたきことにはべりけれ。さかしう聖だつ迦葉も、さればや、起ちて舞ひはべりけむ。」など聞こえて、(以前に)あかず一声聞きし(大君の)御琴の音をせちにゆかしがりたまへば、(八の宮は)「(薫に)うとうとしからぬはじめにも」とや思すらむ、御自らあなたに入りたまひて、(姫たちを)せちにそのかしきこえたまふ。

(「源氏物語」・椎本)

深夜の月が明るく西の山に近づくころ、八の宮が薫と昔語りをしているところである。八の宮は死期を予感して山寺に参籠しようとするが、後に残す姫君たちの将来のことが心配である。薫の発話の(d)「げに、はかなきことなれど」は、八の宮の(b)「女は、もてあそびのつまにしつべく、ものはかなきものから」を承けたことばである。「げに」という応答詞はある事態を受けて、それを確認したり、納得したり、あるいは賛同したりする気持ちの表現として用いられる。ここで、八の宮が「ものはかなきものから」といったのは、「女は」という提示語があるから、当然「女」を「ものはかなきもの」と評価しているのである。ところが、薫の「はかなき」は、(d)「げに、はかなきことなれど、声に愛づる心こそそむきがたきことにはべりけれ（おっしゃる通り、つまらないことではありますが、音曲を楽しむ心だけは捨てることができません）」という発話から見て、音曲について「はかなき」と評価しているととらえるべきである。そうすると、薫は、「げに、はかなきことなれど」という表現によって、表面上は八の宮の「ものはかなきものから」という発話を受け止めてはいるけれども、その意味する内容については、八の宮の意味する内容を取り違えているということになる。しかし、まさか、そんな勘違いをする薫でもなかろう。

八の宮の発話は、三つの部分に分かれる。第一段(a)においては、宮中の思い出を語り、その中で、後宮の女性の帝に召されぬ妃を取り上げて、「夜深き程の人の気しめりぬるに、心やましくかい調べ、ほのかにほころび出でたる物の音など聞き所あるが多かりしかな（夜が更けて辺りが静まり返ったころに、人の心に訴えかけてくるような調子でかき鳴らし、ほのかに漏れ聞こえてくる楽の音など聞き所のあるのが多かったものでしたよ）」と語っている。それを受けて、第二段(b)においては、「なにごとにも、女は、もてあそびのつまにしつべく、ものはかなきものから、人の心を動かすくさはひになむあるべき（何事にも女はもてあそびの相手にするのに都合よいが、ことあるときには確りしたところがないものですから、何とも人の気をもませる種になるはずのものです）」と、女の性《さが》を語り、さらに第三段(c)においては、表面上は、「子の道の闇を思ひやるにも、男は、いとしも親の心を乱さずやあらむ。女は、限りありて、言ふかひなき方に思ひ捨つべきにも、なほいと心苦しかるべき（子を思うゆえにいろいろ迷う親の心を考えてみるにつけても、男の子はそれほど親の心を乱すことはないでしょう。それに比して、女の子は、心配するのにも限りがあるので、何を言ってもしょうがないとあきらめてしまうような場合でも、親としてはやはり気苦労が絶えないものです）」と、「大方のことにつけてのたまへる（女性一般の傾向としておっしゃっている）」が、内実は、わが娘の将来を心配する八の宮の心情をそれとなく婉曲に語っているのである。薫は、八の宮のわが娘の将来を心配する心情を理解し、それを少しでも和らげるために、「（女は）ものはかなきもの」という八の宮の発話を「げにはかなきことなれど」と賛意を表しながらも、八の宮の第二段から第三段に展開する発話の流れを逆に第一段に戻して、話題を女の性から音楽のほうに転換させようとしている。ここは、「あなたのおっしゃるとおり、『ものはかなき』ものであるけれども、それゆえにこそ、女の『ほのかにほころび出でたる物の音など聞き所あるが多かりしかな』ということになるのです。私も女の情趣溢れる楽の音を聞きたいものです」と、八の宮の意図するところをそらしておいて、暗に姫宮たちの琴の音を聞きたいと所望しているのである。八の宮もそのような薫の意図を察知して、奥に入って行って、姫宮たちに琴を弾くことを勧める。

このように、話し手の意図するところを、表面上はそのまま容認しながらも、論点をそらして、聞き手側の意図する情報を返すという発想様式も見られるのである。話し手が意図した情報が、そのまま聞き手に伝わり、それに対して聞き手が話し手の意図のままに忠実に返信しなければならないという固定的なものであるならば、このような「そらし」の様式はありえない。そういう点において、話し手からの情報にどう返信するかということは、あくまでも聞き手が話し手からの情報をどうとらえるかという受信のあり方に任せられているということになる。

(2)

（帥の宮から式部に手紙を）賜はせ初めては、また、

(a)うち出でてもありにしものをなかなかに苦しきまでも嘆く今日かな

とのたまはせたり。もとも心深からぬ人にて、慣らはぬつれづれのわりなくおぼゆるに、はかなきことも目とどまりて、御返し、

(b)今日の間の心にかへて思ひやれながめつつのみ過ぐす心を

かくて、（帥の宮が）しばしばのたまはする、（宮への）御返りも時々聞こえさす。つれづれも少し慰む心地して過ぐす。又御文あり。ことばなど少し細やかにて、

(c)「語らはば慰むこともありやせん言ふかひなくは思はざらなん

あはれなる御物語聞こえさせに、暮にはいかが」とのたまはせたれば、

(d)「慰むと聞けば語らまほしけれど身の憂きことぞ言ふかひもなき

生ひたる蘆にて、かひなくや」と聞こえつ。

（『和泉式部日記』）

(a)「うち出でてもありにしものをなかなかに苦しきまでも嘆く今日かな（私の本心を打ち明けないでおけばよかったのに、かえって口に出したばかりに、苦しいまでに嘆き悲しむ今日でありますよ）」と詠んだ帥の宮の式部への恋の思いを受け入れながらも、式部は、(b)「今日の間の心にかへて思ひやれながめつつのみ過ぐす心を（あなた様は「嘆く今日」とおっしゃいますが、その今日一日のお心に比べてみてください。物思いに沈むばかりの毎日を過ごしている私の心の苦しみを）」という歌を返す。「宮様が私を思って嘆いてくださるのはありがたいことですが、今日一日だけの嘆きではなく、亡き為尊親王を追憶して毎日物思いに沈みながら過ごしている私の心をも思いやってください」と、やわらかく反駁している。手紙のやり取りが始まったばかりの高貴な相手に対して、最初から、直截反論することは憚られる。したがって、一応相手の意思を尊重しながらも、こちらの思いを返すという様式をとっ

た方が、相手に対する思いやりの心情が伝わるということになるであろう。

また、後半の贈答における式部の歌(d)の「慰む」と「言ふかひもなき」とは、宮の歌(c)の「慰む」と「言ふかひなく」とをそのまま承けた表現である。さらに、歌の後の、「生ひたる蘆にて、かひなくや」には「何事も言はれざりけり身の憂きは生ひたる蘆の音のみ泣かれて（何事も口に出して言うことはできない。わが身の情けなさにはただ声をあげて泣いてしまうだけで）」（「古今和歌六帖」・一六八九）の古歌が折り込まれている。宮が、（c）「語らはば慰むこともありやせん言ふかひなくは思はざらなん（お逢いしてあなたとお話すれば、お心の慰むこともございましょう。私を話し相手にもならぬつまらぬ者と思わないで欲しい）」と詠み、さらに、「しんみりとお話し合いがしたいので、今日の夕方にお伺いしてもよろしいでしょうか」と言って寄越したことに対して、式部は、（d）「慰むと聞けば語らまほしけれ（心がまぎれるとお聞きしますと親しくお話をお伺いしたい気持ちになります）」と、一旦は宮の誘いを受け入れながら、一転して、本歌の「生ひたる蘆」の部分のみを引用することによって、「何事も言はれざりけり身の憂きは（生ひたる蘆の）音のみ泣かれて」という表現に拠りながら、「身の憂きことぞ言ふかひもなき（情けないわが身にはお話し相手としての甲斐もなく、どうしようもございません）」と詠んで、亡き兄君に死別したつらい境遇にある私は、お逢いしても声に出して泣くばかりの女ですので、あなた様のお話相手としておいでくださってもどうしようもありませんと、宮の誘いをやんわりと拒絶しているのである。

ここも、話し手の意図するところを一旦は受け入れながらも、その上で、話し手の意図するところを拒絶するという発想様式をとっているのである。

(3)　五月ばかり、月もなういと暗きに、「女房やさぶらひたまふ。」と、声々して言へば、（中宮）「出でて見よ。例ならず言ふは誰ぞとよ。」と仰せらるれば、（作者）「こは誰そ。いとおどろおどろしうきはやかなるは。」

と言ふ。物は言はで、御簾をもたげてそよろと差し入るる、呉竹なりけり。（作者）「おい、この君にこそ。」と言ひわたるを聞きて、（殿上人たち）「いざいざ、これまづ殿上に行きて語らむ。」とて、式部卿の宮の源中将、六位どもなど、ありけるは往ぬ。頭の弁はとどまりたまへり。（頭の弁）「あやしくても往ぬる者どもかな。御前の竹を折りて、歌詠まむとてしつるを、『同じくは職に参りて、女房など呼び出できこえて』と、もて来つるに、呉竹の名をいととく言はれて往ぬるこそいとほしけれ。（あなたは）誰が教へを聞きて、人のなべて知るべうもあらぬことをば言ふぞ。」などのたまへば、（作者）「竹の名とも知らぬものを。なめしとや思しつらん。」と言へば、（頭の弁）「まことに、そは知らじを。」などのたまふ。　（『枕草子』・第一三七段）

作者の発話の「この君」というのは竹の異名で、中国の晋の騎兵参軍王子猷が竹を植えて「この君」と称したという故事（『晋書』・王徽之伝）に拠る。五月ごろの月もない暗い夜、中宮の傍に作者たち女房がお仕えしているところに殿上人たちがやって来て、作者にどなたですかと問われて、呉竹の枝を簾の中に差し入れたので、作者が中国の故事に拠って、「おい、この君にこそ（ここにおいでになったのは、誰かと思ったら、『この君』だったのですね）」と、即妙に答えたのである。頭の弁は、作者が中国の故事に拠って、呉竹のことを「この君」と言ったということは十分承知しながらも、あえて、「人のなべて知るべうもあらぬことをば言ふぞ（人が普通知りそうもないことを言うのですか）」と問いかける。それに対して作者は、「竹の名とも知らぬものを。なめしとや思しつらん（『この君』が竹の名とも知らずに言ったまでです。皆様方は無礼だとお思いになったのでしょうか）」と、呉竹のことを「この君」と言うことなどとは知らずに言ったのですと、わざと卑下して応答する。それに対して、頭の弁がさらに、「まことに、そは知らじを（本当にそんなことは知らないでしょうね）」と、作者が謙遜してうそをついていることを承知しながらも、その発話をいかにも信じたように応答している。頭の弁（藤原行成）と作者は、もともとごく親密な間柄であったらしい。そのようなお互い気の許しあえる者同士の対話であれば、お互い相手の気持ちを思いやりながら受け答えをするという様式がとられるのである。また、そのようなお互いの睦まじい心の通い合いに、慎ましやかな上流貴族たちの心根も知られる。

ここは、それぞれ話し手の意図するところを認め合いながらも、それぞれの心のうちを忖度して、あえて反論などしないという発想様式をとっているのである。

ところが、最初から話し手の意図するところを全然理解できずに、反論・非難するということも起こりうる。

(4) 少将、(a)「見てこそ定むべかなれ。そらにはいかでかは。まめやかにはなほたばかれ。」と、「世にふとは忘れじ。」とのたまへば、帯刀、(b)「ふとぞあぢきなき文字なる。」と申せば、君うち笑ひたまひて、(c)「長くと言はんとしつるを、言ひ違ひぬるぞや。」などうち笑ひたまひて、「これを。」とて、御文賜へば、……

（「落窪物語」・巻之一）

右近少将は、落窪の姫君に興味をおぼえ、帯刀に、「姫君と逢わせて欲しい」と頼む。帯刀が少将を訪れてきたときにも、少将はそのことを再び催促する。少将が、(a)「まめやかにはなほたばかれ。世にふとは忘れじ（まじめにやはり計らってくれ。決していつまでも忘れることはあるまい）」と命じた発話の「ふと」は、少将自身、(c)「長くと言はんとしつるを」と弁解しているように、「世に経とは忘れじ（時が過ぎても忘れまい）」という意図で言うつもりだったのに間違ってしまったと、あえて自己の誤りとして弁明しているのである。ところが、帯刀は、(b)「ふとぞあぢきなき文字なる（「たやすく」などとはおもしろくない言い方だと言いますよ）」と不満を漏らしているように、「ふと」を「たやすく、簡単に、ちょっと」ということばとして受け取って、「少将様は、何かあれば姫君を簡単に忘れるのですね」と非難する。帯刀は、少将の意図するところを曲解して反論しているのである。この場は笑って済ませたところであったが、一言の言い違いあるいは取り違いが時によると相当難しい問題に発展する場合もあろう。

(5)

従者などにせんやうに、着たりける水干のあやしげなりけるが、綻び絶えたるを、切懸の上より投げ越して、高やかに、(佐多)「これが綻び縫ひておこせよ。」と言ひければ、(女が)程もなく投げ返したりければ、(佐多)「物縫はせごとさすと聞くが、げにとく縫ひておこせたる女人かな。」と、荒らかなる声して褒めて、取りて見るに、綻びは縫はで、陸奥国紙の文をその綻びのもとに結び付けて投げ返したるなりけり。あやしと思ひて、広げて見れば、かく書きたり。

われが身は竹の林にあらねどもさたが衣を脱ぎかくるかな

と書きたるを見て、あはれなりと思ひ知らんことこそかなしからめ、見るままに、大に腹を立てて、(佐多)「目つぶれたる女人かな。綻び縫ひにやりたれば、綻びの絶えたる所をば見だにえ見つけずして、『さたの』とこそ言ふべきに、かけまくもかしこき守殿だにも、またこそここらの年月頃、まだしか召さね。なぞ、わ女め、『さたが』と言ふべきことか。この女人に物ならはさむ。」と言ひて、世に浅ましき所をさへ、なにせん、かせんと罵りのろひければ、女房は物も覚えずして泣きけり。(佐多は)腹立ち散らして、郡司をさへ罵りて、「いで、これ申してことにあはせむ。」と言ひければ、郡司も、「よしなき人をあはれみ置きて、その徳には、果ては勘当蒙るにこそあなれ。」と言ひければ、かたがた、女、恐ろしう侘しく思ひけり。

(「宇治拾遺物語」・九二・播磨守為家の侍さたの事)

播磨守為家の身内に、主人も同僚も「佐多」と呼び習わしている侍がいた。まじめに奉公していたので、郡司の下で税の取立てなどの仕事を担当していた。この郡司のところに、都から流れてきた美しい女が縫い物などをして使われていたのを、佐多は手に入れようとして、全く懇意にしていたわけではないのに、図々しくも自分の着ていた粗末な水干の縫い目の切れたのを切懸塀の上から投げかけて、「この綻びを縫え」と命令する。ところが、すぐに女は水干を投げ返す。その綻びの所に、「われが身は竹の林にあらねどもさたが衣を脱ぎかくるかな（私の身は竹の林ではないのに、さたが衣を脱ぎかけたことよ）」という歌が結び付けてあった。女は、薩陲太子（釈迦）が飢えた虎を救うために、竹林に衣を脱ぎかけて、身を捨てたという故事に拠って、「薩陲太子が脱ぎかけたのならば当然でしょうが、佐多が水干を投げかけて寄越すのは不本意です」となじったのに対して、佐多はそのような釈迦の故事を知らずに、この歌の「さたが」ということばをとらえて、「佐多の」と言わずに「佐多が」と言ったのはけしからんと腹を立てて、その女をひどく罵ったというのである。「が」という格助詞は他人を軽んじ侮るときに用いられ、「の」は敬意を込めた格助詞であるので、佐多は、女の意図したことが理解できないばかりに、女が「佐多が」と言って、自分を軽蔑したものと曲解したというのである。

このように、古歌・故事などに対する教養がないため、相手の意図を理解できずに、むしろ曲解して、相手を非難するという場合も往々にして見られるのである。

第二節　何らかの情報を受けて新しい行動を起こす発想様式

人間は、何らかの情報を得た場合には、それを契機として新しく行動を起こすものである。当初からそのような行動を起こす心積もりがあって、そこにしかるべき情報が入ってきて、その心積もりを実際の行動に起こすということもあり、時には、最初から何の心積もりもなくて、偶然新しい情報を得て、それに触発されて新しい行動を起こすこともある。

(a)またある時、天皇遊び出でまして、美和河に到りまししとき、河の辺に衣洗へる童女ありき。その容姿いと麗しかりき。天皇その童女に問ひたまひしく、「汝は誰が子ぞ。」と問ひたまへば、答へてまをしく、「己が名は引田部の赤猪子といふぞ。」とまをしき。ここにのらしめたまひしく、（天皇）「汝は夫にあはざれ。今召してむ。」とのらしめたまひて、宮に還りましき。かれ、その赤猪子、天皇の命を仰ぎ待ちて既に八十歳を経き。(b)ここに赤猪子思ひけらく、「命を仰ぎし間に、既に多き年を経て、姿体痩せ萎みて、さらに恃むところなし。然れども待ちし情を顕さずては、いぶせきに忍びず」と思ひて、百取の机代物を持たしめて、参出て奉りき。然るに天皇、既に先にのりたまひしことを忘らして、その赤猪子に問ひてのりたまひしく、「汝は誰しの老女ぞ。なにしかも参来つる。」とのりたまひき。ここに赤猪子答へてまをししく、「その年のその月、天皇の命を被りて、大命を仰ぎ待ちて、今日に至るまで八十歳を経き。今は容姿既に老いて、さらに恃むところなし。然れども、己が志を顕しまをさんとして参出しにこそ。」とまをしき。ここに天皇、いたくおどろきて、「吾は既に先のことを忘れつ。然るに、汝は志を守り命を待ちて、徒に盛りの年を過ぐしし、これいとかなし。」とのりたまひて、心のうちに婚ひせむと思ほししに、その極めて老いしを憚りて、婚ひをえなしたまはずて、御歌を賜ひき。その歌に言ひしく、「御諸のいつ樫がもと樫がもとゆゆしきかも樫原童女」と言ひき。（中略）ここに数多の禄をその老女に賜ひて返し遣はしたまひき。

（『古事記』・下巻）

(a)は、赤猪子という美女が、雄略天皇から、「汝は夫にあはざれ。今召してむ（お前は夫を持つな。そのうち、お前を宮中に召し出そうから）」と命じられたので、その天皇の命令を信じて、八十年もの間結婚もせずに天皇のお召しを待ったというのである。そのような天皇の命がなければ彼女はしかるべき男性と結婚したはずであろう。偶然、天皇からの情報を受けて赤猪子が新しい行動をとったということになる。(b)は、(a)の事態があってから八十年経った後、赤猪子はこのまま朽ち果てるのに耐え切れずに、何とかしてこれまで待った自分の気持ちを天皇に伝えようとして、宮中に参上する。ところが、天皇は赤猪子との約束をすっかり忘れ果ててしまっていた。しかし、天皇は、赤猪子が、「大命を仰ぎ待ちて、今日に至るまで八十歳を経き。今は容姿既に老いて、さらに恃むところなし。然れども、己が志を顕しまをさんとして参出しにこそ（お召しのおことばをお待ちして八十年がたってしまいました。今は容姿もすっかり衰えて、お召しにあずかるという望みも全くなくなりました。しかし、これまで天皇のおことばを信じて待っていた私の操のほどをお打ち明けもうしあげようとして参上したのでございます）」と申し上げたことにひどく感動して、内心では結婚しようと思ったけれども、お互いあまりに老い衰えているのでそうもならず、「御諸のいつ橿がもと橿がもとゆゆしきかも橿原童女（三輪山の神聖な橿の木の下、その神聖な橿の木の下に近寄るのが忌み憚られるように、あまりに年老いているので結婚することが憚られる。橿原童女よ）」という歌を詠んで、赤猪子にたくさんの褒美の品を与えて帰した。天皇が、赤猪子の操に感動して結婚しようとまで思ったというのである。

「古今集」仮名序に、「力をも入れずして天地を動かし、目に見えぬ鬼神をもあはれと思はせ、男女の仲をも和らげ、猛き武士の心をも慰むるは歌なり」とあるように、古典の世界では、一首の歌が人を感動させ、今までとは違った新しい行動を起こさせるという物語が多く見られる。特に、女の真情に触発されて男が女との愛を取り戻すという物語が多く見られる。

I　新しい情報に触発されて今までとは違った行動をとる発想様式

新しい情報を受信した場合には、その情報に適応した行動をとるのが普通である。特に、その情報が聞き手にとって衝撃をもたらすような場合には、なおさら聞き手は、単なる言語的返信にとどまらず、新しい行動を起こすこともある。

(1)　昔、男ありけり。宮仕へ忙しく、心もまめならざりけるほどの家刀自、まめに思はむといふ人につきて、人の国へ往にけり。この男、宇佐の使にて行きけるに、(元の妻が)ある国の祇承の官人の妻にてなむあると聞きて、「女主にかはらけ取らせよ。さらずは飲まじ。」と言ひければ、(元の妻は)かはらけ取りて出したりけるに、(男が)肴なりける橘をとりて、

　五月待つ花橘の香をかげば昔の人の袖の香ぞする

と言ひけるにぞ思ひ出でて、尼になりて山に入りてぞありける。

(「伊勢物語」・第六〇段)

男が官職に忙殺されて、妻をほったらかしにしていたので、その妻はある地方官の妻となって田舎に行ってしまった。あるとき偶然、元の妻に逢って、男が、「五月待つ花橘の香をかげば昔の人の袖の香ぞする(五月を待って咲く橘の花の香をかぐと、昔慣れ親しんだ人の袖にたきしめていた薫物の香が懐かしく思い出されます)」という、元の妻を懐かしく思う歌を詠んだ。その歌に触発されて、元の妻は、男と別れて別な男の妻となった自分の軽薄な行為を恥ずかしく思って、出家してしまったというのである。

偶然新しい情報を得て、それに触発されて、今までとは違った行動を起こすという展開をとることによって、男女の愛の悲しさを描こうとした発想様式なのである。

(2)　大井に季縄の少将住みけるころ、帝ののたまひける。「花おもしろくなりなば、必ず御覧ぜん。」とありけるを思し忘れて、おはしまさざりけり。されば、少将、

　散りぬれば悔しきものを大井川岸の山吹今日盛りなり

とありければ、(帝は)いたうあはれがりたまうて、急ぎおはしましてなむ御覧じける。

(「大和物語」・第一〇〇段)

帝が「大井川の岸の山吹の花が見ごろになったならば必ず見に行こう」と約束していたのにもかかわらず、山吹の花が見ごろになってもおいでがなかったので、季縄の少将が、「散りぬれば悔しきものを大井川岸の山吹今日盛りなり（散ってしまっては残念でございましょう。大井川の岸の山吹は、今日が盛りでございます。早くおいでになってください）」という歌を差し上げたので、帝はその歌に触発されて、急いで季縄の少将の所においでになって、山吹の花をご覧になったというのである。

ここも、新しい情報を得て、それに触発されて新しい行動を起こしたという展開を語ることによって、優雅な世界を描こうとした発想様式なのである。

(3)

かくて、まことに、この男、「もの去なむ」と思ひたる気色を見て、親明け暮れ呼びすゑて、「人の世のはかなきを知る知る、遥かに去なむと言ふは親を厭ふか。なほ、この正月の官を召しをだに待て。」と、せちにのたまふ。（男は）思ひ煩ひて長らふるに、その司召しにもかからずなりにけるに、深く、「世の中憂きこと」と思ひ憂じ果てて、帝の御母后のおもと人、この知れる人の中に言ひやる。

なりはてむ身をまつ山のほととぎす今は限りと鳴き隠れなむ

とありけるを、おもと人らあはれがりて、「かくなむ申したる。」と啓しければ、父、はたその后の甥にて、「罪咎もなきにかくてさぶらはせたまへば、人の国にも隠れ、山林にも入りぬべし。」と、せちに奏したまへば、（帝）「宮仕へせず空めきたりとて、懲らさむとてとたるぞ。今は懲りぬらむ。」とて、その司召しの直物に、元の官よりは今少しまさりたるをぞ賜ひける。

（『平中物語』・第一段）

一人の女を争って破れた男が、女を手に入れた男のことを帝にいろいろ中傷誹謗し、はたまた女を手に入れた男も役所勤めをつらがって遊山などばかりして、衛府の役人でありながら勤めにも出て来ない。そこで、帝は出仕しない男を懲らしめるために、その男の役職を取り上げてしまった。そこで、その男は世をはかなんで出家しようとしたが、その男を溺愛していた父母が許さなかった。仕方なく男は東国に行きたいと願ったが、父母は、「人の世のはかなきを知る知る、遥かに去なむと言ふは親を厭ふか。なほ、この正月の官を召しをだに待て（いつ死ぬかわからないこの世のはかなさを知りながら、遠くへ行こうと言うのは親を厭うのか。このまませめて正月の司召を待ってくれ）」と言って引き止める。ところが、正月の司召にも役職に就けなかったので、男は、血縁にあたる帝の母后の女房に、「なりはてむ身をまつ山のほととぎす今は限りと鳴き隠れなむ（この後どのようになるのか、それを待っていた私は、この度の司召にも漏れてしまって、今はもうこれが最後だとばかりに鳴いて姿を隠すほととぎすのように、声を立てて泣きながら身を隠してしまうつもりです）」という歌を贈る。女房は気の毒に思って、これまでの事態の推移を后に申し上げたところ、この男の父も后の甥という縁故もあって、后が帝に、「罪咎もなきにかくてさぶらはせたまへば、人の国にも隠れ、山林にも入りぬべし（何の罪咎もないのに役職をお取り上げになったままで据え置かれたものですから、あの男は、田舎に隠れ住み、出家してしまうでしょう。どうか新しい官職を与えてやってください）」と熱心に陳情したので、帝も、その男に同情して、「宮仕へせず空めきたりとて、懲らさむとてとたるぞ。今は懲りぬらむ（宮仕えもせずいい加減なことばかりする男だと言うから、懲らしめようと思って官職を取り上げたのである。もう思い知ったことであろう）」と言って、司召の直物に、前の役職よりも上位の役職に任命したというのである。この男の不遇をかこつ一連の言動に心を動かされた帝が今までとってきた行為を改めたという物語である。

(4)　女君、人なき折にて、琴いとをかしうなつかしう弾き臥したまへり。帯刀をかしと聞きて、「かかるわざしたまひけるは。」と言へば、（阿漕）「さかし。故上の、（落窪の君が）六歳におはせし時より教へたてまつりたまへるぞ。」と言ふほどに、少将いと忍びておはしにけり。（少将が）人を入れたまひて、「聞こゆべきことありてなん。立ち出でたまへ。」と言はすれば、帯刀心得て、「（少将が）おはしにける」と思ひて、心あわただしくて、「ただ今対面す。」とて、出でて去ぬれば、阿漕（落窪の君の）御前に参りぬ。（『落窪物語』・巻之一）

雨の夜、落窪の君の侍女阿漕とその夫帯刀とが、こんな雨の降っている中を少将は訪ねて来ることはあるまいと予想して共寝しているところに、少将が落窪の君に逢うために忍んで来る。少将が供の者を遣わして、「聞こゆべきことありてなん。立ち出でたまへ（お話したいことがありますので、ちょっと出て来てください）」と言わせたので、帯刀は、少将が姫君に逢いにいらっしゃったと合点して、気ぜわしく、「ただ今対面す（すぐお会いします）」と言って出て行く。阿漕の方でも、事情を察知して姫君の御前に参上する。

このように、話し手の発話を聞いて、いち早くその欲する意図を察知して、新しい行動を起こすという、古代人の感応性の豊かな応答を描写する発想様式である。

(5)

やうやう日暮れ、月さし出でて、塩の満ちけるが、そこはかとなき藻屑どもの揺られ寄りけるなかに、卒都婆の形の見えけるを、（僧が）何となう取って見ければ、「沖の小島に我あり」と書き流せる言の葉なり。文字をば彫り入れ刻み付けたりければ、波にも洗はれず、あざあざとしてぞ見えたりける。「あな不思議」とて、これを取りて、笈の肩にさし、都へ上り、康頼が老婆の尼公妻子どもが一条の北紫野といふ所に忍びつつ住みけるに、見せたりければ、「さらば、この卒都婆が唐土の方へも揺られ行かで、何しにこれまで伝ひ来て、今更物を思はすらん。」とぞ悲しみける。遥かの叡聞に及びて、法皇これを御覧じて、「あな無慚や。されば今までこの者どもは命の生きてあるにこそ。」とて、御涙を流させたまふぞ忝き。小松のおとどのもとへ送らせたまひたりければ、これを父の入道相国に見せたてまつりたまふ。柿本人麻呂は嶋がくれ行く船を思ひ、山部の赤人は葦辺のたづを眺めたまふ。住吉の明神はかたそぎの思ひをなし、三輪の明神は杉立てる門をさす。昔、素盞烏尊、三十一字のやまとうたをはじめおきたまひしよりこの方、もろもろの神明仏陀も、かの詠吟をもって百千万端の思ひを述べたまふ。入道も石木ならねば、さすがあはれげにぞのたまひける。

（「平家物語」・巻第二・卒都婆流し）

平家討伐の密議の罪によって鬼界が島に流された康頼が、千本の卒都婆を作り、都恋しい思いを込めた二首の歌を刻んで海に流した。そのうちの、「薩摩潟沖の小島に我ありと親には告げよ八重の潮風（薩摩潟の鬼界が島に我は生きているということをどうか親に告げてください。海上を吹く潮風よ）」という歌を刻んだ卒都婆が、厳島神宮の渚に打ち上げられた。それを拾い上げた僧の手を経て、康頼の母・妻子から、さらに後白河法皇、平重盛がご覧になり、最後には清盛もそれを手にして、さすがあれほど康頼たちを憎んでいた清盛入道でさえも、「石木ならねば、さすがあはれげにぞのたまひける（岩や木のように非情ではないから、やはりかわいそうだと同情のことばを発せられた）」というのである。

ある人から発せられた真心のこもった情報が、それを受けとった人を揺り動かすという展開をとることによって、人間の真心の持つ力を賞賛するという発想様式なのである。

Ⅱ　男女がそれぞれ相手の真情に触発されて愛を確かめるという発想様式

話し手あるいは自分の置かれている場面から何らかの情報を受け取った聞き手が、その情報の働きによって、今までとは違った行動をとる場合が多いなかでも、特に、男の多情な行為にもかかわらず、男を信頼して悲しみをじっとこらえている女の真情に触れた男が、女への愛を取り戻すという、人間の真実の愛を描こうとする発想様式の物語が多く見られる。

(1)　さて、年頃経るほどに、女、親なく頼りなくなるままに、もろともにいふかひなくてあらんやはとて、（男に）河内の国高安の郡に行き通ふ所出で来にけり。さりけれど、この元の女、悪しと思へる気色もなくて、（男を）出だしやりければ、男、（女に）異心ありてかかるにやあらむと思ひ疑ひて、前栽の中に隠れ居て、河内へ去ぬる顔にて見れば、この女、いとよう化粧じて、うちながめて、

風吹けば沖つ白浪たつた山夜半にや君が独り越ゆらん

と詠みけるを聞きて、限りなくかなしと思ひて、河内へも行かずなりにけり。

（『伊勢物語』・第二三段）

既に妻がありながら、より裕福な河内の女の所に通っていた男が、元の妻が、「悪しと思へる気色もなくて、出だし」やるばかりではなく、「風吹けば沖つ白浪たつた山夜半にや君が独り越ゆらん（あなたは今頃は独りで龍田山の夜中の暗い山道を越えていることでしょう。どうか無事に山越えができますように）」と歌うのを聞いて、夫のつれない仕打ちにもじっと耐え忍び、夫の身をひたすら案ずる元の妻の真情に感動して、その後は河内の女の所に行かなくなったというのである。女の誠意が男を動かしたわけである。

このように、わずか一首の歌によって男の愛を取り戻すという展開をとることによっ女の真の愛情の強さを印象的に描こうとした発想様式なのである。

(2)　大和の国に男女ありけり。年月限りなく思ひて住みけるを、いかがしけむ、女を得てけり。なほもあらず、この家に率て来て、壁を隔てて住みて、わが方にはさらにより来ず。（元の妻は）いと憂しと思へど、さらに言ひも妬まず。秋の夜の長きに、目を覚まして聞けば、鹿なむ鳴きける。物も言はで聞きけり。壁を隔

てたる男、「聞きたまふや、西こそ。」と言ひければ、(元の妻)「何事。」といらへければ、(男)「この鹿の鳴くは聞きたうぶや。」と言ひければ、(元の妻)「さ聞きはべり。」といらへけり。男、「さて、それをばいかが聞きたまふ。」と言ひければ、女ふといらへけり。

我もしかなきてぞ人に恋ひられし今こそよそに声をのみ聞け

と詠みたりければ、限りなく愛でて、この今の女をば送りて、元のごとなむ住みわたりける。

(『大和物語』・第一五八段)

長い年月妻とともに仲睦まじく暮らしてきた男が、別な女を家に引き入れて、今までの妻と壁を隔てて住まわせ、元の妻の所には全く寄り付かない。それでも、元の妻は、「いと憂しと思へど、さらに言ひも妬まず(ほんとうにつらく思うのであるが、決して口に出して夫を恨むようなことはなかった)」。秋の夜長のころ、鹿が鳴くのを聞いて、男が隣の部屋の元の妻に、「それをばいかが聞きたまふ(あの鹿の声をどのようなお気持ちでお聞きになっておられますか)」と尋ねたのに対して、妻は、「我もしかなきてぞ人に恋ひられし今こそよそに声をのみ聞け(以前には、この鹿が鳴いているように、私もあなたに泣いて恋い慕われたものでした。今でこそよそながらあなたのお声だけを聞いているほかありませんけれども)」と詠んだ。女は、今までも決して夫に対して、あからさまに恨み言を言うこともなかったが、今夜も、男への恨み言など一言も言わずに、夫に顧みられなくなった悲しみの気持ちだけを訴える。それを聞いて、男は限りなく元の妻をいとしく思って、新しい女を送り返して、元のごとく仲睦まじく暮らし続けたというのである。

ここも、男の不実な行為に対する悲しみをじっとこらえて、誠の愛を貫こうとする女の切実な思いの籠った一首の歌によって、男が女の真情に感動して女に対する愛を取り戻すということを描くことによって、真実の愛のあり方を語った発想様式なのである。

(3)

ある君達に忍びて通ふ人やありけむ、いとうつくしき児さへ出で来にければ、(男は)あはれとは思ひきこえながら、厳しき片つ方やありけむ、絶え間がちにてあるほどに、(児が)思ひも忘れず、いみじう慕ふがうつくしう、(男が)時々はある所に渡しなどするをも、(児は)「今。」なども言はでありしを、(男が)程経て立ち寄りたりしかば、(児が)いとさびしげにて、めづらしくや思ひけむ、(男が児を)かき撫でつつ見ゐたりしを、え立ちとまらぬことありて出づるを、慣らひにければ、(児が)例の、いたう慕ふがあはれにおぼえて、(男は)しばし立ち止りて、「さらばいざよ。」とて、(児を)かき抱きて出でけるを、(女は)いと心苦しげに見送りて、前なる火取を手まさぐりにして、

子だにかくあくがれ出でば薫物のひとりやいとど思ひこがれむ

と忍びやかに言ふを、(男は)屏風の後にて聞きて、いみじうあはれにおぼえければ、児も返して、そのままになむ(女の家に)居られにし。

(「堤中納言物語」・このついで)

中宮の前で、宰相の中将がある人から聞いた話として語った挿話である。ある男が身分のある家の姫君の所に通っているうちに、子供が生まれたけれども、男の本妻がやかましかったらしく、男は思い通りに女の所に通うことができない。その子供は父をたいへん慕っていたので、男は時々自分の家に連れて行くこともあった。あるとき子供がひどく男を慕うので、例によって男は子供を連れて行こうとしたときに、女が大層せつなそうに男を見送って、前にある火取の香炉を手まさぐりにしながら、「子だにかくあくがれ出でば薫物のひとりやいとど思ひこがれむ(子供までがこのようにあなたの後を慕ってこの家から出て行ってしまったならば、薫物の火取というその名の通り、私は独りで今まで以上にあなたを恋しく思い焦がれるでありましょう)」と詠んだ。それを聞いた男は、女の悲しい心情に心打たれて、その夜はそのまま女の家に泊まったというのである。

ここも、女の真情を詠んだ一首の歌が男の気持ちを変えたという展開をとることによって、哀切な女の心情、

それに対する夫としての愛情という夫婦愛の美しさをより印象的に描写しようとした発想様式なのである。

(4)

この女は、いまだ夜中ならぬ先に往き着きぬ。見ればいと小さき家なり。この童、「いかにかかる所にはおはしまさむずる。」と言ひて、いと心苦しと見居たり。女は、「はや馬率て参りね。（夫が）待ちたまふらむ。」と言へば、（童）「何処にか止まらせたまひぬると（ご主人様が）仰せさぶらはば、いかが申さむずる。」と言へば、（女は）泣く泣く、「かやうに申せ。」とて、

いづこにか送りはせしと人問はば心は往かぬ涙川まで

と言ふを聞きて、童も泣く泣く馬にうち乗りて、程もなく（主人の所に）来着きぬ。男、うちおどろきて見れば、月もやうやう山の端近くなりにたり。（男は）「あやしく遅く帰るものかな。遠き所へ往きけるにこそ」と思ふも、いとあはれなれば、

住み慣れし宿を見捨てて行く月の影におほせて恋ふるわざかな

と言ふにぞ、童帰りたる。（男）「いとあやし。など遅くは帰りつるぞ。いづくなりつる所ぞ。」と問へば、（童が）ありつる歌を語るに、男もいと悲しくてうち泣かれぬ。（女が）ここにて泣かざりつるは、つれなしをつくりけるにこそと、あはれなれば、（男は）「往きて迎へ返してむ」と思ひて、童に言ふやう、「さまでゆゆしき所へ往くらむとこそ思はざりつれ。いとさる所にては身もいたづらになりなむ。なほ迎へ返してむとこそ思へ。」と言へば、（童）「道すがら小止みなくなむ泣かせたまへる。」と「あたら御さまを。」と言へば、男「明けぬ先に」とて、この童供にていととく往き着きぬ。

（「堤中納言物語」・はいずみ）

ある男が、新しい女ができて、その女をわが家に引き取るということになったので、長年連れ添っていた女は、昔使っていた召使の縁を頼って、小舎人童をお供に、男から借り受けた馬に乗って、夜中大原あたりの家

に移って行った。ところが、男は、元の妻を送って行った小舎人童から、元の妻が家を出るときには泣かなかったのに、途中では泣いてばかりいたということを聞いて、「ここにて泣かざりつるは、つれなしをつくりけるにこそ（ここで泣かなかったのは強いて平気を装っていたのである）」と、妻が悲しみをじっとこらえて涙を見せなかった自制の心に感動して、その妻の悲しみがなお一層強く身に染み、さらには、妻の悲しみの歌、「いづこにか送りはせしと人問はば心は往かぬ涙川まで（どこに送って行ったのかと夫が尋ねたならば、心も晴れることのない悲しみの涙で流れる涙川まで送って行きましたと答えなさい）」を聞いては、さすがの男も、妻の限りない悲しみに心を打たれ、さらには大原の家のみすぼらしい家に行ったとも聞き、元の妻を哀れに思い、我が身の軽率な行為を悔い改めて、大原の家を訪ねて、妻を連れ戻すことになったというのである。

ここも、女の真情に触れて、女に対する愛情が戻ったという展開を語ることによって、女の愛がいかに男を動かす力を持っているかということを印象的に描こうとしている発想様式なのである。

(5)

これも今は昔、大二条殿、小式部内侍思しけるが、絶え間がちになりけるころ、例ならぬことおはしまして、久しうなりてよろしくなりたまひて、上東門院へ参らせたまひたるに、小式部、台盤所にゐたりけるに、出でさせたまふとて、「死なんとせしは。など問はざりしぞ。」と仰せられて過ぎたまひけるに、（小式部が大二条殿の）御直衣の裾を引きとどめつつ申しけり。

死ぬばかり嘆きにこそは嘆きしか生きて問ふべき身にしあらねば

堪へず思しけるにや、かき抱きて局へおはしまして、寝させたまひにけり。

（「宇治拾遺物語」・八一・大二条殿に小式部内侍歌詠みかけたてまつること）

小式部内侍を愛していた大二条殿が小式部に逢うことも途絶えがちになったころ、病気になりしばらくたって治り、上東門院方に参上し、台盤所にいた小式部に対して、「死なんとせしは。など問はざりしぞ（私は死ぬような大病を患ったのに、あなたはなぜお見舞いにも来てくださらなかったのですか）」と恨みごとを言う。それに対して、小式部が、「死ぬばかり嘆きにこそは嘆きしか生きて問ふべき身にしあらねば（私は生きているうちに晴れてお訪ねすることのできるような身の上ではありませんので、私はあなた様をお慕いして一人死ぬほどのつらい思いで嘆き悲しんでおりました）」と訴えたので、大二条殿は小式部の切ない心情に感動して、小式部を元のごとくに愛したというのである。

歌一首によって冷めかけた男の愛情を取り戻したという発想様式の説話である。

終章　心の通じ合い

古代社会においても、現代社会においても、情報の伝達は、単に発話内容が相手に伝われば事が済むというわけではない。情報伝達は、ことばだけの通じ合い、共通理解だけではなく、そこに込められている話し手の表現意図・真情が聞き手に的確に伝わらなければならない。事の通じ合いではなく、心の通じ合いでなければならないということになる。

心の通じ合い、特に微妙な心情などの交感が可能になるのは、言わず語らずの間に、話し手・聞き手に通じ合う何物かがあるからなのであろう。それは、話し手にも聞き手にも求められる高度な感覚・鋭敏な感受性である。古代の教養豊かな貴族社会の人々は、そのような高度な感覚・鋭敏な感受性を持っていた。それを持っていないような人は、無教養な野暮な人間と見なされ、軽蔑の対象とされる。話し手は聞き手の立場・心情などを的確に把握して情報を伝え、一方聞き手も話し手の意図するところを的確に受け止めるというように、お互いの感受性が敏感に反応し合わなければ、心の通じ合いということは成り立たない。しかし、お互いそのような鋭敏な感受性を持った者同士であっても、特に微妙な心情の交感ともなるとなかなか難しい。この心の通じ合い、微妙な心情の交感を可能にするためには、やはりその通じ合いの前提となる情報をお互い共有していなければならない。

現代は情報化時代とも言われる。立場も物の考え方も違う不特定多数の聞き手に向かって、無数の情報が、しかも多種多様な数多くの媒体によって発信されている。不特定情報の氾濫と言ってもよい。それに対して、古代においては、日本人の情報伝達の特色として、「以心伝心」、「不立文字」、「余情」とか言われる心理作用が賞賛されている。事実、ごく限定された人々の間で交信が行われる場合には、ある程度はそのような伝達が可能になっている。

古典文学の世界、特に王朝文学の世界に描かれる古代人の生活は、主として一部の教養豊かな貴族社会の人々の生活である。したがって、宮中の儀式、法華八講などの宗教行事、貴族たちの物合せ・遊宴など、多数の聞き手に向かって発信される場合でも、発信される情報の量も少なく、立場も物の考え方も比較的特定できるごく限られた聞き手に向かって発信される。そのような同一の情報空間にあっては、同一教養に基づく高度に洗練された豊かな発想様式がお互いの交流の根元にあった。それがあるからこそ、古代社会における実際の情報伝達の場においては、話し手と聞き手との間の情報認識が齟齬をきたすというようなことはあまりなかった。

この豊かな発想様式を支えているものは、ひとつには話し手・聞き手の間における、先行する古歌・古詩・故事、社会生活上の習慣、有職故実などの客観的な情報の共有であり、さらには、四季折々の風物や自然に対する感覚、感受性あるいは社会・政治・経済に対する生活感情などの主観的な認識の共有である。

そこで、そのような共有情報・同一認識に裏打ちされた日本人の情報伝達、心の通じ合いの特色は何かということについて考えてみたい。

Ⅰ　理に訴えるよりも情に訴える

日本の古典文学の世界における情報伝達は、論理的な情報の伝達であっても、理詰めで訴えるよりも、相手の情に訴えるという発想様式をとるというのが大きな特色になっている。情に訴える様式の典型は、できるだけ直截的な表現を避けてやわらかくそれとなく訴える婉曲様式である。理に訴えるという発想様式をとる場合には、その伝達しようとする情報に関して、聞き手がどれだけの情報を共有しているかという判断が必要になり、その共有している情報を根拠として、話し手の判断を明示することが基本である。したがって、聞き手がどれだけ情報を共有しているのかの判断が的確でない場合には、話し手からの情報が聞き手に的確に伝わらないおそれがある。また時には、話し手が冷静な判断力を失って、話し手の意図する論理を強く表面に出し過ぎて、話し手の意図する情報を聞き手に無理に納得させようとしたり、強制したり、指示・命令したりすることにもなりかねない。その場合には、どうしても話し手と聞き手との間に感情のもつれが生じたりする。そこで、話し手が伝達したい情報を聞き手に的確に理解させようとする意識よりも、そのような気まずい思いになることを避け、お互いの心のつながりを確かなものにしていこうとする意識が働いて、理詰めではなく、相手の心にやわらかく訴えるという婉曲的な様式をとるのが日本人の情報伝達の特色である。

(1)　（源氏は明石の上からの返信を）うち返し見たまひつつ、（源氏）「あはれ。」と、ながやかに独りごちたまふを、女君、後目に見おこせて、「浦よりをちに漕ぐ舟の」と、忍びやかに独りごちながめたまふを、（源氏）「まことはかくまでとりなしたまふよ。こは、ただかばかりの『あはれ』ぞや。所のさまなどうち思ひやる時々、来し方のこと忘れがたき独り言を、ようこそすぐいたまはね。」など、恨みきこえたまひて、（明石の上の文の）上包みばかりを見せたてまつらせたまふ。手などのいと故づきて、やむごとなき人苦しげなるを、（紫の上は）「（源氏の明石の女君に対するご愛情も）かかればなめり」と思す。　（「源氏物語」・澪標）

源氏が明石の姫君の五十日の祝いの品を送ったことに対する明石の上からの「私は、いつまでの命でありましょうか、姫君のことを心配なきようにお計らいください」との返書を読んで、「あはれ（かわいそうだ）」とつぶやいて嘆息する。それを聞いて、紫の上が、恋人に遠ざけられた恨みの心を詠んだ歌、「み熊野の浦よりをちに漕ぐ舟のわれをばよそに隔てつるかな（熊野の浦から遠くに向かって漕いで行く舟のように、あなたは私をよそに隔ててしまったことですね）」（「伊勢集」・三八〇）の一節「浦よりをちに漕ぐ舟の」をひそかに口ずさむ。「浦よりをちに漕ぐ舟の」は「われをばよそに隔てつる」ということの比喩である。「われをばよそに隔てつる」というところではなく、その比喩的表現のところだけを口ずさむことによって、源氏に対する恨みの気持ちを婉曲に訴えているのである。このように、古歌の一節を引用することによって、自分の心情を婉曲に相手に伝えるという様式を用いることが平安人の教養のひとつでもあった。

紫の上が口ずさんだ古歌は、聞き手である源氏も当然聞き知っている歌である。そこで、この一節を聞いただけで、紫の上の切ない思いを改めて認識した源氏は、「まことはかくまでとりなしたまふよ。こは、ただかばかりの『あはれ』ぞや（これほどまでに邪推なさるなんて。ほんとうは、『あはれ』と申したのは、ただそれだけの思いなので、他意はありませんよ）」と弁解して、紫の上を慰めようとしている。しかし、この弁解も、源氏の言う通り、「所のさまなどうち思ひやる時々、来し方のこと忘れがたき独り言（あの須磨・明石の景色などを思い出す時々、昔のことが忘れがたくてつい口に出てしまった独り言）」に過ぎないものであるならば、紫の上の立場からすれば、いささか根拠の弱い、納得しにくい弁解である。しかし、源氏は、ここではっきり根拠を挙げて紫の上を説得するよりも、上包みだけを見せることによって、それとなく納得させようとしているのである。紫の上も、それ以上源氏を責めて気まずい思いをするよりも、自分の嫉妬の気持ちを抑えて、ここは素直に上包みを見せてもらうのがよいと判断して、上包みを受け取って、その筆跡から、明石の姫君がすばらしい女性であり、源氏が心惹かれるのももっともであると納得するのである。

(2)

（源氏）「(a)いかに。ただ今有職のおぼえ高き、その人かの人御前などにて度々心みさせたまふに、すぐれたるは数少なくなりためるを。その、このかみと思へる上手どもいくばくえまねび取らぬにやあらむ、この、かくほのかなる女たちの御中に弾きまぜたらんに、際離るべくこそ覚えね。(b)年頃かく埋もれて過ぐすに、耳なども少しひがひがしくなりたるにやあらん。口惜しうなむ。(c)あやしく、人の才はかなく取りすることどもも、物の映えありてまさる所なる。(d)その御前の御遊びなどにひときざみに選ばるる人々、それ彼といかにぞ。」とのたまへば、……

（「源氏物語」・若菜下）

紫の上・明石の上・女三の宮・明石女御が六条院にて女楽を催した後、源氏と夕霧が春秋の優劣を論じたところである。ここは、源氏が、「秋の夜は、春よりも、虫の音に合わせて音楽が一段と美しさを増すのですばらしい」と語ったことに対して、夕霧が、「優しく音楽の調和が取れて、春の夕暮れは格別すばらしい」と反論する。源氏は、春秋の優劣を論じることにはあまり興味がなく、話題を春秋優劣論から婦人方の音楽へと移す。源氏の言いたいことは(d)であるが、最初から自分の意図するところを直截的に提起することはせずに、その前に(a)から(c)までの前提条件を暗示しながら、一番主張したい主題(d)をやんわりと導き出していって、夕霧が自然に納得させられてしまうように構成されている。(a)「いかに。ただ今有職のおぼえ高き、その人かの人御前などにて度々心みさせたまふに、すぐれたるは数少なくなりためるを。その、かみと思へる上手どもいくばくえまねび取らぬにやあらむ、この、かくほのかなる女たちの御中に弾きまぜたらんに、際離るべくこそ覚えね（どうであろうか。現在では、琵琶とか和琴などの上手と言われるようなあの人この人を、帝が御前などで、しばしば演奏をおためしなさる際に、真に勝れた者は数少なくなっているようだが、その道の勝れている者と自分から思っていた名人たちでも、この音楽の道を会得できないのであろうか、このように音楽の道にあまり達していないこの六条院の女性たちの御中で、もしも一緒に弾いてみるとしても、特に際立って勝れていようとはどうも思われないがね）」と、話題の焦点を提示して、「いかに」と、夕霧の判断を誘導する。ここは、直截婦人方を褒めるという発話の仕方ではなく、音楽の名人と言われている人であっても、婦人方に比べるとそれほど勝れている者はいないだろうと、間接的に紫の上、明石の上、女三の宮たちを褒めているのである。しかし、あまりにも身びいきな褒め方をしたのでは、かえって夕霧の顰蹙を買うかもしれないとの思いから、源氏は、(b)「私の耳がおかしいのだろうか」と弁解する。しかし、そもそも紫の上たちを賞賛するのが源氏の意図なのであるから、(c)「あやしく、人の才はかなく取りすることどもも、物の映えありてまさるところなる（ここは、妙に、人の学問でも、ちょっと習う芸事でも、なんでもその物事のし映えがあって、よそよりは見事になる所であるよ）」と、ここも直截紫の上たちを褒めるのではなく、六条院のすばらしい環境を褒めることによって、間接的にそこに住む紫の上たちのすばらしさを暗示しているのである。そして、最後に、(d)「その御前の御遊びなどに、ひときざみに選ばるる人々、それ彼といかにぞ（その帝の御前の音楽会などに、第一流の名人として選ばれる人々のだれかれと比較して、今日の女たちの音楽はどうだった）」と問いかけることによって、暗に紫の上たちのすばらしさを夕霧にも同意させようとしているのである。

このように、理詰めな論であっても、話し手の意図するところを正面切って強く論じたのでは、時には聞き手の顰蹙・反感を買うことにもなりかねないとの遠慮から、聞き手の心にやわらかく訴えかけるように、話し手の意図するところを伝えるというのが、心を重視する日本人の情報伝達の特色である。

(3)　（夕霧が）をかしき手一つなど少し弾きたまひて、「あはれ、（柏木は）いと珍らかなる音に掻き鳴らしたまひしはや。(a)この御琴にも（柏木の音色の名残が）籠りてはべらむかし。承りあらはしてしがな。」とのたまへば、（御息所）(b)「琴の緒絶えにし後より、昔の御童遊びの名残をだに思ひ出でたまはずなむなりにてはべめる。院の御前にて、女宮たちのとりどりの御琴ども心みきこえたまひしにも、『かやうの方はおぼめかしからずものしたまふ』となむ定めきこえたまふめりしを。(c)あらぬさまにほれぼれしうなりて、ながめ過ぐしたまふめれば、世のうきつまにといふやうになん見たまふる。」と聞こえたまへば、(夕霧)(d)「いとことわりの御思ひなりや。『限りだにある』。」とうちながめて、琴は押しやりたまへれば、(御息所)(e)「かれ、『なほさらば(夕霧の)声に伝はることもや』と聞きわくばかり鳴らさせたまへ。ものむつかしう思ひたまへしづめる耳をだに明らめはべらむ。」と聞こえたまふを、(夕霧)(f)「しか伝はる中の緒は殊にこそははべらめ。それをこそ承らむとは聞こえつれ。」とて、(落葉宮の)御簾のもと近く(琴を)押し寄せたまへど、(落葉宮は)とみにしもうけひきたまふまじきことなれば、(夕霧は)強ひても聞こえたまはず。(「源氏物語」・横笛)

柏木の一周忌も終わったある秋の夕べ、柏木の未亡人落葉宮がくつろいで静かに琴を弾いているところに、落葉宮に心密かに思いを寄せている夕霧が見舞いに来て、その母御息所と柏木の思い出などを語り合うところである。

夕霧は、(a)「この御琴にも籠りてはべらむかし。承りあらはしてしがな(落葉宮様が弾いていらっしゃったこの御琴にも、柏木の君の音色の名残が籠っておりましょうな。その柏木の君のすばらしい音色の名残を弾いていただきたいのです)」と誘う。夕霧の、「承りあらはしてしがな」という要求をそのまま直截提示するのではなく、柏木のすばらしい琴の音を思い出させて、落葉宮が柏木愛用の琴を弾く気持ちになるように仕向けるという婉曲な誘い方をしているのである。それに対して、御息所は、琴の名手であった柏木が亡くなったという事実をそのままあからさまに表現せずに、中国の同じ琴の名手の伯牙およびそれをよく理解できた鐘子期の故事、「子期死シテ、伯牙ハ弦ヲ絶テリ。音ヲ知ル者無キヲモッテナリ」(「列子」・湯問篇)に拠って、(b)「琴の緒絶えにし」と婉曲に表現する。さらには、(b)「(落葉宮は昔は相当な和琴の名手ではございましたが)琴の緒絶えにし後より、昔の御童遊びの名残をだに思ひ出でたまはずなむなりにてはべめる(柏木様がお亡くなりになりましてから後は、落葉宮は昔の子供遊びのときの記憶さえ思い出しなさらないようになりましたようでございます）」、(c)「あらぬさまにほれぼれしうなりて、ながめ過ぐしたまふめれば、世のうきつまにといふやうになん見たまふる（今はうって変わって、ぼんやりと物思いにふけって日を過ごしていらっしゃるようですので、この和琴も落葉宮にとっては、柏木様との悲しい思い出の種であろうと拝見しております）」と、落葉宮の悲嘆の有様を告げることによって、落葉宮に柏木愛用の琴を弾いてもらいたいという夕霧の申し出をやんわりと断っているのである。特に相手の要求を拒絶する場合には、よほど慎重に発言しないと、相手の感情を傷つけかねない。そこで、御息所のように、単刀直入に拒絶せずに、拒絶せざるを得ない事情を丁寧に語ることによって、婉曲に拒絶するという様式をとっているのである。このような御息所の物柔らかな発話に対して、夕霧は、(d)「いとことわりの御思ひなりや（全く和琴をつらいものとして手も触れないのはごもっともなお悲しみでございますなあ）」と、相手の心情を忖度して同情の気持ちを表した上で、「恋しさの限りだにある世なりせば年経て物は思はざらまし（せめて恋しさがいつかは止むという限度がある世であったならば、このように何年も何年も物思いをすることなどはないだろうに）」（「古今和歌六帖」・二五七二）の第二句、「限りだにある」だけを添えることによって、下の句を暗示して、「柏木の君を恋い慕うことにもせめて終わりがある世であったならば、今までそのようにお嘆きをお続けなさらないでしょうね」と、落葉宮を慰める。このように、古歌の一部を引用するだけで、その本歌全体の趣旨をも婉曲的に暗示するという手法もまた多く見られる。しかも、夕霧は、「うちながめて（悲しい面持ちでため息などついて）」という態度をとることによって、落葉宮の悲しみに対する同情の気持ちを暗に表明して、琴は御息所の方に押しやる。それに対して、御息所は、(e)亡き柏木の君の名残が琴に伝わっているのならば、夕霧様が弾いてくださって私を慰めて欲しいと、逆に夕霧を誘う。それを受けて夕霧は、(f)「しか伝はる中の緒は殊にこそははべらめ。それをこそ承らむとは聞こえつれ（そのように、柏木の君から落葉宮に伝わっている音こそ特別でございましょう。その格別な音を落葉宮様に弾いてもらいたいと特にお願い申し上げたのです）」と、落葉宮に和琴を弾いてもらいたいという夕霧の本音を訴えて、和琴を落葉宮の御簾のもと近くに押し寄せる。「中の緒」というのは、和琴の第二弦のことであるが、ここは、柏木から落葉宮に伝わる琴の音を暗示したものである。このように、三人の対話は、柏木の琴を題材にして、柏木を偲ぶ対話になってはいるが、夕霧はところどころに落葉宮に対する思慕の念をそれとなく婉曲的に訴えているのである。

この例の(a)(c)に見られるように、自分の伝えたい情報をすべて伝えずに、その一部だけを、あるいはその伝えたい情報の因って来る事由を伝えることによって、話し手の意図するところを聞き手にそれとなく納得させるという発想様式や、(b)(d)に見られるように、自分の心情を事細かに訴えることをせずに、わずか一首の古歌、ひとつの故事を引用することによって自分の心情をより的確に強く訴えるという様式など、数多く見られる。あるいは、(d)の「うちながめて」に見られるように、物言わずに自分の心情を態度で訴えるという発想様式も見られる。これも、単刀直入な伝達を避けて優しく婉曲的に心の交流を図る日本人の伝統的な精神構造であると言ってもよい。

(4)　そのついでにも、（八の宮は）「かくあやしう世づかぬ思ひやりにて、過ぐす有様どもの思ひの外なること」など、（薫に対して）恥づかしうおぼいたり。（八の宮）「人にだにいかで知らせじと（娘たちを）育み過ぐせど、今日明日とも知らぬ身の残り少なさに、さすがに行く末遠き人は、落ちあぶれてさすらへむこと、これのみこそ、げに世を離れん際のほだしなりけれ。」とうち語らひたまへば、（薫は）心苦しう見たてまつりたまふ。（薫）「わざとの御後見だちはかばかしき筋にはべらずとも、うとうとしからず思し召されんとなん思ひたまふる。しばしも永らへはべらむ命の程は、一言もかくうち出で聞こえさせてむ様を違へはべるまじくなむ。」など申したまへば、（八の宮）「いと嬉しきこと。」と思しのたまふ。

（「源氏物語」・橋姫）

八の宮には、大君・中の君二人の娘の将来を心配して、誰か都の一流の貴公子にその世話をお願いしたいとの願望があるけれども、「人にだにいかで知らせじと育み過ぐせど、今日明日とも知らぬ身の残り少なさに、さすがに行く末遠き人は、落ちあぶれてさすらへむこと、これのみこそ、げに世を離れん際のほだしなりけれ（私は出家の身であるから、娘のいることを何とかして誰にも知らせまいと思って娘たちを育ててきましたが、今日明日とも知れぬわが身は余命いくばくもないので、この世に執着はないけれども、さすがに、将来の長い娘たちは落ちぶれて寄る辺もなくさまようようなことになるだろう、このことだけが本当にこの世を離れる臨終の際の妨げなのでありますね）」と、ただ娘たちを残して行くのが臨終の際の心残りであるとだけ薫に訴えているけれども、真意としては、娘たちの世話を薫に頼もうと願っているのである。薫は、自分の希望することでもあるが、その八の宮の真の意図を推察して、二人の姉妹の世話を引き受けて、「わざとの御後見だちはかばかしき筋にはべらずとも、うとうとしからず思し召されんとなん思ひたまふる。しばしも永らへはべらむ命の程は、一言もかくうち出で聞こえさせてむ様を違へはべるまじくなむ（ことさらお世話することのできる立派な身ではなくとも、私を親身な者とお思いになっていただきたいと思います。しばらくでも生き続けている間は、一言にせよ、このようにお引き受けしたからには約束を違えるようなことはいたしません）」と約束する。八の宮も、わが願いが叶えられたことを「いと嬉しきこと」と思う。

このように、自分の訴えたいことを直截伝えるのではなく、それとなく暗示するように訴えたり、聞き手の方でも相手の発話の真意をいち早く斟酌して、それに適切に対応したりすることができるのには、お互い鋭い感受性がないと成り立たない。そのような感受性も王朝貴族の教養なのである。

ところが、いつも心の交流が的確に成立するというわけではなく、時には、お互いの意思疎通が難しく、話し手・聞き手の間に認識の齟齬をきたすという場合もある。

(5)

いとつれづれなれば、（源氏が）入道の宮の御方に渡りたまふに、若宮も人に抱かれておはしまして、こなたの若君と走り遊び、花惜しみたまふ心ばへども深からず、いといはけなし。宮は、仏の御前にて経をぞ読みたまひける。(a)なにばかり深う思しとれる御道心にもあらざりしかども、(b)この世恨めしく御心乱るることもおはせず、のどやかなるままに紛れなく行ひたまひて、ひとつ方に思ひ離れたまへるも、いとうらやましく、（源氏は）「かく(c)あさへたまへる女の御心ざしにだに後れぬること」と、くちをしう思さる。閼伽の花の夕映えして、いとおもしろく見ゆれば、（源氏）(d)「春に心寄せたりし人なくて、花の色もすさまじくのみ見なさるるを。仏の御飾りにてこそ見るべかりけれ。」とのたまひて、「対の前の山吹こそなほ世に見えぬ花の様なれ。房の大きさなどよ。品高くなどは掟てざりける花にやあらむ。花やかに賑はしき方にはいとおもしろきものになんありける。(e)植ゑし人なき春とも知らず顔にて、常よりも匂ひ重ねたるこそあはれにはべれ。」とのたまふ。御いらへには、（女三の宮）(f)「谷には春も」と、何心なく聞こえたまふを、（源氏は）(g)「事しもこそあれ。心憂くも」と思さるるにつけても、まづ、「かやうのはかなきことにつけては、『そのことのさらでもありなん』と（私が）思ふに、違ふ節なくても（紫の上は）やみにしかな」と、（紫の上の）いはけなかりしほどよりの御有様を、「いで何事ぞやありし」と思し出づるには、まづその折かの折、かどかどしう、らうらうじう匂ひ多かりし心ざま・もてなし・言の葉のみ思ひ続けられたまふに、例の涙のもろさはふとこぼれ出でぬるもいと苦し。

（「源氏物語」・幻）

最愛の妻紫の上を失った源氏は、日夜悲嘆にくれて、二条院で念誦の生活を送っている。晩春のある日、源氏は六条院の女三の宮を訪ねる。源氏は、亡き紫の上を偲んで、しきりに女三の宮に向かって、(d)「春に心寄せたりし人なくて、花の色もすさまじくのみ見なさるる（春に心を寄せていた人も亡くなって、花の色も殺風景にしか感じられません）」、(e)「植ゑし人なき春とも知らず顔にて、常よりも匂ひ重ねたるこそあはれにはべれ（山吹を植えた人も今は亡き春だとも知らぬように、山吹が例年よりも美しさがまさって咲いているのがいかにもしみじみと感じられますよ）」と、亡き紫の上に対する追慕の念を婉曲的に語りかける。源氏は、女三の宮の出家を、(a)「なにばかり深う思しとれる御道心にもあらざりしか（そんなにも深くお悟りなされた御道心からの出家でもなかった）」と評し、さらには、(c)「あさへたまへる女の御心ざし（こんなに浅はかでいらっしゃった女三の宮の御道心）」とさえ評している。女三の宮がどんなに苦悩して、現在、(b)「この世恨めしく御心乱るることもおはせず、のどやかなるままに紛れなく行ひたまふ（この俗世間を恨めしく思ってお心を乱すことなどもなく、気も散らずに勤行なさって、すっかり俗世を離れていらっしゃる）」という境地になっているのかをも理解せずに、源氏は一方的に亡き紫の上を偲んで、女三の宮に語りかけているのである。それを聞く女三の宮の気持ちも全く忖度しない源氏なのである。それに対して、女三の宮の方でも、源氏の、紫の上を失った悲しみをもよく理解できずに、(f)「谷には春も」と、何の気なしに答える。この「谷には春も」というのは、「光なき谷には春もよそなれば咲きてとく散る物思ひもなし（日の光もさしこまない深い谷には春も訪れては来ないから、咲いた花もあっけなく散ってしまうのを嘆くというような物思いもない）」（『古今集』・九六七）に拠った発話である。女三の宮としては、自分のように始めから不運な境遇にある身にとっては、人の世の悲しみも嘆きも縁のないものですという気持ちを婉曲的に訴えているのであろう。源氏が亡き紫の上を偲んで嘆いているのに、女三の宮から、そんな源氏の気持ちも忖度せずに、私には何の物思いもないなどと言われたのでは、(g)「事しもこそあれ。心憂くも（言うに事欠いて私の悲しみなどお構いなしに嫌なことを言うものだ）」と、自分の方こそ女三の宮の心を何ら察してやりもせずに、女三の宮の思いやりのなさを嘆く源氏なのである。

このように、お互いわが身の心情にとらわれるあまり、相手の真意をとらえることができず、結果として、相手の気持ちを忖度することもなく、心のすれちがいを見せるという場合もまま見られるのである。

Ⅱ　相手に対する思いやり・敬いの心を忘れずに心情に訴える

理よりも情に訴える方が、こちらの情報を伝える上で効果的である場合が多い。情に訴えるというのは、相手の感情とのもつれを避けるためでもあるが、単に相手の感情を害さないという発想ではなく、もう少し積極的に、相手の人格・立場・心情を十分に斟酌し、あるいは相手の自主的な判断を尊重することによって、相手の心情を思いやる優しさ、相手に対する敬いの心を伝えたいとする発想から生まれてくるものである。

相手に対する敬いの心は、ひとつには敬語などによって表現することができる。

(1)　またの日、（帥の宮）「今日や物へは参りたまふ。さていつか帰りたまふべからん。いかにましておぼつかなからん」とあれば、

（式部）「折過ぎてさてもこそやめさみだれて今宵あやめの根をやかけまし

とこそ思ひたまうべかりぬべけれ」と聞こえて、参りて二三日ばかりありて、帰りたれば、宮より、「いとおぼつかなくなりにければ、参りてと思ひたまふるを、いと心憂かりしにこそもの憂く恥づかしうおぼえて、いとおろかなるにこそなりぬべけれど、……」（『和泉式部日記』）

作者和泉式部の日記ということであるから、客観的身分関係による親疎空間という観点から見れば、作者の帥の宮に対する発話の「たまう」という敬意表現は当然のことである。ところが、帥の宮の作者に対する「たまふ」、「参り」、「たまふる」という敬意表現は、宮と作者との客観的な身分関係から見て不自然であるが、ここは客観的な身分関係を超越した愛人としての「主観的な認識による親疎空間」の表現としてみれば当然なこ

とである。

しかし、ただことばだけ丁寧であっても、どんなに荘重な敬語を用いようとも、相手を思いやる心、敬いの気持ちが伝わらなければ、こちらの意図する情報を相手に的確に受け取ってもらうことは不可能である。どうしても、相手を思いやる心、敬いの気持ちを表現する発想様式をとる必要がある。あるいはまた、たとい相手に不都合なことがあっても、あまりなじったり非難したりすることはしないというのも、思いやりの心の表現であり、それはそのままその人の教養であるということにもなる。

(2) 夜更けて来れば、所々も見えず。京に入り立ちてうれし。家に至りて、門に入るに、月明かければ、いとよく有様見ゆ。聞きしよりもまして言ふかひなくぞ毀れ破れたる。家に預けたりつる人の心も荒れたるなりけり。中垣こそあれ、一つ家のやうなれば、（隣人が）望みて預かれるなり。さるは、便りごとに物も絶えず得させたり。今宵、「かかること。」と、声高に物も言はせず。いとはつらく見ゆれど、心ざしはせんとす。

（「土佐日記」）

作者紀貫之が土佐の国司であった間、我が家の管理を隣人に任せ、そのお礼として、つてのあるたびに金銭・物品を贈って来たのにもかかわらず、隣人は全く我が家を管理してくれなかった。しかし、貫之は、隣人の仕打ちをつらいこととは思ったけれども、お礼だけはするというのである。

このように、どんな事情にあろうとも、相手に対する敬いの気持ちを忘れずに、それ相当の物を贈るというのも、日本人の一つの美点なのである。

(3) Ⓐ （姫君が）幼心地にもさすがにうちまもりて、伏目になりてうつ伏したるに、こぼれかかりたる髪つやつやとめでたう見ゆ。

（尼君）生ひ立たむありかも知らぬ若草を後らす露ぞ消えむ空なき

また、居たる大人「げに」とうち泣きて、

（大人）初草の生ひ行く末も知らぬまにいかでか露の消えむとすらん

と聞こゆるほどに……

（「源氏物語」・若紫）

Ⓑ（源氏）「げにうちつけなりと、おぼめきたまはむもことわりなれど、

初草の若葉の上を見つるより旅寝の袖も露ぞかはかぬ

と聞こえたまひてむや。」とのたまふ。

（同）

Ⓒ（尼君が）「あないまめかし。この君や世づいたるほどにおはすると思すらむ。さるにては、かの『若草』をいかで聞きたまへることぞ」と、さまざまあやしきに、心も乱れて久しうなれば、情けなしとて、

「枕結ふ今宵ばかりの露けさを深山の苔に比べざらなん

ひがたうはべるものを。」と聞こえたまふ。

（同）

Ⓐは、源氏が北山の僧坊を垣間見ていたときの、尼君と年配の女房とが姫君の将来を案じて歌を取り交わす場面である。Ⓑは、源氏が姫君の世話を尼君に申し込んだ発話である。Ⓒは、源氏の申し出に対して尼君が応答するところである。

Ⓐの尼君と女房の歌の「若草」「初草」「露」を承けて詠んだ歌がⒷである。Ⓐの尼君と女房の歌では、「若草」・「初草」は姫君をたとえたものである。Ⓑの源氏の歌の「初草の若葉」も姫君をたとえているという点においては同一の用法である。ここで、尼君と女房の用語を取り入れることによって、源氏は先ほど垣間見をしていたということをそれとなく知らせようとしているのであろうか。ところが、「露」のほうは違った用い方

になっている。尼君と女房の「露」は、姫君の将来を心配する涙であるのに対して、源氏の「露」は、姫君を慕うあまりの涙である。Ⓒは、尼君が、「かの『若草』をいかで聞きたまへることぞ（あの私が詠んだ「若草」の歌をどうしてお聞きなされたのか）」と怪しんで、源氏に返した歌である。さらにⒸの尼君の歌の「露けさ」は、源氏のⒷの歌の下の句「旅寝の袖も露ぞかはかぬ（姫君恋しさゆえの涙のために旅寝の袖も乾かない）」の「露」を承けてはいるが、尼君は、あなた様の「旅寝の袖」の露けさを「深山の苔に比べざらなん（常に深い山住みをして、そのわびしさを嘆いて濡れている私どもの苔の衣とは比較なさらないでください）」と、源氏の姫君に対する懸想をやんわりと拒否しているのである。同じ表現を用いながら主題を他にそらした返し歌である。

返し歌の場合、相手の用語を必ず用いなければならないというのが原則であるが、相手の気分を害さないような心遣いも必要になる。殊にこの尼君の歌のように、相手の源氏の要求に答える必要がある場合には、直截的・断定的な答えは遠慮されなければならない。その点、尼君の返し歌は、さすが教養のある人物だけあって、源氏の用語を用いながらも、主題を他にそらすという様式をとることによって、やんわりと婉曲に相手の要求を拒否しているのである。

このように、主題をそらすという発想様式をとることによって、婉曲に相手の要求を拒否するというのも、高貴な方に対する敬意の表現なのである。

(4)　（六条御息所）「（源氏の志は）いと難きこと。まことにうち頼むべき親などにて、（母亡き後を）見譲る人だに、女親に離れぬるはいとあはれなることにこそはべるめれ。まして、（父母もない斎宮を源氏が）思ほし人めかさむにつけても、（恨みや嫉みのような）あぢきなき方やうち交じり、人に心もおかれたまはん。うたてある思ひやりごとなれど、（心に）かけて、さやうの世づいたるすぢに（斎宮に）思し寄るな。（わが）憂き身をつみはべるにも、女は思ひのほかにて（男により）物思ひを添ふるものになんはべりければ、いかでさる方をもて離れて（斎宮を）見たてまつらんと思うたまふる。」など聞こえたまへば、（源氏は）「あいなくものたまふかな」と思せど……

（『源氏物語』・澪標）

六条御息所が源氏に対して、わが娘を愛人の一人にしてくれるなと訴えているところである。源氏が、「あいなくものたまふかな（遠慮もなくおっしゃることだなあ）」と感じているように、御息所の、「うたてある思ひやりごとなれど（嫌な取り越し苦労ではあるけれども）」の後の、「かけて、さやうの世づいたるすぢに思し寄るな（斎宮に対して、決してそんな色めいたことはお考えくださいますな）」という発話は遠慮のない言い方である。源氏からの愛を受けた女の悲しみを娘の斎宮には味わわせたくないという親心からではあるが、源氏に対して、わが娘に手を出さないでほしいと要求するのはあまりにも不躾な物言いであるということを御息所自身よくわかっているはずである。「うたてある思ひやりごとなれど」という発話は、そのような後ろめたさから、あらかじめ自分の発話を弁護しようとした発話である。

このように、直後に続く自分の発話に対する言い訳などの前置きを冒頭に置いて、聞き手の心理的抵抗を幾分なりとも和らげた上で、話し手の意図するところを聞き手に伝えるという発想様式をとることも聞き手に対する敬いの気持ちの表現である。

(5)　(a)その夜は内裏にもさぶらひたまふべけれど、（紫の上の）解けざりつる御気色とりに、夜更けぬれどまかでたまひぬ。ありつる（明石の上の）御返り（使者が）もて参れり。えひき隠したまはで御覧ず。ことに憎かるべき節も見えねば、（源氏）(b)「これ破り隠したまへ。むつかしや。かかるものの散らむも、今はつきなき程になりにけり。」とて、御脇息に寄り居たまひて、御心のうちに、（明石の上を）いとあはれに、恋しう思しやらるれば、火をうちながめて、ことに物ものたまはず。文は広ごりながらあれど、女君見たまはぬやうなるを、（源氏）(c)「せめて見隠したまふ御目じりこそわづらはしけれ。」とて、うち笑みたまへる御愛敬所せきまでこぼれぬべし。（紫の上に）さし寄りたまひて、（源氏）「(d)まことは、らうたげなる者を見しかば、契り浅くも見えぬを、さりとて、物めかさむほども憚り多かるに、思ひなんわづらひぬる。(e)同じ心に思ひ廻らして、御心に思ひ定めたまへ。いかがすべき。ここにて育みたまひてんや、蛭の子が齢にもなりにけるを。（その子の）罪なき様なるも、（私は）思ひ捨てがたうこそ。いわけなげなる下つかたも、紛らはさむなど思ふを、めざましと思さずば、引き結ひたまへかし。」と聞こえたまふ。（紫の上）(f)「思はずにのみとりなしたまふ御心の隔てを、せめて見知らずうらなくやはとてこそ。いわけなからん御心にはいとよう適ひぬべくなむ。いかに美しきほどに。」とて、少しうち笑みたまひぬ。（紫の上は）(g)ちごをわりなうらうたきものにしたまふ御心なれば、「得て、抱きかしづかばや」と思す。

（「源氏物語」・松風）

源氏の勧めで上洛した明石の上は、父明石入道の大井の別邸に住む。源氏は紫の上に遠慮して、なかなか大井を訪ねることができなかったが、口実を設けてやっと明石の上を訪ね、やがて帰邸する。紫の上は物も言わず嫉妬する。源氏は、明石の上との負い目があるので、もっぱら紫の上の思惑を斟酌して、(a)「その夜は内裏にもさぶらひたまふべけれど、解けざりつる御気色とりに、夜更けぬれどまかでたまひぬ（その夜は内裏に宿直なさるはずであったが、打ち解けない紫の上のご機嫌を直そうと、夜は更けていたけれども退出なさった）」と、万事遠慮がちな行為に出る。明石の上からの手紙も、さして紫の上の機嫌を損なうような文面でもなかったので、(b)「これ破り隠したまへ。むつかしや。かかるものの散らむも、今はつきなき程になりにけり（この手紙を破ってどこか見えない所に隠してしまってください。このように、女性からの手紙が散らばっているのも、この歳になっては不似合いなことですから）」と、源氏は、明石の上はそんなに大事な人だとは思っていないというような口振りで語る。これも紫の上の嫉妬を鎮めようとする意図から出た発話であろう。しかし、源氏は、心の内では明石の上を、「いとあはれに、恋しう思しやらる」ので、「火をうちながめて、ことに物ものたまはず」という態度をとり続けている。紫の上は、その手紙を見るような素振りも見せないので、源氏は、(c)「せめて見隠したまふ御目じりこそわづらはしけれ（無理に見ていないような振りをなさっている御目じりがどうも変ですよ）」などと冗談を言って、紫の上の機嫌を直そうとしつつも、最後には、恐る恐る、明石の上との間に儲けた姫を紫の上に引き取って育てて欲しいと頼む。ここにも、紫の上の気持ちを何とかして和ませ、明石の娘の養育を頼む源氏の慎重な心遣いが見られる。(d)「まことは」という源氏の発話は、源氏が心の中で明石の上を思って何も言わずにいるのを見て、紫の上が、きっと明石の上を思って源氏は物思いをしているのだろうと誤解し、嫉妬するかもしれないと推察して、「まことは、らうたげなる者を見しかば、契り浅くも見えぬを、さりとて、物めかさむほども憚り多かるに、思ひなんわづらひぬる（実を申せば、可愛い娘が生まれまして、わが子と生まれてきたからには前世からの契りが浅いとも思われないけれども、そうかと言って、姫君として目立つように養育することもできかねますので、そのことを思い悩んでいるのです）」と、私が物思いをしているのは、実は明石の上のことではなく、明石の上との間に生まれた娘の将来のことなのであると、紫の上の嫉妬を少しでも和らげようとして切り出したものである。さらに、それに続けて、(e)「同じ心に思ひ廻らして、御心に思ひ定めたまへ。いかがすべき（私と同じように考えて、この娘をどう育てていくかご自由にお決めください。どうしたらよいでしょうか）」と、暗に紫の上の考えを尊重するような口振りではあるが、しかし、やはり、「ここにて育みたまひてんや、蛭の子が齢にもなりにけるを（こちらで育ててくださいませんでしょうか、三歳にもなったことですから）」と、どうしても姫君を養育してもらいたいとの思惑から、「罪なき様なるも、思ひ捨てがたうこそ（その子も無邪気な様子で、そのまま捨て置くこともできかねます）」と、(g)「ちごをわりなうらうたきものにしたまふ御心（子供をたいそう可愛がられる御性質）」の紫の上の母性本能をくすぐるようにして、袴着のことを強いて依頼するのである。しかし、それも、(e)「めざましと思さずば、引き結ひたまへかし（あなたが嫌だとお思いなさらないならば袴着をさせてやってください）」と、あくまでも紫の上の意思を尊重するような口振りである。このように、源氏は、あくまでも紫の上の慮りを斟酌しながら、辞を低くして頼み込んでいるのである。それに応えて、紫の上も、(f)「思はずにのみとりなしたまふ御心の隔てを、せめて見知らずうらなくやはとてこそ（あなた様は私の態度を見て、私があなた様に対して、嫉妬しているかのように誤解なさってばかりいるような他人行儀な態度をとっていらっしゃるのを、私はわざと知らん振りをして、打ち解ける必要もないことだと思っていたのです）」と、半ば甘えるように恨み言を言いながらも、「いわけなからん御心にはいとよう適ひぬべくなむ。いかに美しきほどに（姫君様の幼いお気持ちには私は大変よく適っていることでしょう。どんなにか可愛らしく成長なさっていることでしょう）」と、源氏の思惑を十分斟酌して、源氏の意に沿うような返答をする。

このように、相手がこちらの意に沿わないような言動をとっても、恨んだり嫉妬したりすることなく、相手の気持ちを忖度して素直に受け止めたり、あるいはこちらの意図するところを一方的に要求するのではなく、あくまでも相手の意思を尊重して、納得してもらおうとしたりするというのも、相手に対する敬いの気持ちの表現なのであり、伝統的な日本人の優しさなのである。

Ⅲ　自己の心情を抑えて相手をそのまま受容する

相手に対する深い思いやりの心から、相手の心情・行為の真意を理解するだけではなく、それを尊重し、時には自分のつらい心情を抑えることによって、相手の心を揺さぶり、感動させ、その結果、相手がこちらの人格・立場・心情などを十分に尊重する態度に出るというようなことがしばしば見られる。自己を抑制することによっ

て、かえって相手の心を揺り動かすという日本人特有の典型的な発想様式である

(1)　暮れぬれば、心も空に浮き立ちて、（鬚黒は）「（玉鬘方へ）いかで出でなむ」と思ほすに、雪かきくれて降る。かかる空にふり出でんも人目いとほしう、(a)この御気色も憎げにふすべ恨みなどしたまはば、なかなかことつけて、我もむかひ火つくりてあるべきを、(b)いとおいらかにつれなうもてなしたまへる様のいと心苦しければ、（鬚黒は）「いかにせん」と思ひ乱れつつ、格子などもさながら端近うちながめてゐたまへり。北の方、（鬚黒の）気色を見たてまつりて、(c)「あやにくなめる雪を。いかで分けたまはんとすらむ。夜も更けぬめりや。」とそそのかしたまふ。(d)「今は限り、とどむとも」と、（北の方の）思ひ廻らしたまへる気色いとあはれなり。（鬚黒）「かかるには、いかでか。」とのたまふものから、「なほこの頃ばかり、心の程を知らで、とかく人の言ひなし、大臣たちも左右に聞き思さむことを憚りてなん、途絶えあらむはいとほしき。思ひしづめてなほ見果てたまへ。(e)ここになど渡してば、心安くはべりなん。かく、世の常なる御気色を見えたまふ時は、ほかざまに分くる心も失せてなんあはれに思ひきこゆる。」など語らひたまへば、（北の方）(f)「立ちとまりたまひても、御心のほかならむは、なかなか苦しうこそあるべけれ。よそにても、思ひだにおこせたまはば、袖の氷も溶けなんかし。」など、和やかに言ひ居たまへり。（北の方は）御火取召して、いよいよたきしめさせたてまつりたまふ。身づからは、なえたる御衣ども、うちとけたる御姿、いとど細うか弱げなり。しめりておはするいと心苦し。御目のいたう泣き腫れたるぞ少し物しけれど、「いとあはれ」と見る時は、罪なう思して、（鬚黒は）(g)「いかで過ぐしつる年月ぞ」と、「なごりなう移ろふ心のいとかろきぞや」とは思ふ思ふ、なほ心げさうは進みて、そら嘆きをうちしつつ、なほ装束したまひて、小さき火取取り寄せて、袖に引き入れてしめ居たまへり。なつかしき程に萎えたる御装束に、かたちも、かの並びなき（源

氏の）御光にこそ圧されれど、いとあざやかに男々しきさまして、ただ人と見えず心恥づかしげなり。侍ひに人々声して、（供人）「雪少しひまあり。」、「夜は更けぬらんかし。」など、さすがにまほにはあらでそそのかしきこえて、声づくりあへり。中将・木工など、「あはれの世や。」など、うち嘆きつつ語らひて臥したるに、さうじみは、いみじう思ひしづめて、らうたげに寄り臥したまへりと見るほどに、俄かに起き上がりて、大きなる籠の下なりつる火取を取り寄せて、殿の後ろに寄りて、さといかけたまふほど、人の、やや、見あふる程もなう、あさましきに、（鬚黒は）あきれて物したまふ。（「源氏物語」・真木柱）

鬚黒大将は、内大臣の娘でもあり、源氏の養女ともなっている玉鬘を強引に我がものとし、その結果、玉鬘の実父の内大臣や養父の太政大臣に対する気兼ねもあって、足しげく通わなければならないことになる。鬚黒大将と北の方は、日ごろからあまり愛情のない夫婦生活であったが、鬚黒が玉鬘に執心するようになってからは、一段と二人の仲は冷え込んだものとなっている。しかも、北の方はここ数年、物の怪がついて時々精神発作を起こす。

夕方になって、鬚黒は気もそぞろに玉鬘の所に行きたいと思うけれども、あいにくの雪、人目を気にしてどうしようかと迷っている。いっそのこと、(a)「この御気色も憎げにふすべ恨みなどしたまはば、なかなかことつけて、我もむかひ火つくりてあるべき（この北の方のご様子も、憎々しい風に嫉妬し恨むようであったならば、かえってそれを口実にして、自分もその相手になって腹を立てて出かけてしまおう）」と思うものの、今日は、北の方が、(b)「いとおいらかにつれなうもてなしたまへる様（ごくおっとりと冷静なご様子）」なので、それが気の毒で出かけることをためらう。北の方は、そのような鬚黒の様子を見て、(d)「今は限り、とどむとも（今はもうおしまいだ。どんなに引き止めても仕方あるまい）」と、半ば諦めて、(c)「あやにくなめる雪を。いかで分けたまはんとすらむ。夜も更けぬめりや（あいにくな雪のようですね。こんな雪を踏み分けてお出かけなさるのはさぞおつらいことでしょう。でも、夜も更けてしまったようです。急いでお出かけなさい）」と、夫を玉鬘の許に出してやろうとする。鬚黒も、そのような北の方を不憫に思って、「私が玉鬘の所に通って行かなければ、源氏や内大臣たちがいろいろよからぬ噂をするだろうから、出かけていかなければならないので、心を落ち着けて、私の気持ちがわかるまで、もう少し見ていてください」などと弁解しながらも、(e)「ここになど渡してば、心安くはべりなん。かく、世の常なる御気色を見えたまふ時は、ほかざまに分くる心も失せてなんあはれに思ひきこゆる（玉鬘をここにでも引き取ったならば、私も出歩くこともなく、あなたのところにも夜がれすることもなくなって、あなたも気楽になれるでしょう。今日のように、あなたが普通のご様子でいらっしゃるときには、私も他に心を移すこともなく、あなただけがいとしく可愛いと思われますよ）」などと、優しいことばをかける。北の方も、(f)「立ちとまりたまひても、御心のほかならむは、なかなか苦しうこそあるべけれ。よそにても、思ひだにおこせたまはば、袖の氷も溶けなんかし（よそにお出かけにならず私の所にいらっしゃっても、あなたのお気持ちがよそに向いていらっしゃるならば、かえって辛うございます。あなたがよそにいらっしゃっても、私を思っていてくださりさえすれば、涙に濡れた私の袖の氷も溶けることでしょう）」と、悲しみをじっとこらえて、穏やかに語り、夫を玉鬘の許に送り出そうとして、火取を取り寄せて、鬚黒の装束に香をたきしめる。そんな北の方の優しさに触れて、鬚黒も、(g)「いかで過ぐしつる年月ぞ。なごりなう移ろふ心のいとかろきぞや（どうして北の方に対して気の毒とも思わないで、長い年月暮らしてきたのであろうか。すっかり玉鬘に心を移してきた自分は何と軽率なのだろうか）」とは思いながらも、やはり玉鬘の所に出かけようとする。北の方は、心を落ち着けて、可愛らしい様子で物に寄りかかって横になっていたところ、突然起き上がって、大きな伏籠の下にあった火取を取り寄せたかと思うと、さっと鬚黒に浴びせかける。突然のことで鬚黒も人々も呆然とする。北の方の狂気は、嫉妬のせいではなく、物の怪のなせる仕業ではあるけれども、正気のときには、(d)「今は限り、とどむとも」と、半ば諦めの気持ちでもあろうが、自分の嫉妬の情を抑えて、夫の行為を受容するのである。それだけに、北の方の激しい発作も哀れ深いものであり、そのような悲しみを味わわせる男の身勝手な行為、そのような悲劇に追い込む政治情勢もまた非難されるべきものであろう。

(2)　（源氏）「院の頼もしげなくなりたまひにたる、御訪ひに参りて。あはれなることどものありつるかな。（朱雀院は）女三の宮の御事をいと捨て難げに思して、（私に）しかじかなむのたまひつけしかば、（私は）心苦しくて、え聞こえ否びずなりにしを、ことごとしくぞ人は言ひなさんかし。今は、さやうのことも初々しく、すさまじく思ひなりにたれば、（院が）人伝てに気色ばませたまひしには、とかく逃がれきこえしを、対面のついでに、（院が）心深き様なることどもをのたまひ続けしには、えすくずくしくもかへさひまうさでなむ。（院が）深き御山住みに移ろひたまはん程にこそは、（女三の宮をこちらに）渡したてまつらめ。(a)（あなたは）あぢきなくや思さるべき。いみじきことありとも、（あなたの）御ため、（私の愛情は）あるより変ることはさらにあるまじきを、（私に）心な置きたまひそよ。かの御ためこそ心苦しからめ。それも、かたはならずもてなしてむ。誰も誰ものどかにて過ぐしたまはば。」など聞こえたまふ。(b)はかなき御すさびごとをだに、（紫の上は）めざましきものに思して、心安からぬ御心様なれば、「（紫の上は）いかが思さん」と（源氏は）思すに、（紫の上は）いとつれなくて、(c)「あはれなる御譲りにこそはあなれ。ここには、いかなる心置きたてまつるべきにか。めざましく、かくてはなど（女三の宮様から）咎めらるまじくは、心安くてもはべなんを。かの母女御の御方様にても、疎からず思し数まへてむや。」と卑下したまふを、（源氏）「あまりかううち解けたまふ御許しもいかなればと、うしろめたくこそあれ。(d)まことはさだに思し許して、我も人も心得て、なだらかにもてなし過ぐしたまはば、いよいよあはれになん。ひがごと聞こえなどせん人の言聞き入れたまふな。すべて世の人の口といふものなん、誰が言ひ出づることともなく、おのづから、人のなからひなど、うち頬歪み、思はずなること出で来るものなめるを。心一つに鎮めて、有様に従ふなんよき。まだきに騒ぎて、あいなき物恨みしたまふな。」と、いとよく教へきこえたまふ。

（『源氏物語』・若菜上）

朱雀院と源氏との対面によって女三の宮のご降嫁が決まった翌朝、源氏がそのことを紫の上に伝える場面である。源氏は、以前から、女三の宮が藤壺入道の姪に当たるというところから、女三の宮に対して大きな興味・関心を持っていたので、朱雀院の依頼を引き受けてご降嫁を承諾したのである。いうなれば、源氏の方から望んだ結婚ともいえる。しかし、源氏は、紫の上の悲しみを思いやって、口では、「自分も年をとって今更若い女三の宮をお迎えするなどということは気恥ずかしいことなので、院が人を介しておっしゃったときは辞退していたが、直接院から頼まれれば、むげに断るわけにもいかず、女三の宮様をお迎えすることになりました」と言い訳をする。そして、(a)「あぢきなくや思さるべき。いみじきことありとも、御ため、あるより変はることはさらにあるまじきを、心な置きたまひそよ。かの御ためこそ心苦しからめ。それも、かたはならずもてなしてむ。誰も誰ものどかにて過ぐしたまはば（女三の宮のご降嫁はあなたにとっては不愉快にお思いになることでしょう。女三の宮がここにお移りになるというような、とんでもないことが起きるとしても、あなたに対する私の愛情が今より変わることは絶対にございませんから、私に対して疎遠な気持ちをお持ちにならないでくださいよ。また、女三の宮様を粗略に扱うようなことになれば、朱雀院様の御ためにもお気の毒なことになりましょう。女三の宮様をも見苦しくないようにおもてなししましょう。あなたを始めどなた様も仲良く心のどかにお過ごしなさるならばうれしいことでございます）」などと、紫の上の悲しみを何とかして少しでも和らげようとして、もっともらしく自分の思いを伝える。それに対して、紫の上も、(b)「はかなき御すさびごとをだに、めざましきものに思して、心安からぬ御心様なれば（ちょっとした源氏の御浮気事でさえ見ていられないこととして嫉妬し不快感を覚える御性質だから）」とあるように、女三の宮のご降嫁に対しては心穏やかではない。しかし、その悲しみをじっとこらえて、女三の宮のご降嫁に嫉妬してもどうにもならないことなのであるから、むしろここは、源氏の、「いみじきことありとも、御ため、あるより変ることはさらにあるまじき」ということばを信じて、源氏の愛を繋ぎ止めるにしくはないとの思いから、女三の宮を受け入れることになる。ここには、いかなる心置きたてまつるべきにか。めざましく、かくてはなど咎めらるまじくは、心安くてもはべなんを（それは、朱雀院様のお気の毒なお頼みでありましょう。私の方では、女三の宮様に対してお恨みなどいたしません。むしろ、私がここにこうしているのはけしからぬなどと、女三の宮様からお咎めを受けるようなことがございませんければ、私は安心してここに住まわせていただきましょう）」と、鷹揚な返事をすることによって、源氏の、女三の宮を六条院に迎え入れる気兼ねを忖度して安心させようとする。そのような紫の上の心根を知って、源氏は、(d)「まことはさだに思し許して、我も人も心得て、なだらかにもてなし過ぐしたまはば、いよいよあはれになん（実はせめてあなたがそのように女三の宮様をお認めなされて、あなたもあの方もお互い許しあって、和やかに暮らしていってくださるならば、ますますあなたがいとしく思われます）」と、先ずは一安心する。紫の上は、源氏に対する嫉妬の心を抑えて、表面だけでも、源氏の立場、心情に配慮して、自分の思いを伝えているのである。そうすることによって、六条院の秩序は保たれもするし、紫の上に対する源氏の信頼感も増してくるということになるのである。

(3)　三日がほど、かの院よりも、主の院方よりも、いかめしく珍しきみやびを尽くしたまふ。対の上も、ことに触れてただにも思されぬ世の有様なり。げに、かかるにつけて、（紫の上は）こよなく人に劣り消たるることもあるまじけれど、また並ぶ人なくならひたまひて、（女三の宮が）華やかに生先遠くあなづりにくきけはひにて、（六条院に）移ろひたまへるに、（紫の上は）(a)なまはしたなく思さるれど、つれなくのみもてなして、

（女三の宮の）御渡りのほども、諸心にはかなきこともし出でたまひて、いとらうたげなる（紫の上の）御有様を、（源氏は）「いとどありがたし」と思ひきこえたまふ。姫宮は、げにまだいと小さく、かたなりにおはするうちにもいといはけなき気色して、ひたみちに若びたまへり。（源氏は）かの、紫のゆかり尋ねとりたまへりし折思し出づるに、かれはざれていふかひありしを、これはいといはけなくのみ見たまへば、「よかめり。憎げにおしたちけることなどは、（女三の宮には）あるまじかめり」と思すものから、（源氏は）「いとあまり物の栄えなき御様かな」と見たてまつりたまふ。三日がほどは夜がれなく渡りたまふを、（紫の上は）年頃、さもならひたまはぬ心地に、(b)忍ぶれど、なほものあはれなり。（源氏の）御衣どもなどいよいよたきしめさせたまふものから、うちながめてものしたまふ気色いみじくらうたげにをかし。（源氏は）「などて、よろづのことありとも、また人をば並べて見るべきぞ。あだあだしく心弱くなりきにける、わが怠りに、かかることも出で来るぞかし。若けれど、中納言をばえ思しかけずなりぬめりしを」と、われながらつらく思し続けらるるに、涙ぐまれて、(c)「今宵ばかりはことわりと許したまひてんな。これより後の途絶えあらんこそ、身ながらも心づきなかるべけれ。また、さりとて、かの院に聞こし召さんことよ。」と、思ひ乱れたまへる御心のうち苦しげなり。（紫の上は）少し微笑みて、(d)「身づからの御心ながらだにえ定めたまふまじかなるを。まして、ことわりも何もいづこにとまるべきにか。」と、言ふかひなげにとりなしたまへば、（源氏は）恥づかしうさへおぼえたまひて、頬杖つきたまひて、寄り臥したまへれば、（紫の上は）硯を引き寄せて、

目に近く移れば変はる世の中を行く末遠く頼みけるかな

古言など書き混ぜたまふを、（源氏が）取りて見たまひて、はかなきことなれど、「げに」と、ことわりにて、

命こそ絶ゆとも絶えめ定めなき世の常ならぬなかの契りを

とみにも（女三の宮に）え渡りたまはぬを、（紫の上）(e)「いとかたはらいたきわざかな。」と、そそのかしき

こえたまへば、（源氏は）なよらかにをかしきほどに、えならず匂ひて渡りたまふを（紫の上が）見出したまふも、(f)いとただにはあらずかし。

（『源氏物語』・若菜上）

女三の宮が六条院に移ってきて、源氏が女三の宮の所に三日間通うことになった。その際の源氏と紫の上との対応の場面である。女三の宮のご降嫁に対して、紫の上は、妻としてどんなにか(a)「なまはしたなく思さるれど（何とはなしにおもしろくないこととお思いなさるけれども）」、その悲しみをじっとこらえて、「つれなくのみもてなして、御渡りのほども、諸心にはかなきこともし出でたまひ（ひたすら平気な顔をして、女三の宮のお輿入りに際しても、源氏といっしょにこまごましたことまでお世話なさって）」という態度をとる。源氏が三日間はきちんと女三の宮の方にお渡りになるので、今までこんな目に会うこともなかったのにもかかわらず、紫の上は、夫が外出する際の妻の務めとして、(b)「忍ぶれど、なほものあはれなり（じっとこらえはしているが、やはり悲しみに胸が痛む）」けれども、「御衣どもなどいよいよたきしめさせたまふものから、うちながめてものしたまふ（源氏のお召し物など一層念入りに香をたきしめさせなさりながらも、物思いに沈んでいらっしゃる）」。そんな紫の上の心のうちを斟酌すればするほど源氏は気がとがめて、(c)「今宵ばかりはことわりと許したまひてんな。これより後の途絶えあらんこそ、身ながらも心づきなかるべけれ（今宵だけは無理からぬこととお許しなさってくださいね。これから後、あなたの所に来ない夜があったら、自分ながらどうも愛想が尽きることでありましょう）」と、紫の上の許しを請うて女三の宮の許に出かけようとする。紫の上は、そんな源氏の心遣いを忖度して、少し微笑みを浮かべて、(d)「身づからの御心ながらだにえ定めたまふまじかなるを。まして、ことわりも何もいづこにとまるべきにか（女三の宮様の所においでになるのは気が進まないとか、そうかといって女三の宮様を訪れないでは朱雀院様がどうお思いになるだろうかとか、ご自分の御心でお決めなさるべきでしょうに、ご自分でさえ決めかねていらっしゃるようですね。まして、私などには、どうなさるべきかなどとはわかりかねます）」と、とりつくしまもないような返答をして、紫の上の源氏に対する恨みの気持ちを婉曲に表現しているのである。源氏は、そんな紫の上の悲しい思いを知るにつけて、どうしても女三の宮を訪う気にもなれず、どうすべきか当惑するばかりで、紫の上に寄り臥すほかはない。紫の上は、源氏が女三の宮の所に行くのが遅くなっては、何かこちらで引き止めていると思われはしないか、そんなことではこちらの品位に関わるとの思いからであろう、(e)「いとかたはらいたきわざかな（私のせいで遅くなったと言われては大変困ります）」と言って、心の中では、(f)「いとただにはあらず（とても平気ではいられないことである）」けれども、気強く源氏を送り出すのである。このような紫の上の己を抑えた真情に触れて、源氏は女三の宮を訪れることを一旦は躊躇するが、最後には、仕方なくしぶしぶ出かけていくということになる。

女として、妻として、夫をよその女の所に送り出す悲しみは耐えられないところである。ひたすら源氏の愛を信じながらじっと耐えていかなければならない紫の上の女としての悲しみを描くことによって、作者は、女の性の悲しみとそれを乗り越えていく愛の強さを賞賛しているのである。

この紫の上のように、自己の心情を抑えて相手を受け入れることによって、それがかえって相手の心を揺り動かすという例も多く見られるが、それだけにとどまらず、一旦失った愛を再び元の姿に強力に取り戻すという例も多く見られる。

(4)　昔大和の国葛城の郡に住む男女ありけり。この女顔かたちいと清らなり。年頃思ひ交はして住むに、この女いとわろくなりにければ、（男は）思ひわづらひて、限りなく思ひながら、妻をまうけてけり。この今の妻は富みたる女になむありける。（男は）ことに思はねど、行けばいみじういたはり、身の装束もいと清らにせさせけり。（男は）かく賑はしき所にならひて、（元の女の所に）来たれば、この女いとわろげにてゐて、（男が）かくほかに歩けど、さらに妬げにも見えずなどあれば、（男は）いとあはれと思ひけり。（女は）心地には限りなく妬く心憂しと思ふを忍ぶるになむありける。（男が）とどまりなむと思ふ夜も、（女が）なほ「往ね。」と言ひければ、（男は）わがかく歩きするを妬まで、異業するにやあらむ、さるわざせずば恨むることもありなんなど、心のうちに思ひけり。さて、（男は）出でて行くと見えて、前栽の中に隠れて、男や来ると見れば、（女は）端に出でゐて、月のいといみじうおもしろきに、頭かい梳りなどしてをり。夜更くるまで寝ず、いといたううち嘆きてながめければ、（男は）「人待つなめり」と見るに、使ふ人の前なりけるに言ひける、

（女）風吹けば沖つ白浪たつた山夜半にや君が独り越ゆらむ

と詠みければ、（男は）わが上を思ふなりけりと思ふに、いとかなしうなりぬ。この今の妻の家は立田山越えて行く道になむありける。かくてなほ見をりければ、この女うち泣きて臥して、金椀に水を入れて胸になむ据ゑたりける。（男は）「あやし、いかにするにかあらむ」とて、なほ見る。さればこの水熱湯に滾りぬれば、湯ふてつ。また水を入る。（男は）見るにいとかなしくて走り出でて、「いかなる心地したへば、かくはしたまふぞ。」と言ひて、かき抱きてなむ寝にける。かくてほかへもさらに行かでつと居にけり。

（「大和物語」・第一四九段）

長年容姿の大層綺麗な女と暮らしていた男が、この女が大層貧しくなったので、この上なくいとしく思いながらも、裕福な女を妻にして通うようになった。男は、新しい妻をそれほど可愛いとは思っていなかったが、豊かな生活ができるので、新しい妻の所にしげしげと通って行った。元の女は、男が他の女の所に通っていくのを全く妬む様子も見せない。しかし、「心地には限りなく妬く心憂しと思ふを忍ぶるになむありける（心の中ではこの上なく妬ましくつらいと思いながらもじっと我慢している）」と叙述されているように、女である以上夫に対する恨みの気持ちは当然持っているのであるが、それをじっとこらえて表に出さず、ひたすら夫を信じて真心を尽くすところに女の強さがある。そんな女の自制すればするほど強くなる悲しみも知らずに、男は、女がこれ

ほどまでに嫉妬しないのは、きっと他の男を通わせているのだろうと邪推して、ある夜、出かけていくと見せかけて、前栽の陰に隠れて女の様子をこっそり伺う。すると、女は、美しく化粧して月を眺めながらひどく物思いにふけっている。そして、前に居た召使に向かって、「風吹けば沖つ白浪たつた山夜半にや君が独り越ゆらむ（こんな夜更けにあの方はたった一人で立田山を越えていらっしゃるのだろうか。どうかご無事にあちらにおいでくだされぱよいね）」と詠みかける。男はそれを聞いて、この女は自分のことを心配してくれているのだなと気がついて、女を大層いとしくなった。さらに見ていると、女は水を金椀に入れて自分の胸に押し当てる。すると、水が沸き立って熱湯となる。女はまた同じようにする。女が心の内では激しい嫉妬の焔を燃やしながらも、それをじっと抑えている健気さに男は大層胸がこみ上げてきて、思わず走り出て行って、女を抱きかかえてその夜はそこに寝た。女の真心に感じて、他の女の所には行かずに、この女の傍を離れないでいたというのである。

このように、男の多情な仕打ちを嫉妬し、嘆き悲しみながらも、それをじっと抑えて、ひたすら男を信じて振舞う女の真情が男を感動させ、男の愛を取り戻すことができたというのである。このような女の愛情の強さもまた日本人の伝統的に賞賛される精神構造である。

以上の例のように、己を抑えて相手に尽くすという麗しい心根は女性に多いが、男にもそのような心根の例が見られる。

(5)　（女は）「しばし。」と言はせけれど、（男は）人の家に逃げ入りて、竈の後方に屈まりてをりける。この車より、「なほこの男尋ねて率て来。」と言ひければ、供の人手を分ちて求め騒ぎけり。人、「そこなる家になん侍りける。」と言へば、この男に、（供の人々）「かく仰せ言ありて召すなり。何のうち引かせたまふべきにもあらず。物をこそは賜はせむとすれ。幼き者なり。」と言ふ時に、（男は）硯を乞ひて文を書く。それに、

君なくてあしかりけりと思ふにもいとど難波の浦ぞ住み憂き

と書きて、封じて、「これを御車に奉れ。」と言ひければ、(供の人は)あやしと思ひて持て来て奉る。(女が)開けて見るに、悲しきこと物に似ず、よよとぞ泣きける。さて、返しはいかがしたりけむ知らず。車に着たりける衣脱ぎて包みて、文など書き具してやりける。さてなむ帰りける。後にはいかがなりにけむ知らず。

(「大和物語」・第一四八段)

摂津の国の難波あたりに、仲良く暮らしていた男女が、暮らし向きが悪くなったので、それぞれ新しい生活の場を求めて、別れ別れになる。その後、女は身分ある方の妻となったが、男は乞食同然の葦売りに落ちぶれてしまった。女は男のことが忘れられず、難波あたりに夫を探しに出かけ、偶然二人は再会する。悲しい再会であるが、女は、元の夫のみすぼらしい様に同情して、何か食べさせてあげたい、葦の代価としてたくさん物をあげたいと思うが、男は、「君なくてあしかりけりと思ふにもいとど難波の浦ぞ住み憂き(あなたがいなくなってから葦を刈って売るような惨めな生活をして日を送ってきたのだと思うにつけても、ますます難波の浦に住むのがつらく思われます)」という歌を詠んで、わが身を嘆くけれども、今更夫であると名乗って出て行っては、今は相当な身分の人の妻となっていると思われる元の妻を辱めることにもなり、またわが身の落ちぶれた姿を明るみに出すことは一人の男としての誇りを傷つけることにもなるなどとの思いがあったのであろう、そのまま身を隠してしまおうとする。男は、わが身の不幸な境遇の悲しみをじっとこらえて、ひたすら妻の幸福を願うのである。妻の方でも、そのような夫の、自分に対する思いやりと男としての立場をも気遣って、それ以上夫を世間の目にさらすようなことはせずに、手紙を添えて、「車に着たりける衣脱ぎて包みて」やるだけである。お互い相手の立場・心情を思いやって、そのまま別れたのであろう。

女は高貴な方の妻となり、男は乞食同然という決して結ばれることのない別れという極限状況を設定し、お互い相手の立場を斟酌して身を引くという場面を描写することによって、男女の真の愛情のあり方という主題を印象的に語っているのである。

Ⅳ　多彩な機知に富んだ情報を取り交わす

相手に対する思いやり、敬いの心とは、決してただ単に何でも相手の言うなりになるというものではない。むしろ、古典文学の世界では、聞き手が話し手の発想を逆手にとって、話し手の意表をつくような返答をするとか、あるいは話し手の意図をそらして諧謔的に応答するとかという、機知に富んだ対話なども多く見られる。しかし、それも単に意図的に相手に逆らおうとする露骨な反駁ではなく、相手の意図を十分に認識しながらも、やんわりと相手を傷つけないように応答することによって、話し手と聞き手との間に同一の興趣を共有するという豊かな遊び心もあった。この遊び心も日本人の伝統的な精神構造の特色のひとつである。

この機知を楽しむという情報のやり取りは、多くは話し手と聞き手との個人的な対話などにおいて見られるが、さらに、当時の貴族社会などでは、いろいろな遊宴が催され、その場においても、参会者みんなが機知に富んだ会話を展開するという場合も多い。

(1)　「細殿に便なき人なん暁に傘さして出でける。」と言ひ出でたる(噂)を、よく聞けば、わが上なりけり。地下などいひても、目安く、人にゆるさるばかりの人にもあらざなるを、あやしのことやと思ふほどに、上より御文持て来て、(中宮)「返り事、ただ今。」と仰せられたり。何事にかとて見れば、大傘の絵を描きて、人は見えず、ただ手の限り傘を捉へさせて、下に、

山の端明けしあしたより

と書かせたまへり。なほはかなきことにても、ただめでたくのみおぼえさせたまふに、恥づかしく心づきなきことはいかでか御覧ぜられじと思ふに、かかる空言の出で来る、苦しけれど、をかしくて、異紙に雨をいみじう降らせて、下に、

「ならぬ名の立ちにけるかな

さてや濡れ衣にはなりはべらむ」と啓したれば、（中宮は）右近の内侍などに語らせたまひて、笑はせたまひけり。

（「枕草子」・第二三八段）

「細殿に便なき人なん暁に傘さして出でける（細殿に出入りすべきでない男が暁に傘をさして出て行った）」という、作者に関わる噂が流れた。そのころ、中宮様から来た手紙に、大きい傘の絵が描いてあって、人の姿は見えないで、ただ手にだけ傘を持たせて、その下の方に「山の端明けしあしたより」と書いてあった。この文言は、「あやしくも我が濡れ衣を着たるかな三笠の山を人に借られて（意外なことに、私は濡れ衣を着せられてしまった。笠の名を持つ三笠山、少将と言う名を人に騙られて）」（拾遺集・一一九二）に拠ったものである。「三笠の山」とは「近衛の大将・中将・少将」の異名である。この拾遺集の歌は、左近衛少将藤原義孝が通っていた女性の許に、兵部卿致平親王が訪れ、「少将の君おはしたり」と名乗らせたのを、後で義孝が聞いて、自分の名を騙られて、女の所に通ったと言われたことを恨んで親王に贈った歌である。中宮が、その義孝の歌に拠って、「三笠の山」にちなんだ「傘」を絵に描き、三笠山の山の端を取り入れて、「山の端明けし」と詠むことによって、清少納言の噂を心配した中宮が、直截的ではなく暗に、「清少納言、あなたの所から男が傘を差して明け方に出て行ったと噂されているのはどうしたことなのですか」と尋ねたのである。勿論、清少納言が噂のような振舞いをするはずはないと思ってのお尋ねであろう。そのような中宮の思いやりを知って、作者が、「雨をいみじう降ら

せて」の絵を描いて、やはり義孝の歌の、「あやしくも我が濡れ衣を着たるかな」に拠りながら、雨の絵を取り入れて、「(雨) ならぬ名の立ちにけるかな（雨ならば降るかもしれないが、雨でもない無実の評判を立てられて困っています）」と、婉曲に身の潔白を訴えているのである。そのような作者の身の潔白は、中宮も既に承知しているはずであるから、ここは、中宮と作者が藤原義孝の歌に拠った機知的な応答を取り交わすことによって、お互い同一の興趣を楽しんでいるのである。と同時に、作者の中宮の思いやりに対する感謝の気持ちを表明するとともに、中宮の才知を賛美しているのである。勿論、作者自身の才知を誇ることも忘れてはいない。

このように、古歌に拠りながら、機知に富んだ応答をするだけではなく、あえて相手の発話の意図をそらして、応答するという発想様式も多く見られる。

(2)　かかれど、今はものともおぼえずなりにたれば、なかなかいと心安くて、夜もうらもなううち臥して寝入りたるほどに、門敲くに驚かれて、あやしと思ふほどに、ふと開けてければ、心騒がしく思ふほどに、妻戸口に立ちて、「とく開け、はや。」などあなり。前なりつる人々もみなうちとけたれば、逃げ隠れぬ。見苦しさに、ゐざり寄りて、「やすらひにだになくなりにたれば、いとかたしや。」とて、開くれば、「さしてのみ参り来ればにやあらん。」とありきとか。（「蜻蛉日記」・下）

夫兼家の訪れが遠のいて、作者は夫兼家に対する特別な思いもなくなり、心おきなく寝込んでいたある夜、突然兼家が訪れてきた。作者が、「君や来む我は行かむのやすらひに真木の板戸も鎖さず寝にける（あなたがいらっしゃるだろうか、それとも私の方からお訪ねしようかと迷ってしまい、真木の板戸の戸締りもせずに寝てしまいました）」（古今和歌六帖・一三七〇）に拠りながら、「鎖さず寝にけり」の意味するところを逆用して、「やすらひにだになくなりにたれば、いとかたしや（この頃では、以前のように、あなたのおいでを待って戸締りもせずに寝ることさえしなくなりましたから、すっかり錠が固くなって開けにくいことでしょうね）」と、戸を鎖して寝てしまったために戸を開けるのが遅くなって、兼家を待たせてしまった言い訳をしながらも、いささか恨みがましい応答をする。それに対して、兼家も、作者が引き歌とした古今六帖の、「真木の板戸も鎖さず寝にけり」の「鎖さず」を「指して」と言い換えて、「鎖す」と「指す」とを掛けることによって、「さしてのみ参り来ればにやあらん（寄り道もせずにただひたすらあなたを目指してやって来たから、それで戸も鎖して開かなかったのだろうかな）」と、作者の恨み言をやんわりとかわしている。お互い、古歌に拠りながら、それを逆用して、機知に富んだ諧謔的な応答をすることによって、それぞれの思いを伝えているのである。

(3)　頭の弁の、職に参りたまひて物語などしたまひしに、夜いたう更けぬ。（頭の弁）「明日御物忌みなるに籠るべければ、丑になりなばあしかりなん。」とて、参りたまひぬ。つとめて、蔵人所の紙屋紙ひき重ねて、（頭の弁）(a)「今日は残り多かる心地なんする。夜を通して昔物語も聞こえ明かさんとせしを、鶏の声に催されてなん」と、いみじうこと多く書きたまへる、いとめでたし。御返しに、（作者）(b)「いと夜深くはべりける鳥の声は、孟嘗君のにや」と聞こえたれば、立ち返り、（頭の弁）「『孟嘗君の鶏は函谷關を開きて、三千の客わづかに去れり』とあれども、これは逢坂の関なり」とあれば、

（作者）(c)「夜をこめて鳥の空音ははかるとも世に逢坂の関は許さじ

心賢き関守侍り」と聞こゆ。また立ち返り、

（頭の弁）(d)逢坂は人越えやすき関なれば鳥鳴かぬにも開けて待つとか

とありし文どもを、始めのは僧都の君いみじう額をさへつきて取りたまひてき。後々のは御前に。

（「枕草子」・第一三六段）

頭の弁（藤原行成）が職の御曹司にやってきて、物語などして、夜がひどく更けたので、明日は内裏の物忌で籠らなければならないからと言って内裏に参上した。翌朝、頭の弁から、(a)「今日は残り多かる心地なんする。夜を通して昔物語も聞こえ明かさんとせしを、鶏の声に催されてなん（今日は大変名残惜しい気がします。夜通し昔話でも申し上げて夜を明かそうとしましたのに、鶏の鳴き声にせきたてられてね）」などといろいろなことを事細かに書いて寄越した。暗に再び作者に逢いたいという誘いの意図をこめたものである。それに対して、作者が、(b)「いと夜深くはべりける鳥の声は、孟嘗君のにや（大層暗いうちに鳴きました鳥の声は、孟嘗君の鶏でしょうか）」と応答する。秦に囚われていた斉の公族孟嘗君が、函谷関まで逃れてきて、鶏声の上手な食客に鶏の声に似せて鳴かせて関所の番人をだまし、関を開けさせて逃亡することができたという故事（『史記』・孟嘗君列伝第十五）に拠って、頭の弁が、「鶏の声に催されて」ということを口実にして、早く帰ったと言って寄越したことに対して、作者が、実際に鶏が鳴いたから帰ったのではなくて、鳴きもしない鶏が鳴いたとうそをついたのでしょうとなじる。それに対して、頭の弁は、孟嘗君の鶏は函谷関の鶏のことであって、私が「鶏の声に催されてなん」と言ったのは、あなたと逢った夜のことで、うそではありませんと弁解する。作者はさらに、(c)「夜をこめて鳥の空音ははかるとも世に逢坂の関は許さじ。心賢き関守侍り（鶏の空音で深夜に函谷関の番人をだましたとしても、逢坂の関では、決して関所を開けて通すようなことはいたしません。逢坂には賢い番人がおりますから）」と反駁する。頭の弁のもう一度逢ってくださいという申し出に対して、私はあなたとはお逢いできませんと、やんわりと拒絶しているのである。さらにそれに対して、頭の弁は、(d)「逢坂は人越えやすき関なれば鳥鳴かぬにも開けて待つとか（逢坂は人が越えやすい関だから、鶏が鳴かないうちから戸を開けて待っているそうですよ）」と、暗に「あなたは『逢坂の関は許さじ』などとおっしゃるけれども、いつでもたやすく人に逢うという噂ですよ」と、逆に作者をからかうのである。

このように、故事に拠りながら、相手の発話を巧みにそらして、丁々発止と対話を交わすところに、貴族たちの優雅な遊び心が見られるのである。

(4)

枯れたる花どもの中に、朝顔のこれかれに這ひまつはれて、あるかなきかに咲きて、匂ひも殊に変れるを（源氏が）折らせたまひて、（朝顔の宮に）奉れたまふ。（源氏の消息）「けざやかなりし御もてなしに、人悪き心地しはべりて。（私の）後ろ手もいとど、『いかが御覧じけむ』と、ねたく。されど、

見し折の露忘られぬ朝顔の花の盛りは過ぎやしぬらん

年頃のつもりも、あはれとばかりは、『さりとも思し知るらんや』となむ、かつは」など聞こえたまへり。大人びたる御文の心ばへに、「おぼつかなからむも見知らぬやうに」と思し、人々も御硯とりまかなひて、聞こゆれば、

（朝顔）「秋果てて霧の籬に結ぼほれあるかなきかにうつる朝顔

似つかはしき御よそへにつけても、露けく」とのみあるは、何のをかしき節もなきを、いかなるにか、置きがたく御覧ず。

（「源氏物語」・朝顔）

源氏は朝顔の姫君に直接逢ってもらえないので、一旦帰邸するが、翌朝再び、「あるかなきかに咲きて、匂ひも殊に変れる（あるのかないのかわからない程度の花をつけ、色つやもすっかり衰えてしまった）」朝顔の花に託して、「見し折の露忘られぬ朝顔の花の盛りは過ぎやしぬらん（あなたを昔見た折に差し上げた朝顔の花を少しも忘れることができません。あのときの朝顔の花の盛りの美しさはもう過ぎてしまったのでしょうか。昔のままの美しい朝顔の花を早く見たいものです）」という歌を贈る。美しい朝顔の花に託して、暗に朝顔の宮に逢いたいという恋慕の情を訴えているのである。それに対して、朝顔の姫君は、源氏の歌の、「朝顔の花の盛りは過ぎやしぬらん」を受けて、「秋

果てて霧の籬に結ぼほれあるかなきかにうつる朝顔（秋が終わって霧の立ち込める垣根に蔓などがこんがらがって、あるのかないのかわからないように衰えて行く朝顔の花よ）」と詠み、それに続けて、「似つかはしき御よそへにつけても、露けく（私に似つかわしい御たとえではございますが、それにつけても、私もすっかり盛りを過ぎて衰えてしまい、涙にぬれて暮らしております）」と返す。源氏は朝顔の姫君を、決して「あるかなきかに咲きて、匂ひも殊に変れる」朝顔の花にたとえているのではない。むしろそのような状態であることを逆説的に否定して、昔のままの美しい姫君に早くお逢いしたいと訴えているのである。しかし、朝顔の姫君の方では、そのような源氏の真意をそらして、そのまま「似つかはしき御よそへ」ととらえながらも、私は今では源氏様のお相手にはなれませんと、やんわりと源氏の要求をかわしているのである。

このように、相手の意図をそらして返信することによって、恋の駆け引きをするところにも、一種の色好みのおもしろさがある。

以上の例は、いずれも個人間における機知に富んだ対話であるが、集団遊宴の場においても、参会者全員がお互い機知に富んだ発話を取り交わして遊宴を盛り上げる場合が多い。

(5)　月さし出でぬれば、（源氏は蛍兵部卿の宮と）御酒など参りたまうて、昔の御物語などしたまふ。霞める月の影心にくきを、雨の名残の風少し吹きて、花の香なつかしきに、大殿のあたりいひ知らず匂ひ満ちて、人の御心地どもいと艶なり。蔵人所の方にも、明日の御遊びのうちならしに、御琴どもの装束などして、殿上人などあまた参りて、をかしき笛の音ども聞こゆ。内の大殿の頭の中将、弁の少将など、見参ばかりにてまかづるを、（源氏は）とどめさせたまひて、御琴ども召す。宮の御前には琵琶、大臣に箏の琴参りて、頭の中将和琴賜りて、花やかに掻き立てたるほど、父大臣に劣らずいとおもしろく聞こゆ。宰相の中将横笛吹きたまふ。折に合ひたる調子雲居に通るばかり吹きたてたり。弁の少将拍子とりて、「梅が枝」出だしたるほどいとをかし。童にて韻塞ぎの折、「高砂」謡ひし君なり。宮も大臣もさしいらへしたまひて、ことごとしからぬものから、をかしき夜の御遊びなり。御かはらけ参るに、宮、

「鶯の声にやいとどあくがれん心染めつる花の辺りに
千代も経ぬべし。」と聞こえたまへば、

(源氏)色も香も移るばかりにこの春は花咲く宿を離れずもあらなん

頭の中将に(杯を)賜へば、とりて、宰相の中将に(杯を)さす。

(柏木)鶯のねぐらの枝も靡くまでなほ吹き通せ夜半の笛竹

宰相の中将、

「心ありて風の避くめる花の木にとりあへぬまで吹きや寄るべき
なさけなく。」と、(杯を受けて)みなうち笑ひたまふ。弁の少将、

霞だに月と花とを隔てずばねぐらの鳥もほころびなまし

まことに、明け方近くなりてぞ宮帰りたまふ。　(『源氏物語』・梅枝)

薫物合せの後、源氏が蛍兵部卿の宮・夕霧・柏木・弁の少将たちと合奏し、酒宴の傍ら歌の贈答をし、その後、客人たちが源氏にお別れの挨拶をして帰邸するところである。当然これらの歌は別れの挨拶の歌であり、しかも管弦の遊びの後であるから、そこには管弦の遊びが何らかの形で詠み込まれていなければならない。

蛍兵部卿の宮の歌、「鶯の声にやいとどあくがれん心染めつる花の辺りに(鶯の声を聞くと私の心は一層浮き立つのであろうか、心惹かれた梅の花の辺りでは)」の「鶯の声にやいとどあくがれん」は、弁の少将が拍子をとって、催馬楽「梅が枝」(「梅が枝に　来ゐる鶯　や　春かけて　はれ　春かけて　鳴けどもいまだ　や　雪は降りつつ　あはれ　そ

こよしや　雪は降りつつ」（を謡った声を、鶯のように心を浮き立たせるものであると詠んで褒めたものである。歌の後の、「千代も経ぬべし（千年も過ごしてしまいそうです）」は、「いつまでか野辺に心のあくがれむ花し散らずは千代も経ぬべし（いつまでこのように野辺に心があこがれることだろうか、もし花が散らなければ千年でも過ごしてしまいそうだ）」（『古今集』・九六）に拠って、このすばらしい「花の辺り（源氏の六条院）」にいつまでも過ごしてしまいそうですと、源氏の六条院のすばらしさを賛美したものである。それに対して、源氏は、宮が賛美してくれた、「花のあたり」を「花咲く宿」と受けて、「色も香も移るばかりにこの春は花咲く宿を離れずもあらなん（梅の色も香もあなたの身に染まるほど、今年の春は梅の花の咲いている私の宿を絶えず訪ねてほしい）」という挨拶を返したのである。このように、他家を訪れた場合には、客はその家のすばらしさを褒め称え、主人の方でもそれに応えて、再度の訪れを促すなどの応答があるのが普通である。しかも、ただ直接褒めことばなどを並べるのではなく、この例のように、その場の風情・風物などに託して機知に富んだ応答をするというのがひとつの教養でもある。頭の中将（柏木）の歌、「鶯のねぐらの枝も靡くまでなほ吹き通せ夜半の笛竹（鶯の宿となっている梅の枝も撓むほどに夜通しその笛を吹き澄ましてくださいよ）」は、先ほどの宰相の中将（夕霧）の、「折に合ひたる調子雲居に通るばかり吹きたてたり（今の季節、春に適した調子を天まで響くほど吹きたてた）」すばらしさを褒め称えたものである。それに対して、夕霧は、柏木が「枝も靡くまでなほ吹き通せ」と詠んだことを取り上げて、「心ありて風の避くめる花の木にとりあへぬまで吹きや寄るべき（気をつけて花を散らさないように風が避けて吹く梅の木に、むやみに私が笛を吹きかけて近寄るべきではないでしょう）」と詠み、その後でさらに、「なさけなく（吹き寄れば花は散ってしまうでしょう、そんなことをしては無風流でしょうよ）」と、あえて自分の行為を無風流なものとして卑下したのである。柏木と夕霧のやり取りに、この場の人々は「みなうち笑ひたまふ」ということで、興が一段と盛り上がる。

このように、遊宴の興趣を盛り上げるために、あえて相手の発話に対して異を唱えるという機知に富んだ応答をすることもある。最後に、弁の少将が冒頭部に描写されているような、月・霞・梅の花の香などの醸し出す今夜のすばらしい風情を、「霞だに月と花とを隔てずばねぐらの鳥もほころびなまし（せめて霞だけでも月と花とを隔てていないならば、月はもっと明るく見え、花もはっきり見えるから、ねぐらに寝ている鶯も夜明けかと思ってきっと鳴きだしてしまうでしょう）」と詠み込んで、柏木が「鶯のねぐらの枝も靡くまで」と、笛を吹けば鶯も鳴き出すでしょうと詠んだことを、夕霧がそんなことをしては無風流だと戯れたのに対して、弁の少将がむしろ、「ねぐらの鳥もほころびなまし」と詠んで、柏木と夕霧の戯れをやんわりととりなして、今夜の楽しい遊宴を締めくくったのである。

この例のように、遊宴の場において、その場の風物・風情を取り上げた機知に富んだ会話や贈答歌によって、お互い相手を褒め称えたり、逆に冗談を言い合ったりして、遊宴の興趣を盛り上げる遊びが貴族社会においては盛んに行われたものである。このような遊び心も日本人の伝統的な精神構造の特色のひとつである。

あとがき

高等学校の国語の教師として長い間学生を指導してきたが、現代国語の教材においても古典教材においても、そこに何が書いてあるのかをとらえることに大部分の精力を使ってきたような気がする。特に古典の教材においては、ことばの意味・ことばの決まりを調べさせたり覚えさせたりして、古典文の意味内容をとらえ、それによって古典の文学性に迫ることができたと思い込んできた憾みがある。

古文のことばの意味は「古語辞典」を引けばある程度はとらえることができる。しかし、ことばの決まりになると、古語辞典や文法の副教材を調べてもすぐにはとらえることはできない。「古典文法」などと呼ばれている、高校生が学んでいる文法体系は、ことばをできるだけ細かに分析していって、その最小の単位「単語」にたどり着き、そしてその単語を単独で用いられるか、別な単語に付属しなければ意味をなさないのか、あるいは他の単語に係っていく場合には形が変わるのか変わらないのかなどといった働きによって分析し、それぞれに「名詞」とか「助動詞」などといった特有の名称をつけて体系付ける。そして、古文の意味内容をとらえるのに便利なように、そこに属する個々の単語についてその意味・用法を詳しく説明するという辞書的な形をとったものである。私は、長年高校の古典教室において、そのような文法体系によって、表層的な意味内容はとらえられたとしても、果たして古典の「文学性」に迫ることができるのであろうかという疑問を持ち続けてきた。何が書かれているのかをとらえることも必要ではあるが、それと同時に、どのように書かれているかその表現構造をとらえなければ作品の文学性はとらえることができない。文学性をとらえるためには、従来の文法ではなく、作品の「発想」に迫ることのできる「発想文法」という解釈文法の体系でなければならないということに思い至った。

高校の現場から退職した後、現在福祉ボランティアの活動に従事しているが、高齢者・障害者の介助・介護と同時に、思いやりのある心を持った子どもたちを育てることも福祉ボランティア活動の重要な領域であると十分認識している。

現代の子どもたちに不足しているのは、「言語力」であると言われている。「言語力」のうち、現代の子どもたちに特に弱いとされているのは、一つには「論理的な文章が書けない、話せない」ということ、二つには、「自分の感情を的確に伝えられない、人の気持ちをしっかり読み取る力がない」ということである。この「人の気持ち」がわかるという力こそが「思いやりの心」の根本であり、社会生活にとってぜひとも必要な力ではないかと思っている。ところが、最近では、人の立場を「斟酌」するとか、人の気持ちを「忖度」するとかのことばそれ自体が死語になりつつある。「思いやりの心」は、青少年ばかりではなく、むしろ大人たちにこそ失われつつある心ではないかとも思われる。「無縁社会」などということばが言われるようになったのは嘆かわしいことである。

このような「思いやりの心」を養う上で、言語教育に要求されるのはなにか。長年国語教育に携わってきた経験から、やはり、言語の表現あるいは受容の上で、文章の持つ「発想」に迫ることのできる力を養うことが最重要課題であると確信するようになった。この発想に迫ることのできる力は、一つには、個々の文における表現構造をとらえる力であり、二つには、文章における表現様式をとらえる力である。表現構造・表現様式をとらえるためには、表現構造・表現様式そのものを明らかにしなければならない。そこで、発想に迫ることのできる表現構造を明らかにしようとしたのが、前著「発想文法」・「古文指導から古典教育へ」・「古典文の表現構造」であり、発想に迫ることができる表現様式を明らかにしようとするのが今回の「古典情報様式論」である。

特に、この「古典情報様式論」において考察したかったのは、いかに自分の真意を相手の心に訴えることができるか、逆に相手からの情報に込められた相手の真情をいかにとらえることができるかということである。それは、心の通じ合いということでもある。この心の通じ合いがなければ思いやりの心などは到底生まれてこない。そのような心の通じ合いを可能にする言語力を養うためには、先ず相手の立場・真情などを的確にとらえ、逆に自分の真意を相手に的確に伝えるためには、どのような発想様式をとる必要があるのかを明らかにしなければならない。

古代の日本人は、心の通じ合いということを大切にしてきた。そこに日本人の伝統的な精神構造の特色がある。そこで、そのような心の通じ合いを可能にする発想様式を、日本の古典文学から探り出してみることによって、現代の青少年に欠けている言語力の回復をめざそうとするのが、本書の所期の目的でもある。

「古文指導から古典教育へ」（平成十五年八月一日刊）、「古典文の表現構造」（平成十九年三月一日刊）に引き続き、今回の「古典情報様式論」の刊行に際しても、溪水社の木村逸司社長には、種々ご高配をいただき、記して感謝申し上げたい。

なお、栃木県内高校の若手国語教師の研究会「グループ・ブリコラージュ」の諸君から小論発表毎にご批正をいただき、今回の上梓に至ることができたことにも謝意を表したい。

平成二十三年三月二十二日

小林　正治

著者　小林　正治（こばやし　まさはる）

1955年　東京教育大学文学部国語国文学科卒業
　　　　その後　栃木県立宇都宮高等学校等勤務
〔論文・著書〕
「古典解釈における発想文法」（明治書院「月間文法」）
「古文解釈における文法指導の位置づけ」
　　　（東京教育大学大塚国文学会「国文学言語と文芸」）
「発想文法」（松井ピ・テ・オ）
「古文指導から古典教育へ」（溪水社）
「古典文の表現構造」（溪水社）

古典情報様式論

2011年３月22日　発　行

著　者　小林　正治

発行所　株式会社 溪水社
広島市中区小町1－4（〒730-0041）
電話（082）246－7909／FAX（082）246－7876
E-mail:info@keisui.co.jp

ISBN978－4－86327－134－0　C3081